Kurt Lehmkuhl

RAFFGIER

Kurt Lehmkuhl

RAFFGIER

Kriminalroman

KRIMI IM GMEINER-VERLAG

Wir machen's spannend

Bibliografische Information
der Deutschen Bibliothek
Die Deutsche Bibliothek verzeichnet diese
Publikation in der Deutschen Nationalbibliografie;
detaillierte bibliografische Daten sind im Internet
über http://dnb.ddb.de abrufbar.

Besuchen Sie uns im Internet:
www.gmeiner-verlag.de

Im Ehnried 5, 88605 Meßkirch
Telefon 07575/2095-0
info@gmeiner-verlag.de

1. Auflage 2008

Lektorat: Claudia Senghaas, Kirchardt
Umschlaggestaltung: U.O.R.G. Lutz Eberle, Stuttgart
unter Verwendung eines Fotos von Muetzenmaedchen,
Photocase.com
Gesetzt aus der 9,85/13,8 Punkt GV Garamond
Druck: Fuldaer Verlagsanstalt, Fulda
Printed in Germany
ISBN 978-3-89977-780-2

*Personen und Handlung sind frei erfunden.
Ähnlichkeiten mit lebenden oder toten Personen
sind rein zufällig und nicht beabsichtigt.*

1

Wie lange noch? Nur noch diesen einen Sommer, wie es zunächst hieß? Oder doch länger? Ein Jahr sogar, wie der Arzt nach der letzten Untersuchung zuversichtlich prognostiziert hatte?

Aber was bedeutete das schon: ein Sommer, ein Jahr? Wann war seine Zeit endgültig abgelaufen?

»Herr Kommissar! Herr Kommissar! Da ist ne Leiche!« Aufgeregt rannten die beiden Knirpse auf den für sich allein laufenden, grübelnden Spaziergänger zu.

»Da hinten, da in dem Haus, da liegt ein Mann«, berichtete der vielleicht achtjährige Junge schwer atmend, mit einem Arm hinter sich zeigend.

»Der ist bestimmt tot«, keuchte sein etwas jüngerer und kleinerer Freund. »Das müssen Sie sich angucken.«

»Immer langsam mit den jungen Pferden«, brummte der Senior. Er wollte beruhigen, befürchtete aber schon, dass er seinen geruhsamen Spaziergang durch die Natur an diesem sonnigen Sommernachmittag vergessen konnte.

Gemächlich folgte er den ungeduldigen Kindern. Sie hatten es eilig, er war nicht so schnell, dazu fehlte ihm die Luft. Die fast 40 Jahre im Polizeidienst hatten bleibende Spuren hinterlassen, psychisch und physisch. Vor wenigen Wochen war er, nicht einmal 60-jährig, in den Ruhestand getreten. Nicht ganz freiwillig, sondern auf ärztliches Anraten hin. Immer hatte er sich kerngesund gefühlt. Nach allen medizinischen Erfahrungen nagte jetzt aber der Zahn des Todes ganz gewaltig an ihm, schleichend, unmerklich, unerbittlich, sich zuvor viele Jahre lang im Gewand der Gesundheit tarnend. Sein Blut verlor mehr und mehr die Fähigkeit, Sauerstoff zu transportieren. Die Medizin stand vor einem Phänomen, für das sie weder eine einleuchtende Erklärung fand, noch eine wirksame Heilmethode entwickelt hatte. Er musste untätig und hilflos warten.

Böhnke solle sich einen schönen, ruhigen Lebensabend in der Eifelidylle gönnen, hatte ihm der gerade neu installierte Polizeipräsident aus Westfalen bei der ihm peinlichen Lobhudelei im Sitzungssaal des Aachener Polizeipräsidiums zum Abschied gesagt. Wahrscheinlich war der PP froh, den alten, bisweilen unbequemen und unkonventionellen Leiter der Mordkommission ohne Zwangsmittel abschieben zu können und den Posten mit einem ihm genehmen Zögling zu besetzen. In den vielen Jahren hatte der Alte die Karriereleiter erklommen, alle Stationen durchlaufen, ehe er endlich, wonach er immer gestrebt hatte, Chef der Abteilung für Tötungsdelikte wurde.

Seinem Nachfolger wurde es da zu Böhnkes Missfallen wesentlich leichter gemacht. Der PP hatte diesen aus Bielefeld mitgebracht und ihm prompt den ersten frei werdenden Leiterposten gegeben, eben den seinen.

Der Kommissar, der sich wohl nie an das a. D. gewöhnen würde, hatte mit Überreichung der Entlassungsurkunde sofort alle Zelte in Aachen abgebrochen, hatte die kleine, unscheinbare Wohnung in der Stephanstraße als seinen Hauptwohnsitz abgemeldet und war in das kleine, abgelegene Dorf in der Nordeifel gezogen. Falls ihn doch ab und an die Sehnsucht nach der Kaiserstadt packen sollte, war da immer noch die Wohnung seiner besseren Hälfte, in der zu jeder Zeit ein Platz für ihn war. Hier in Huppenbroich fühlte er sich wohl und auch heimisch. Hier besaß seine Lebensgefährtin in einem ehemaligen, umgebauten Hühnerstall eine durchaus komfortable Ferienwohnung, die sie gemeinsam ausgebaut und in den letzten Jahren oft am Wochenende belegt hatten. Der Hühnerstall würde fortan bis zu seinem Ableben sein Domizil werden. Hier in Huppenbroich kannten ihn die wenigen Dorfbewohner, die ihn trotz seiner Pensionierung immer noch respektvoll mit ›Herr Kommissar‹ anredeten.

»Einmal Kommissar, immer Kommissar«, dachte er sich beim anstrengenden Folgen der immer drängenden, voranlaufenden Kinder. Sie betrachteten offenbar ungeniert das gesamte Dorf als ihren Spielplatz. Sie liefen kurzerhand durch die von kurz geschnittenen Buchen gesäumten Gärten, nahmen wie selbstverständlich Abkürzungen über Privatgrundstücke und wussten Wege zwischen den Buchenhecken, die er noch nicht kannte. Zäune, hohe Absperrungen, Verbotsschilder oder gar Alarmanlagen waren in Huppenbroich unbekannt. An diesem abgelegenen Flecken jenseits der Hauptstraßen gab es noch die heile Welt, die höchst selten aus den Fugen geriet. Die wenigen spektakulären Ereignisse der Vergangenheit sorgten auch nach Jahren noch für Gesprächsstoff. Dann wurde Huppenbroich gerne Schaltzentrale des Verbrechens genannt. Diese Bezeichnung in den Medien war zugegebenermaßen übertrieben, aber durchaus werbewirksam gewesen und hatte für einige Wochen vermehrt neugierige Katastrophentouristen in den Ort gelockt. Es hatte zwar einmal einen Mord in dieser Idylle gegeben, aber dieser war vom ehemaligen Kommissar und seinen Kollegen rasch aufgeklärt worden und hatte keinen direkten Bezug zu Huppenbroich gehabt, sondern hatte im Zusammenhang mit der Verleihung des Karlspreises an den britischen Premierminister in Aachen gestanden.

Ohne zu zögern, öffneten die Jungen ein in der Hecke verborgenes Gartentürchen am hinteren Ende eines großen, gärtnerisch gestalteten Grundstückes, liefen quer über eine kurz geschnittene Rasenfläche, in der Blumenrabatten wie bunte Inseln lagen, und stoppten vor der großen, gläsernen Terrassentür des einstöckigen, frei stehenden Hauses.

»Da! Da liegt er!« Der Größere zeigte ungeduldig ins Wohnzimmer und schaute danach gespannt auf den ehemaligen Polizisten in der Erwartung, bestätigt und gelobt zu werden.

Das sah nicht gut aus. Sofort erwachte der kriminalistische Instinkt in dem Pensionär. Der dicke Mann, der ihnen halb auf der Couch liegend den Rücken zukehrte, war augenscheinlich tot. Die gekrümmte, unbequeme Lage, die niemand freiwillig einnehmen würde, sprach dafür. Vermutlich hatte sich der Dicke zur Couch schleppen wollen, als er zusammenbrach.

»Kennen Sie den, Herr Kommissar?«, flüsterte der kleinere Junge. »Der ist nicht von uns.«

Damit war alles gesagt. »Der ist nicht von uns«, das sagten fast alle Huppenbroicher, wenn ein Fremder, zu denen auch die vielen Zweitwohnungsbesitzer gehörten, ausnahmsweise einmal zu einem Gesprächsthema wurde.

Die Jungen erhielten keine Antwort auf die Frage.

»Ihr geht jetzt sofort nach Hause!«, befahl der Kommissar den neugierigen Kindern streng, »ihr habt hier nichts mehr zu suchen.« Die enttäuschten Blicke der beiden Freunde konnte er gut verstehen. Jetzt waren sie endlich einmal die Helden und wurden weggeschickt.

»Das habt ihr gut gemacht«, schob der Senior schnell als Lob hinterher. »Aber wir müssen jetzt Platz machen für die Polizei. Wir dürfen keine Spuren verwischen.«

Unzufrieden trollten sich die Jungen. Böhnke griff zum Handy und rief seine Lebensgefährtin in der Apotheke in Aachen an.

»Alarmier die Mordkommission«, bat er knapp. »Ich glaube, es gibt Arbeit für sie in Huppenbroich.«

Dann setzte er sich auf eine Gartenbank, ließ sich von der Sonne bescheinen und überlegte angestrengt, ob er den dicken Mann vorher jemals in Huppenbroich oder, was wahrscheinlicher war, in Aachen gesehen hatte.

Ob es zu seiner Zeit auch so lange gedauert hatte, bis er am Tatort erschienen war, fragte er sich. Mehr als zwei Stunden vergingen, bis endlich der erste Wagen der Kripo Aachen erschien. Zwischenzeitlich hatte Böhnke mehrfach mit dem Gedanken gespielt zu gehen, sich dann aber doch zum Warten entschlossen. Es gab genügend in der Natur vor Puhlmanns Anlage zu beobachten.

Ausgerechnet sein Nachfolger Schulze-Meyerdieck sprang als Erster ins Freie und schien wenig begeistert, ihn zu erblicken.

»Na, Böhnke, Sie können wohl nicht ohne Verbrechen bleiben, was?«

Stumm betrachtete Böhnke den Dynamiker, einen großen, athletischen Mann Mitte 30 in einem eleganten, leichten Sommeranzug, der das lange, braune Haar zu einem Pferdeschwanz zusammengebunden hatte. Er sah keinen Grund, Schulze-Meyerdieck, den alle Kollegen hausintern nur SM nannten, zu begrüßen, wenn der es als der Jüngere nicht für notwendig hielt, die Höflichkeit zu pflegen. Er hatte den Schnösel vom ersten Augenblick an nicht gemocht.

»Das Verbrechen kommt, das Verbrechen geht«, entgegnete er lakonisch. »Hätte ich Sie etwa nicht informieren sollen?«

Er habe doch gar nicht informiert, hielt ihm sein Amtsnachfolger sofort entgegen, das habe doch seine Partnerin, die Apothekerin, gemacht.

»Warum eigentlich?«, schob er als Frage noch hinterher.

»Eben, weil ich nichts mehr mit dem Laden zu tun habe«, antwortete Böhnke aufreizend lässig. »Ich bin draußen vor und bleibe draußen vor.«

Den tatsächlichen Grund des Umweges verschwieg er: Er wollte nicht, dass die Kripo die Rufnummer seines neuen Handyanschlusses erfuhr. Er hätte zwar auch von der einzigen öffentlichen Telefonzelle des Ortes aus das Präsidium anrufen können. Aber die Anstrengung, dorthin zu laufen, hatte er sich nicht antun wollen. Allerdings sah er keine Notwendigkeit, SM über sein Vorgehen eine Rechtfertigung abliefern zu müssen. Der Kerl sollte froh sein, unverzüglich benachrichtigt worden zu sein.

Nur zwei Menschen hatte er die Nummer seines Mobiltelefons mitgeteilt, und dabei sollte es nach Möglichkeit bleiben. Böhnke leistete sich den Luxus, offiziell kein Handy zu besitzen. Wer etwas von ihm wollte, sollte ihm schreiben oder ihn besuchen. Das fehlte noch, dass ihn möglicherweise ehemalige Kollegen behelligten oder belästigten. Die brauchten seine Nummer nicht zu erfahren und brauchten nicht einmal zu wissen, dass er überhaupt im Besitz eines Handys war.

»Ich gehe«, sagte er gelassen mit einem letzten Blick auf den Toten. »Sie wissen bestimmt, wo Sie mich finden. Huppenbroich ist ja nicht groß.«

Verachtung spielte durchaus mit, als Schulze-Meyerdieck ihm hinterher sah. Der Alte lebt in einer anderen Welt, der hat den letzten Schuss nicht gehört, spöttelte er. Von dem Elan, der Böhnke respektvoll von den Kollegen nachgesagt worden war, spürte Schulze-Meyerdieck nichts. Er sah nur einen großen, älteren Mann mit kurz geschnittenen, grauen Haaren in Jeans und hellem Hemd, der ihm den Rücken zugewandt hatte und mit gesenktem Kopf kraftlos davon schlurfte.

Böhnke verließ den Tatort in der Erwartung, einer seiner ehemaligen Mitarbeiter würde ihn schon bald in seiner Wohnung aufsuchen. Immerhin konnte er als Zeuge gelten. Er überlegte kurz, ob er ein zweites Mal sein Handy benutzen sollte, entschied sich aber dagegen. Nichts sprach zum jetzigen Zeitpunkt dafür, einem Zeitungsfritzen eine Info zukommen zu lassen. Das hatte noch Zeit.

Der Nachmittag hatte ihn doch mehr angestrengt, als er zunächst wahrhaben wollte. Er musste sich aufs Bett legen und sich ausruhen. Seine für den Nachmittag vorgesehene Beschäftigung musste entfallen. Er hätte gerne, seinem Hobby frönend, noch eine Gebrauchsanweisung in eine für den Normalbürger verständliche Form gebracht. ›Übersetzen‹ nannte er es, wenn er die deutschsprachigen Anweisungen für ausländische Haushaltsgegenstände überarbeitete. Inzwischen hatte er es sogar schon so weit gebracht, dass ihm Bekannte gerne Gebrauchsanweisungen mitbrachten, die er dann ›übersetzte‹.

Aber jetzt forderte die Krankheit ihren Tribut und nötigte ihm eine Ruhepause auf.

Das stürmische, ungeduldige Läuten an der Haustür riss Böhnke aus dem Dämmerschlaf. Ungehalten tappte er durch die Wohnung und öffnete.

Ausgerechnet der westfälische Dickschädel Schulze-Meyerdieck, der im Rheinland so fremd war wie ein Skifahrer in der Holsteinischen Schweiz, wollte ihn befragen.

»Machen Sie es kurz, Böhnke«, raunzte der Ermittler streng. »Ich will endlich raus aus diesem Kaff. Wie haben Sie die Leiche entdeckt? Haben Sie etwas bemerkt? Das übliche Prozedere eben, das kennen Sie ja hoffentlich noch.«

Durch diese Bemerkung ließ Böhnke sich nicht beirren. Nüchtern und ausführlich berichtete der Alte das Wenige, das er tatsächlich wusste. Er kannte ja noch nicht einmal den Namen des vermeintlichen Mordopfers.

Sein Nachfolger sah es nicht als erforderlich an, Böhnkes Bericht zu protokollieren. Deutlicher konnte er ihm nicht zu verstehen geben, dass ihn die Ausführungen nicht sonderlich interessierten.

»Mord?«, fragte Böhnke abschließend.

Bemitleidend schaute ihn Schulze-Meyerdieck an: »Woher soll ich das wissen? Kann ja auch Totschlag oder eine besondere Art von Selbstmord sein. Ich weiß nur, der Mann ist tot. Mehr kann ich Ihnen nicht sagen. Das ist Sache der Kripo, Herr Böhnke.« Wieder sah Schulze-Meyerdieck von Höflichkeitsfloskeln ab.

»Sie sind aus dem Geschäft. Also sind Sie ein Zivilist, der eine im Prinzip unmaßgebliche Zeugenaussage gemacht hat.«

Die Polizei würde sich gewiss melden, wenn es noch Fragen gäbe. Danach sehe es aber nicht aus. Und schon verschwand der überhebliche Westfale wieder grußlos.

Böhnke ließ sich durch das arrogante Gehabe nicht aus der Ruhe bringen. Er wusste, wie er reagieren konnte, um sein durchaus vorhandenes Interesse an diesem Todesfall befriedigen zu können. Sein erster Gedanke war wohl doch nicht so schlecht gewesen.

»Na, warte«, sagte er laut in den Raum und wählte eine Rufnummer, die seines einzigen, echten Freundes.

»Tobias, rufe bitte Sümmerling an. Es gibt einen Mord in Huppenbroich.«

Zugegebenermaßen nicht gerade die feine Tour, um Schulze-Meyerdieck eins auszuwischen. Aber der westfälische Schnösel hatte es nicht anders verdient, rechtfertigte Böhnke sich.

2

»Mord in Huppenbroich?«

Die Überschrift in der Aachener Zeitung sprang sofort ins Auge. Der AZ-Reporter Hermann-Josef Sümmerling war auf Böhnkes Tipp hin prompt aktiv geworden. Vorsichtshalber hatte er ein Fragezeichen hinter den Titel gesetzt, um sich den Rücken frei zu halten, falls die Ermittlungen der Kripo zu einem anderen Ergebnisse kommen sollten. In seinem Bericht ging Sümmerling zunächst jedoch von einem Mord aus. Die Informationen waren dürftig, zumal Staatsanwaltschaft und Kripo noch am Abend eine Nachrichtensperre ausgerufen hatten. Wie der AZ-Journalist herausbekommen hatte, war das Opfer, der 50-jährige Immobilienmakler Werner F. P. aus Aachen, in seinem Huppenbroicher Ferienhaus erschossen aufgefunden worden. Das Verbrechen sei am Morgen geschehen, aber erst am Nachmittag entdeckt worden.

Woher Sümmerling diese Information hatte, ließ er offen.

»Über das Motiv kann nur spekuliert werden«, zitierte er einen Kripobeamten, der ungenannt bleiben wollte.

Böhnke vermutete nicht zu Unrecht, dass es diesen Polizisten wahrscheinlich gar nicht gab. Diese vermeintlichen Informanten, oft auch als so genannte gute Freunde bezeichnet, waren in aller Regel getürkt. Aber solange

Schulze-Meyerdieck nicht widersprechen würde, stand dieses Zitat als richtig im Raum.

»Zum Verbleib der Tatwaffe will sich die Kripo nicht äußern«, fuhr Sümmerling in seinem Bericht fort.

Dieser Satz machte Böhnke stutzig. Wenn diese Aussage zutreffen sollte, dann besaß die Polizei wahrscheinlich die Waffe bereits. Der ehemalige Kommissar kannte die in der Presse gebräuchlichen Formulierungen aus eigenem Erleben zu Genüge. Einen Tatverdächtigen habe die Polizei nicht, las er weiter, Festnahmen habe es noch keine gegeben.

Immer weiter entfernte sich Sümmerling bei seiner Berichterstattung von den harten Fakten. Er garnierte sie mit einem Pressefoto des Opfers, das bei einer Benefizgala im Eurogress aufgenommen worden war. Auch gab es ein Porträtfoto von Schulze-Meyerdieck. Ihn bezeichnete der Schreiberling als den ›Jäger von Huppenbroich‹, als knallharten Ermittler, der versuche, an die großen Erfolge seines legendären Vorgängers Böhnke anzuknüpfen.

Böhnke durchschaute Sümmerlings Absicht mit Leichtigkeit. Schulze-Meyerdieck hatte den Schreiberling gestern wahrscheinlich auflaufen lassen und abgeblockt. Vermutlich war das Telefonat mit einem wütenden Auflegen des Hörers beendet worden. Sümmerling hatte daraufhin dem Ermittler in seinem Artikel eine kleine Spitze mitgeben und ihn als unbedeutend im Vergleich zum großen Vorgänger hinstellen wollen. So war halt das Geschäft, dachte sich Böhnke. Er wollte und konnte sich ein Schmunzeln nicht verkneifen.

Er sortierte die wenigen Fakten. Im Prinzip gab es

zwei: P. war erschossen worden, und er hatte den Leichenfund am Nachmittag der Polizei melden lassen.

P. stand für Puhlmann. Das wusste jeder, der sich einigermaßen in der Aachener Gesellschaft auskannte. Der Journalist lieferte in einem zweiten Artikel über das Opfer den Tratsch, den Böhnke noch nicht mitbekommen hatte, weil er sich üblicherweise nicht dafür interessierte. Puhlmann war ledig, kinderlos, anscheinend unendlich reich und im Kreis der oberen Zehntausend zwar angesiedelt, aber dort mehr geduldet als beliebt. Er hatte viel Geld, mehr aber auch nicht. Dass er öffentlich immense Summen spendete, machte ihn in der gesellschaftlichen Oberschicht nicht sympathischer. Der echte Geldadel spendete und schwieg.

Und Sümmerling ließ zwischen den Zeilen durchblicken, dass ihm Puhlmanns abruptes Ableben nicht unbedingt leid tat. Seine abschließende Bemerkung machte den Leser neugierig auf die nächste Ausgabe der Tageszeitung: »Die Staatsanwaltschaft hat für heute eine Pressekonferenz in Aussicht gestellt, über die die AZ selbstverständlich berichten wird.«

Raffiniert, der Kleine, dachte sich Böhnke. »In Aussicht gestellt« hieß nicht unbedingt, dass es die Pressekonferenz auch geben würde. Aber auf diese Feinheit würde der normale, unbedarfte Zeitungsleser nicht achten. Er würde glauben, er bekäme morgen auf jeden Fall neue Informationen über den vermeintlichen Mord.

Bisweilen hatte es eben auch Vorteile, dank Sümmerling ein wenig mit der Journalistenszene vertraut zu sein, sagte Böhnke sich, legte die Zeitung beiseite und griff zur kniffligen Gebrauchsanweisung für einen Radiowecker aus Südkorea, der bei einem Discounter als Sonderangebot verkauft worden war. »Durch Dehung des Rundknopfes linker Seitig des Gehäuses ist Inbetrieb Nahme des Weckfunktion außer Kraft zu setzen«, stand dort in der »Gebauchanweisung«, was nichts anderes bedeutete, als dass mittels des linken Knopfes der Wecker ausgeschaltet wurde.

Wie gewohnt machte sich der pensionierte Kommissar am Nachmittag auf zu seinem Spaziergang durch Huppenbroich und die Umgebung. Das verschlafene Dorf wirkte fast ausgestorben. Einige Landwirte, einige Hausfrauen, die paar Schulkinder, die mittags aus Simmerath oder Monschau zurückkehrten, begegneten sich tagsüber höchst selten, zumal auch das Lebensmittelgeschäft als kommunikativer Treffpunkt schon vor Jahren geschlossen hatte. Abends, wenn die Männer wieder von der Arbeit kamen, oder an den Wochenenden, wenn die Städter aus Köln, Düsseldorf oder Aachen ihre Feriendomizile aufsuchten, wurde es etwas lebendiger auf den Straßen oder in der einzigen Kneipe des Ortes ›Zur alten Post‹. Doch an den Nachmittagen während der Woche war Böhnke meistens alleine unterwegs in diesem in der Natur eingebetteten, ruhigen Dorf, ab und zu von den Kindern höflich gegrüßt oder von dem Künstlerehepaar, das direkt neben seiner Unterkunft ein Meisterhaus nach traditionellem Eifeler Vorbild gebaut hatte und das bei seinen Spaziergängen Inspirationen für die Arbeit als Drechsler oder Töpferin sucht. Angeblich, so war Böhnke von den Dorfbewohnern ehrfürchtig zugetragen worden, waren die beiden Künstler weltberühmt;

für ihn waren sie zwei ruhige, sympathische Menschen Anfang 50, die ihn freundlich grüßten, wenn sich ihre Wege kreuzten, und deren Namen er zwar einmal im Gespräch gehört, aber wieder vergessen hatte.

Böhnke wählte seine täglichen Routen mit Bedacht aus. Er vermied die steileren Stücke, etwa hinab ins Diefenbachtal oder in Richtung Rur. Zu anstrengend und damit zu heikel wäre der Rückweg. Nur in Begleitung würde er den Marsch bergauf und bergab durch das malerisch schöne Tal nach Simmerath riskieren. Er hielt sich lieber in den leicht welligen Bereichen außerhalb der Siedlung auf, in der die Buchenhecken das Landschaftsgrün prägten. Der immer belaubte Wetterschutz umsäumte die großen, welligen Weiden, auf denen das rotbunte Milchvieh in der Sonne wiederkäute.

Unweigerlich führte der Spaziergang den Pensionär zu Puhlmanns Haus. Der Makler aus Aachen hatte, wie viele andere Ruhe suchende Städter ein Haus in Huppenbroich erworben, um dort die Wochenenden oder die Ferien zu verbringen. Auch hatten viele Auswärtige Grundstücke gekauft und bauten dort, glücklicherweise zum Charakter der Siedlung passende, neue Häuser. Es gab schon fast zu viele Ortsfremde in diesem Dorf, das Böhnke gerne als sein ›Buchen-Dorf‹ bezeichnete; ein Ausdruck, mit dem die in Huppenbroich Geborenen selbst nichts anfangen konnten. Die Buchen gehörten für sie seit Menschengedenken wie selbstverständlich zum Alltag. Die traditionsbewussten unter ihnen nutzten die Buchenhecken in ihrer ursprünglichen Bedeutung als ständig nachwachsenden Brennstoff. Wer genau hinschaute, erkannte die in gleichmäßigen Abständen zwischen der Hecke aufstrebenden

Bäume. Das System was ausgeklügelt und bewährt, es wuchsen stets reihum so viele Bäume heran, wie für die Kamine und Öfen in der kalten Jahreszeit als Brennholz gebraucht wurden. Was für Wanderer optische und ökologische Naturerscheinungen waren, war für die früheren Dorfbewohner eine unabdingbare Notwendigkeit gewesen, um in der rauen, kargen Winterszeit überleben zu können. Um so mehr schmerzte es die Huppenbroicher, wenn die großen, von Buchen umgebenen Parzellen aufgeteilt und als Baugrundstücke verkauft wurden, und statt der gerodeten Buchenhecke ökologisch nutzlose Thujahecken für ein Dauergrün sorgten. Die neuen Bewohner des Dorfes wollten sich die zeitaufwändige Arbeit der Pflege und der Bestandserhaltung der Buchen nicht machen. Mit Interesse hatte Böhnke der Schilderung eines alten Landwirtes über die Bedeutung der Buchenhecke zugehört, die in anderen Orten sogar einen noch größeren Stellenwert hatten, da sie, hoch wie das Haus, das Gebäude im Winter vor Sturm und Schnee schützten. Gerne würde er sich in diesem Jahr wieder an der Pflege beteiligen. Doch es war zu spät für ihn, er hatte nicht mehr die Kraft, um anpacken zu können – wobei er noch nicht einmal wusste, ob er den nächsten Winter überhaupt noch erleben würde. Vielleicht war er da ja schon Puhlmann in der Ewigkeit begegnet.

Der Makler hatte wahrscheinlich nicht viele Freunde in Huppenbroich. Er würde wohl, so vermutete Böhnke, am Verkauf und an der Zersiedelung der Landschaft verdient haben, insofern würde ihm vermutlich niemand im Ort eine Träne hinterher weinen.

Der vor Puhlmanns Haus stehende dunkelblaue Smart mit der WDR-Aufschrift verwunderte Böhnke nicht sonderlich. Es war klar, dass die regionale Rundfunk- und Fernsehanstalt ebenso wie andere Medien nachhaken würden, nachdem die AZ ihnen dank des emsigen Sümmerling wieder einmal eine spektakuläre Geschichte exklusiv vorgesetzt hatte.

»Hm, darf ich Sie etwas fragen?« Höflich trat ein Mittdreißiger, der mit großer Selbstverständlichkeit aus dem fremden Garten gekommen war, auf Böhnke zu.

»Wissen Sie, was hier passiert ist?«

Interessiert musterte der Kommissar den unwahrscheinlich nervösen Mann mit dem spärlichen Haarwuchs und der kleinen Brille, hinter der helle Augen unruhig umherblickten. An der dunklen Lederjacke, der Jeans und der Nickelbrille hatte er den schlanken, jungen Mann sofort als Journalist ausgemacht. Unausgesprochen war dieses Outfit wohl die übliche Arbeitskleidung der Medienvertreter. Sümmerling machte da ebenso wenig eine Ausnahme wie der nervöse, sich stets räuspernde Mann vor ihm, der ihm dreist ins Gesicht sah. Der Journalist des Westdeutschen Rundfunks musste neu in der Region sein, vermutete Böhnke, sonst hätte er ihn wahrscheinlich als ehemaligen Kripochef von Aachen erkannt.

»Nein«, log Böhnke, »oder doch ja. Ich weiß das, was heute in der Aachener Zeitung steht. Haben Sie die nicht gelesen?«

Ungehalten winkte der WDR-Mann ab. »Was die AZ schreibt, interessiert doch niemanden.«

»Mich schon«, konterte Böhnke amüsiert. »Im WDR habe ich über das Verbrechen hier bisher weder etwas gesehen noch gehört. Und für diese Nichtinformation muss ich auch noch verdammt hohe Rundfunkgebühren bezahlen. Was machen Sie eigentlich in Ihrem Laden mit meinem guten Geld?« Ihm bereitete es Vergnügen, den zappeligen Journalisten zu necken, der kurz rot anlief, um sich schnell wieder zu fangen.

»Äh, Sie wissen also nichts?« Der jüngere Mann sah sich lustlos auf der nahezu menschenleeren Straße um. Seine Begeisterung für Huppenbroich hielt sich offensichtlich in Grenzen. »Hm, gibt es denn noch andere Leute in dem Kaff hier?«

Böhnke würde seinen neuen Lebensmittelpunkt niemals als Kaff bezeichnen. Für ihn war der Ort eine der wenigen Idyllen inmitten eines hügeligen Geländes in einer harmonischen, von Buchen geprägten, grünen Landschaft. Huppenbroich war einer der letzten wenigen Flecken, in dem der Tourismus noch nicht bestimmte, was die Bewohner zu tun oder zu lassen hatten. Ob sie mit dem Tourismus besser leben würden, war eine andere Frage.

»Gibt es schon«, antwortete er gedehnt, »aber die müssen Sie suchen. Die kommen nicht zu Ihnen, auch wenn Sie vom WDR sind.«

Mit wütendem Augenzucken sah ihn der Journalist an. »Sind die hier alle so hilfsbereit wie Sie?« Sein ständiges Räuspern war zu einem bellenden Husten geworden.

»Ja.« Böhnke konnte sich die patzige Antwort nicht verkneifen.

Seufzend sah der WDR-Reporter ein, dass er dem Alten nicht das Wasser reichen konnte und versuchte es im gemäßigten Ton auf die versöhnliche Tour. »Hm, haben Sie vielleicht etwas von der Waffe gehört, mit der Puhlmann erschossen wurde?«

»Welche Waffe?«, fragte Böhnke spontan und erntete prompt ein provozierendes Grinsen seines Gesprächspartners.

»Ich denke, Sie haben die AZ gelesen. Da steht doch drin, dass die Bullen die Tatwaffe haben. Na, ja«, schränkte er ein, »steht jedenfalls so zwischen den Zeilen.«

Jetzt staunte Böhnke. Der junge Mann wurde wohl leicht unterschätzt und schien doch gewiefter, als er angenommen hatte. Nur der Begriff Bullen störte ihn, aber er wollte nicht oberlehrerhaft oder nachtragend wirken.

Nachtragend war auch der Journalist nicht. Er reichte Böhnke mit zitternden Fingern seine Visitenkarte und bat ihn um Informationen, wenn es denn welche gebe. Er stieg in den Smart und machte sich davon.

Der Blick auf das Kärtchen verriet es. Böhnke hatte mit Walter von den Driesch gesprochen, dem neuen Regionalkorrespondenten des Kölner Senders für die Eifel.

Nach langer Zeit machte sich Böhnke abends wieder einmal zu einem Kneipenbummel auf. Nicht zuletzt ein Fernsehbericht des WDR-Mannes in der ›Aktuellen Stunde‹ hatte ihn dazu angeregt. Böhnke war gespannt, was seine Huppenbroicher zu dem Mordfall sagen würden.

»Der Mord in Huppenbroich, bei dem der bekannte Immobilienmakler Werner F. Puhlmann aus Aachen getötet wurde, ist schon aufgeklärt«, berichtete der Sender. Die Kriminalpolizei habe bereits den Täter überführen können. »Es handelt sich um einen 50-jährigen, vorbestraften Mann aus Aachen.« Der Film blendete von Puhlmanns Haus in Huppenbroich um und zeigte den sichtlich zufrieden in die Kamera posierenden Schulze-Meyerdieck.

»Die Beweise sind eindeutig. Der Tatverdächtige ist heute Nachmittag festgenommen und dem Haftrichter vorgeführt worden«, sagte der Pferdeschwanz ins Mikrofon. Nähere Angaben wollte Schulze-Meyerdieck nicht machen, angeblich aus Täterschutz, wie er auf die Frage des Journalisten antwortete. Auch zur Frage nach dem Motiv wollte sich der Kommissar nicht äußern. »Dadurch könnten die weiteren Ermittlungen behindert werden.«

Prompt musste es sich Schulze-Meyerdieck gefallen lassen, dass im Nachspann zum Interview der Regionalkorrespondent die Frage in den Raum stellte, ob Puhlmanns Mörder ein Einzeltäter war oder Hintermänner hatte und im Auftrag Dritter gehandelt hatte.

»Ah, da kommt ja unser Kommissar«, begrüßte ihn der stets gut gelaunte Wirt, der stramm dem Rentenalter zustrebte. Was passieren würde, wenn er in den Ruhestand treten und eventuell die Kneipe aufgeben würde, wollte sich so niemand im Dorf vorstellen. Huppenbroich, wie die vielen anderen kleinen Ortschaften ringsum, in denen es keine Ausflügler oder Urlauber gab, ohne eine einzige Wirtschaft, das war einfach undenkbar. Aber noch war es nicht so weit.

Grüßend stellte sich Böhnke neben die vier Männer am Tresen. Für sie war er der Kommissar und würde es Zeit seines Lebens bleiben. Es hatte viele Jahre gedauert, ehe die Huppenbroicher ihn als Zugereisten in ihren Reihen akzeptierten. Nachdem er beim winterlichen Holzmachen geholfen und bei den sommerlichen Heuernten tatkräftig mitgemacht hatte, begann die langsame Eisschmelze. Endgültig taute das Eis aber erst auf, als er mit den Dorfoberen eine Nacht durchzecht und am nächsten Tag in Aachen ein Verbrechen aufgeklärt hatte. Da waren sie alle stolz auf ihren Kommissar, auch wenn er aus Aachen kam.

»Wat meinst du?« Der Wirt machte sich ungefragt und wie selbstverständlich zum Wortführer. »Ist der Fall klar?«

»Warum nicht?«, antwortete Böhnke mit einer Gegenfrage. »Oder habt ihr etwa Zweifel?«

Stumm schüttelten die anderen Männer, die alle in Böhnkes Altersklasse waren, die Köpfe. Sie hielten sich an eine ihrer eigenen Regeln: erst das Freibier, dann das Gespräch. Sie warteten geduldig, bis der Wirt das Pils gezapft und das Schnapsglas mit Elz, dem Eifeler Spezialbrand, gefüllt hatte.

»Prost!«

Das fünfkehlige »Prost« als Antwort gab Böhnke das Signal, seine Frage noch einmal zu stellen. »Habt ihr etwa Zweifel?«

»Keine Ahnung. Der Puhlmann hat sich doch nie im Dorf blicken lassen, woll.« Der Wirt, vor etlichen Jahren der Liebe wegen aus dem Bergischen Land an den Eifelrand gezogen, verleugnete seine Herkunft nicht und machte als Sprachrohr unmissverständlich deutlich, dass sich die Anteilnahme in Grenzen hielt. »Da war ein Fuzzi vom WDR hier, den habe ich gleich rausjeworfen. Der wollte allen Ernstes wissen, ob der Puhlmann Feinde hat, woll. Wo sind wir denn? Sind wir etwa der Wilde Westen?« Er ereiferte sich und spülte das Bierglas intensiver, als es ihm gut tat. »Der glaubt wohl, hier in Huppenbroich laufen die Verbrecher nur so herum.« Zornig entsorgte er die Glasscherben und lutschte seinen blutenden Finger ab.

Die Hoffnung, interessante Neuigkeiten oder zumindest Dorfklatsch zu erfahren, ließ Böhnke schnell sinken. Wie selbstverständlich ließen sich die vier seine spendierten Runden schmecken, dann machte er sich auf den kurzen Heimweg durch die milde Sommernacht zum Hühnerstall.

Er staunte nicht schlecht, als er Licht hinter der Fensterscheibe sah. Schnell öffnete er die Haustür und schaute in das Gesicht seines vergnügt grinsenden Freundes Tobias Grundler, der in der Wohnstube in einem Sessel lümmelte.

»Kannst du mir verraten, was du hier willst und auf welche linke Tour du reingekommen bist?«

3

»Commissario, das Verbrechen lauert überall.« Grundler war aus dem Sessel aufgesprungen und näherte sich, vergnügt mit einer Scheckkarte wedelnd. »Die Polizei, dein Freund und Helfer, rät: Sicher das Haus vor Einbrechern. Ich hätte mir nie träumen lassen, dass ich einmal mit dem ältesten aller ausgelutschten Bauerntricks in die Wohnung eines waschechten deutschen Kripobeamten einsteigen könnte.«

Herzlich umarmte Grundler den verblüfften Böhnke. Gegenseitig klopften sie sich auf die Schulterblätter.

»Das wäre also geklärt«, sagte Böhnke beiläufig, »und was willst du hier?« Er mochte den bisweilen schnodderigen Grundler und er wusste, der Rechtsanwalt wäre niemals grundlos und ohne Voranmeldung nach Huppenbroich gekommen. Der Jurist aus Aachen, noch nicht 40, hätte sein Sohn sein können. Sie hatten schon mehrfach miteinander gearbeitet, wenn es galt, Verbrechen aufzuklären und Justizirrtümer zu verhindern. Über die Zusammenarbeit waren sie zu Freunden geworden. Als Böhnke aus dem Dienst ausgeschieden war, hatte er als der ältere dem jüngeren das Du angeboten. Grundler war einer der wenigen Menschen, denen er erlaubte, ihn zu duzen.

»Du siehst gut aus«, meinte Grundler musternd, »besser jedenfalls als letztes Mal.«

Das gute Aussehen des ehemaligen Kommissars, hervorgerufen durch den ständigen Aufenthalt in der freien Natur, täuschte darüber hinweg, dass Böhnke ernstlich krank war. Außer Grundler wussten darüber nur noch seine ehemaligen Vorgesetzten und seine Lebenspartnerin Bescheid.

»Mir geht es auch gut.« Der Alte kratzte sich das kurze, graue Haar. »Vielleicht kriege ich ja noch einmal die Kurve.« Er lächelte Grundler aus trüben, braunen Augen an. »Merkwürdig, oder?«

Er erwartete keine Antwort. Er freute sich über Grundlers überraschende Anwesenheit. Grundler erinnerte ihn an sein eigenes Mittelalter, wie er die Zeitspanne zwischen 35 und 55 bezeichnete. Groß, schlank, sportlich, elanvoll, stets ein verschmitztes Lächeln, schlagfertig und mit strahlenden Augen unter den blonden Haaren. So ähnlich hatte er auch, damals mit 37 Jahren, ausgesehen, als er auf einer der letzten Sprossen der Karriereleiter stellvertretender Chef des Betrugsdezernats geworden war; so ähnlich hätte auch sein Sohn, den er nie gehabt hatte, ausgesehen.

»Was gibt es, mein Freund?« Böhnke ließ sich schwer atmend auf der Couch nieder. Die fünf Gläser Bier in der Kneipe machten ihm zu schaffen und schränkten seine Konzentration ein. Er beobachtete Grundler, der langsam durch das Zimmer ging.

»Ich habe einen neuen Mandanten«, antwortete er, »Paul Müllender.«

»Kenne ich nicht«, entfuhr es Böhnke, ein Aufstoßen krampfhaft unterdrückend.

»Kennst du wohl«, widersprach Grundler, »den hast du in deinen Anfangsjahren einmal auffliegen lassen. Körperverletzung und Raub.«

Das musste verdammt lange her sein. Wenn er angestrengt nachdachte, würde er sich vielleicht daran erinnern. Aber für den Blick in die Vergangenheit war Böhnke schlichtweg zu müde.

»Müllender verbringt mehr Zeit hinter Gittern als davor«, fuhr Grundler fort. »Immer Körperverletzung und ähnliche Delikte, dann noch Diebstahl, Raub und Unterschlagung. Der große Coup ist ihm aber nie gelungen. Dafür ist er zu dumm. Jetzt hat er es anscheinend übertrieben. Die Kripo glaubt, dass Müllender Puhlmann abgemurkst hat.«

»Und ausgerechnet du verteidigst Müllender?«, fragte Böhnke zweifelnd. »Hast du nichts Besseres zu tun?« Er kannte Grundlers beruflichen Hintergrund gut genug, um zu wissen, dass Grundler das Mandat nicht aus existenzieller Notwendigkeit übernommen hatte. Als Mitinhaber einer renommierten Anwaltskanzlei verdiente er das Geld schneller, als er es zählen oder ausgeben konnte.

»Ich habe mich in gewisser Weise sogar aufgedrängt und ihm meine Dienste angeboten«, bekannte Grundler grinsend. »Kostenlos.«

»Du bist verrückt. Warum das denn?« Böhnke kam aus dem Staunen nicht heraus.

»Zum einen spielt die Geschichte in Huppenbroich und damit in deiner Nähe«, nannte Grundler ein logisch wenig überzeugendes Argument. »Zum anderen schuldet uns Puhlmann noch etliche 1.000 Euro an Honorar. Da will ich schauen, was ich für uns rausholen kann, bevor die Erben alles verprasst haben.«

Skeptisch blinzelte Böhnke seinen jungen Freund an. Meinte der Kerl das tatsächlich ernst?

Grundler setzte sich in einen Sessel und schaute Böhnke offen ins Gesicht. »Ich habe schlichtweg Lust auf einen schönen, großen Strafprozess. Müllender hat sofort zugestimmt.« Er schmunzelte. »Es ist richtig langweilig geworden im Kaiserstädtchen, seitdem du nicht mehr auf Verbrecherjagd gehst.«

Als gewiefter Strafverteidiger war Grundler anerkannt. Richter und Staatsanwälte wussten nur zu gut, dass sie den Rechtsanwalt nicht unterschätzen durften. Wenn Grundler die schwarze Robe auszog, sah er unscheinbar aus. Stets mit Jeans und grauem Sweatshirt gekleidet machte er äußerlich wenig her, was ihn weitaus weniger störte als sein auf Etikette bedachter Kompagnon Doktor Dieter Schulz oder seine Partnerin Sabine.

»Gibt es überhaupt etwas zu verteidigen?«

»Aber sicher doch.« Grundler rieb sich vergnügt die Hände und grinste noch etwas frecher. »Die Beweislage ist zwar auf den ersten Blick eindeutig. Das besagt aber gar nichts. Auf der Tatwaffe gibt es die Fingerabdrücke von Müllender, er hat kein Alibi und er ist Linkshänder. Die schlauen Kriminologen haben nämlich herausbekommen, dass Puhlmann von einem Linkshänder erschossen wurde. Fünf Schüsse mitten in den dicken Bauch. Morgens um neun.«

»Dann ist doch alles klar«, klinkte sich Böhnke in den Monolog ein. »Was willst du dann überhaupt?«

»Ich will ein Motiv«, antwortete der Anwalt und fügte fast schon triumphierend hinzu: »Und ich habe einen Mandanten, der die Tat energisch abstreitet. Müllender hat Puhlmann nicht ermordet. Das behaupte ich so lange, bis ich vom Gegenteil überzeugt bin.« Abgesehen davon sei Müllender wie er Linkshänder und Linkshänder seien per se gute Menschen.

Die Selbstironie wusste Böhnke richtig einzuschätzen.

»Welche Rolle soll ich denn spielen?«, fragte Böhnke argwöhnisch.

»Du sollst mir erzählen, was du gesehen, gehört, erlebt hast«, antwortete sein Freund.

Mehr als Schulze-Meyerdieck konnte Böhnke ihm nicht berichten. Morgens um neun war Huppenbroich ein leeres Nest, da ging jeder seinem Tagwerk nach und hatte keine Augen für das, was sich in irgendeinem Feriendomizil ereignete. Er selbst hatte versucht, ein wenig Ordnung in den Haushalt zu bekommen, bevor am Wochenende seine bessere Hälfte aus Aachen anreiste.

»Es gibt nichts Auffälliges, Tobias.«

»Schade, Commissario.« Seufzend erhob sich Grundler.

»Lass das«, raunzte Böhnke. Er mochte es nicht, wenn ihn der Jüngere ›Commissario‹ nannte. Das durfte nur seine langjährige Lebensgefährtin.

»SM glaubt übrigens, du würdest ihm absichtlich etwas verschweigen, um seine Arbeit zu erschweren«, fuhr Grundler unbeeindruckt fort. »Ist aber insofern irrelevant, als er ja glaubt, den Täter bereits erwischt zu haben.«

»Wer sagt das?«, fragte Böhnke aufbrausend. Wenn sich eine solche Behauptung im Präsidium festsetzte, wäre sein guter Ruf im Kollegenkreis schneller ruiniert, als ihm lieb sein konnte.

»Sümmerling hat davon gehört. Hat ihm einer seiner Spitzel gesteckt«, antwortete Grundler und sah seinen väterlichen Freund lächelnd an. »Dir dieses Gerücht mitzuteilen, ist ja wohl Grund genug, die beschwerliche Reise aus dem schönen Aachen zu dir in die erholsame Eifel anzutreten. Oder?«

»Und du wolltest von mir erfahren, ob es tatsächlich mehr gibt, als SM weiß? Aber es gibt wirklich nichts. Mir ist nichts aufgefallen, meine Kollegen haben einen besseren Wissensstand als ich.«

»Ist schon okay.« Der Anwalt hob beschwichtigend die Hände. Er stand bereits im Hauseingang, als ihm noch etwas einfiel, zumindest erweckte er den Eindruck, als sei es ihm just in diesem Moment eingefallen.

»Ach, ja, ich habe übrigens Sümmerling daran erinnert, dass er dir noch eine Gefälligkeit schuldet. Im Gegenzug besorgt er für mich, äh, natürlich für dich alles über Puhlmann, was er im Archiv und durch Recherche herausfinden kann.« Grundler zeigte wieder sein freches Grinsen. »Er schickt mir die Infos zu, ich bringe sie dir sofort vorbei.«

Mit großem Wohlwollen sah ihm Böhnke nach. »Tobias, du bist und bleibst ein Linkmichel.«

4

Mit gewachsenem Interesse schlug der Pensionär am nächsten Tag, nachdem er ausnahmsweise sehr spät aufgestanden war, die AZ auf. Obwohl er jetzt mehr Zeit in der Eifel verbrachte statt in der Großstadt, ließ er sich anstelle der Eifeler Ausgabe aus lieb gewordener Gewohnheit die Aachener Stadtausgabe der Zeitung zustellen. Vor allem wusste er so immer rechtzeitig aus dem Notdienstverzeichnis, ob seine Partnerin am Wochenende

Apothekennotdienst hatte oder nicht. Danach richtete er seinen Hausputz. Seine Partnerin gewährte ihm gerne Unterkunft in der Ferienwohnung, nur konnte sie es nicht leiden, wenn die Mülleimer überquollen oder sich das Geschirr ungespült neben der Spülmaschine stapelte. Silberhochzeit hätten sie feiern können, wenn sie rechtzeitig den Sprung ins Standesamt geschafft hätten. Aber sie hatten nie die Notwendigkeit eines Trauscheines gesehen. Nun sei es zu spät für eine Heirat, hatte seine bessere Hälfte vor knapp zwei Jahren einmal gesagt. »Jetzt schaffen wir die Silberhochzeit wahrscheinlich eh nicht mehr, Commissario.«

Sümmerlings Bericht über den Huppenbroicher Mordfall fand Böhnke enttäuschend. Der Artikel enthielt nichts, das er nicht schon wusste. Auch zwischen den Zeilen war nichts zu interpretieren. Zu Mutmaßungen ließ sich der Journalist nicht hinreißen. Die Kripo habe den Mörder gefasst. Der Fall sei geklärt. Ein Termin für die Beerdigung von P. stehe noch nicht fest. Ärgerlich fand Böhnke allenfalls die Lobeshymne, die der Polizeipräsident zu Ehren von Schulze-Meyerdieck losließ. Mit dem schnellen Ermittlungserfolg habe Schulze-Meyerdieck seine hervorragende Qualität bewiesen. Es sei eine kluge Entscheidung gewesen, diesen fähigen Beamten mit der wichtigen Leitungsposition des Morddezernats zu betrauen, so machte der Polizeipräsident nebenher Werbung in eigener Sache.

Grundlers Einsatz gab Böhnke zu denken. Da steckte vielleicht doch mehr hinter der Geschichte, als alle annahmen. Vom Instinkt seines jungen Freundes hatte er schon häufiger profitiert. Eine alte Regel für die Ermittlungsarbeit kam ihm in den Sinn: Nur Täter haben ein perfektes Alibi. Aber war kein Alibi ein perfektes Alibi?

Das Handy unterbrach seine Zeitungslektüre. Auf dem Display leuchtete Grundlers Name auf.

»Was ist, du Störenfried?«, brummte Böhnke in das mobile Telefon, nachdem er endlich die kleine, grüne Taste gedrückt hatte.

»Nichts Besonderes«, antwortete Grundler aufreizend langsam, womit er deutlich zu verstehen gab, dass es eben doch etwas gab, über das er seinen Freund informieren wollte. »Eigentlich wollte ich dir nur sagen, dass SM vor Wut kocht. Er will nicht einmal mit mir reden. Ich soll mich an die Staatsanwaltschaft wenden, wenn ich etwas über oder von Müllender wissen will. Der glaubt tatsächlich, du hättest mich aufgehetzt, um den Fall zu übernehmen und ihn auszutricksen.«

Rasch unterbrach Böhnke den Redeschwall. »Der ist bekloppt. Dem bekommt die gute Aachener Luft nicht.« Er konnte die Feindseligkeit von Schulze-Meyerdieck nicht verstehen. Er hatte seinem Nachfolger doch nichts getan! Im Gegenteil, er hatte ihn noch bei seinem letzten großen Fall den Weg zum Erfolg geebnet. Schulze-Meyerdieck durfte die Lorbeeren ernten, die Böhnke zugestanden hätten, als Grundler und er einen Mord beim CHIO, dem Weltfest des Pferdesports in Aachen, aufgeklärt hatten.

»Für diese Unverschämtheit störst du meine Ruhe?« Er wusste, dass Grundler noch mehr auf Lager hatte.

Die Bestätigung folgte prompt. »Ich hatte heute bereits das zweifelhafte Vergnügen, mit Müllender sprechen zu dürfen. Nicht gerade der Zeitgenosse, dem ich meine Tochter anvertrauen würde, wenn ich denn eine hätte«, berichtete der Anwalt. »Der ist zweifellos ein Ganove. Aber er streitet vehement ab, Puhlmann gekannt zu haben. Das hat er auch der Polizei zu Protokoll gegeben.«

»Was ist mit den Fingerabdrücken?«, ging Böhnke fragend dazwischen. Er wollte Fakten, keine weitergehenden Erklärungen, zu denen Grundler erfahrungsgemäß ausführlich ansetzen würde. Wie die Polizei auf diese Einlassung von Müllender reagierte, interessierte ihn im Moment nicht.

»Kann sich Müllender nicht erklären.« Grundler seufzte. »Jetzt kommt der erste Pferdefuß: Müllenders Fingerabdrücke sind nur auf dem Lauf einwandfrei nachzuweisen. Auf dem Griff und am Abzug gibt es keine.«

»Wie kommt's?« Böhnke blieb ruhig.

»Keine Ahnung. Die Polizei behauptet, Müllender habe es geschafft, die Abdrücke auf Griff und Abzug zu verwischen, nicht aber die auf dem Lauf.« Grundler frohlockte. »Da wird mein Kollege von der Staatsanwaltschaft in einen Erklärungsnotstand kommen, wenn ich ihn darauf festnagele. Wo gibt es das denn, dass ein Pistolenschütze nur auf dem Lauf Abdrücke hinterlässt?«, fragte er rhetorisch. »Müllender schwört jedenfalls Stein und Bein, Puhlmann nicht zu kennen und ihn nicht getötet zu haben.«

»Du glaubst Müllender?«

Grundler wich einer klaren Antwort aus. »Die Staatsanwaltschaft muss Müllenders Schuld beweisen, nicht ich seine Unschuld. Das müsstest du als alter Ermittler aber wissen.«

Schmunzelnd ließ Böhnke es bei dieser Antwort bewenden. »Und was ist mit dem Alibi, das angeblich keines ist?«

»Noch so'n Pferdefuß und zwar der zweite«, antwortete Grundler. »Müllender behauptet, er habe zur Tatzeit in seiner Wohnung in Aachen gesessen und die Aufzeichnung eines Fußballspiels vom Vortag gesehen. Als Junggeselle war er verständlicherweise allein.«

Dieses Alibi war in der Tat nicht überzeugend. Fernsehen oder Videos wurden viel zu oft als Belege für Alibis herangezogen.

»Gibt es denn irgendjemand, der Müllender am Vorabend während des Fußballspiels gesehen hat?«, dachte Böhnke laut nach. Ein derartiger Zeuge hätte das angegebene Alibi vernichten können.

»Nein. Natürlich nicht. Am Vorabend will Müllender einen Rausch ausgeschlafen haben. Aus lauter Langeweile will er sich betrunken haben«, entgegnete der Anwalt. »Überzeugend ist das Alibi sicherlich nicht. Aber besser ein mieses als keines«, meinte er zuversichtlich. »Denn der redliche Bürger braucht sich nicht für sein Alleinsein zu rechtfertigen.«

Müllender als redlichen Zeitgenossen zu bezeichnen, war gewiss Hohn, lästerte Böhnke. Aber in gewisser Weise traf Grundlers Argument zu: Niemand durfte für sein Alleinsein vorverurteilt werden.

»Was gedenkst du jetzt zu tun?«, fragte er.

»Ich werde mich bemühen, der Polizei bei der Suche nach einem Motiv möglichst viele Steine in den Weg zu legen. Die Jungs konstruieren wild herum: Habgier, Rache, alles Mögliche wird zusammengeklaubt, um Müllender etwas ans Zeug zu flicken.« Grundler räusperte sich. »Aber es gibt nichts. Die Polizei hat keinerlei Hinweise darauf, dass der Täter irgendetwas aus Puhlmanns Haus mitgenommen hat. Anscheinend ist er ohne Beute geflüchtet.« Er legte eine kurze Atempause ein. »Nun, gut. Mal schauen, was SM zusammenbraut. Der ist so besessen, der übersieht garantiert die wichtigsten Dinge.«

»Jetzt ist's gut«, unterbrach Böhnke den Redeschwall energisch. »SM macht seinen Job, du deinen. Hast du noch was Wichtiges auf Lager?« Er verspürte Hunger und wollte an den Herd.

»Nur noch eine Kleinigkeit«, gab sich Grundler betont bescheiden. »Ich habe eben ein dickes Paket von Sümmerling erhalten. Alles oder fast alles über den armen Puhlmann. Wenn du willst, lasse ich es dir heute Nachmittag vorbeibringen. Ich ziehe mir eine Kopie. Einer unserer Referendare wohnt in Monschau. Als Bote eignet er sich vielleicht, als Jurist ist er eine Pflaume.«

Auf den nachmittäglichen Spaziergang wollte Böhnke auf keinen Fall verzichten. Für ihn waren diese Stunden in der Natur wichtiger Teil des Lebens geworden. Während seiner Abwesenheit sollte Grundlers Kurier das Paket bei seinen Nachbarn, dem Künstlerehepaar, abliefern, so hatten sie es ausgemacht.

Böhnkes Weg war wie an fast allen Tagen der gleiche. Es gab im Prinzip nur eine Alternative: entweder nach rechts oder nach links losgehen. Irgendwann würde jeder Spaziergänger zum Ausgangspunkt zurückkommen. Veränderungen passierten in Huppenbroich nur langsam. Selbst die in letzter Zeit häufigeren Neubauten wuchsen so allmählich heran, dass man sich unmerklich an ihren Anblick gewöhnte. Am alten, kleinen Löschteich vorbei, der von grüner Entengrütze überwuchert wurde, schritt Böhnke den Weg hinab, bog wenig später am neuen Holzhaus nach rechts ab, stieß auf einen ehemaligen Bauernhof, der nun zu einer Nobelbleibe für irgendwelche Düsseldorfer geworden war, überquerte die Straße, die als Hauptstraße galt, und nahm im anderen Teil des Ortes Ziel auf den früheren Kindergarten, machte einen Schlenker durch die Wiesen und kam auf der Straße an, an der Puhlmanns Haus lag.

Schon aus weiter Entfernung sah er vor dem Eingang den fremden Wagen parken. Langsam, wie ein zufälliger Wanderer wirkend, näherte er sich mit wachsender Unruhe. Er sah einen nicht mehr jungen Mann aus dem Fahrzeug stürzen und am Briefkasten neben dem Vorgartentürchen hantieren. Es hatte den Anschein, als habe er daraus einen Umschlag gezogen. Dann erblickte der Fremde den einzelnen Spaziergänger, sprang in den Wagen zurück, einen dunklen Mercedes, und fuhr davon, bevor Böhnke die Buchstaben und Ziffern auf dem Autokennzeichen erkennen konnte.

So schnell, wie es seine Atemnot zuließ, kam der Pensionär näher an das Haus heran. Er traute sich nicht, das Tor oder den Briefkasten zu berühren. Allerdings konnte er schnell feststellen, dass der metallene Postbehälter leer war, die aufgebrochene Tür stand offen. Die Vermutung, der Unbekannte habe den Kasten demoliert, um etwas herauszunehmen, lag geradezu auf der Hand.

Auf dem Rückweg überlegte Böhnke, ob er Schulze-Meyerdieck informieren sollte. Dann entschied er sich dagegen. SM hatte seinen Mörder, da würde ihn ein vermeintlicher kleiner Briefedieb nicht sonderlich interessieren. Die Kollegen würden ohnehin keine Spuren finden, redete er sich ein. Er würde Grundler von dem Zwischenfall berichten. Vor allem aber würde er morgen den Briefträger abfangen.

Die Kinderstimmen riefen aufgeregt nach ihm, als Böhnke die Haustür öffnete: »Herr Kommissar! Herr Kommissar!«

Doch er entschloss sich, die Rufe zu überhören. Das große Paket, das fälschlicherweise auf dem Fußabtreter lag, hatte sein Interesse geweckt. Da hatte er kein Gehör für die Bälger.

Die Informationen, die der AZ-Reporter zusammengestellt hatte, warfen kein gutes Licht auf Puhlmann.

Da war auf der einen Seite Puhlmanns schon übertriebenes Interesse an Publicity um jeden Preis. Bei jeder sich bietenden Gelegenheit übergab der Makler Spendenschecks oder verschenkte großzügige Gaben. Zuletzt hatte er einen Pferdehof bei Eupen, der therapeutisches Reiten für behinderte Kinder anbot, mit neuen Pferden versorgt, nachdem bei einem unerklärlichen Stallbrand die dort untergebrachten Tiere verendet waren. Augenfälliger als die Texte über die großmütigen Taten waren die Bilder der Zeitungsberichte. In den letzten Jahren hatte Puhlmann enorm an Masse zugelegt. Er war, schlicht und einfach, dick, trug seinen Wanst wie ein üppig gepolstertes Kissen vor sich her und lachte dabei mit seinen Schweinsaugen in jeden Fotoapparat, der auf ihn gerichtet wurde.

Zum anderen schien Puhlmann nach diesen Unterlagen ein knallharter Geschäftsmann zu sein. Fast kein Jahr verging, in dem die AZ nicht über einen Prozess berichtete, an dem Puhlmann beteiligt war. Bisweilen wurde ihm Betrug vorgeworfen, dann mangelnde Bauausführung bei der Errichtung einer Reihenhaussiedlung in Walheim, ein anderes Mal lautete der Vorwurf auf Unterschlagung oder auf Veruntreuung. Aber immer ging Puhlmann als Sieger aus den juristischen Schlachten hervor, bis auf eine Ausnahme: Den letzten Prozess vor einigen Monaten wegen Steuerhinterziehung, den hatte er in gewisser Weise verloren, wenngleich er nicht verurteilt wurde. Seine Verteidiger aus der Anwaltskanzlei Dr. Dieter Schulz konnten gerade noch eine Verurteilung abwenden, indem sie sich mit dem Gericht auf einen Strafbefehl in beachtlicher Höhe und eine enorme Steuernachzahlung einigten. Aber offensichtlich war Puhlmann trotz der massiven finanziellen Einbuße nicht sonderlich in seinem Vermögen betroffen. Schon wenig später spendete er wieder kräftig.

Böhnke wurde bewusst, wie wenig konzentriert er das Geschehen in Aachen während der letzten Jahrzehnte verfolgt hatte. Außer an Mord und Totschlag hatte er an nichts gedacht. An die Verfahren gegen Puhlmann erinnerte er sich überhaupt nicht, er war total auf sein Arbeitsgebiet fixiert gewesen. Leichen waren sein Revier, was daneben geschah, hatte er nicht mitbekommen. »Ich habe wohl einiges verpasst«, murmelte er nachdenklich.

Er wandte sich den Unterlagen über den Privatmann Puhlmann und dessen Lebenslauf samt beruflicher Tätigkeit zu. Puhlmann, so stand in einem Zeitungsbericht, war vor genau 50 Jahren in Baesweiler geboren worden, hatte am Staatlichen Neusprachlichen Gymnasium in Alsdorf nach einer Ehrenrunde das Abitur bestanden, brauchte aus nicht erklärten Gründen weder als Soldat noch als Zivildienstleistender tätig zu werden, studierte Betriebswirtschaftslehre an der RWTH Aachen, brach dieses Studium aber nach 16 Semestern ohne Abschluss ab, weil er in ein kleines Maklerbüro in Würselen eingestiegen war. Schon drei Jahre später hatte er das Büro übernommen und den Firmensitz nach Aachen verlegt. Dort begann sein kometenhafter Aufstieg, bei dem er immer allein aktiv wurde. Puhlmann hatte niemals einen Mitarbeiter oder eine Sekretärin gehabt. Er war der geborene Einzelkämpfer und hatte entweder ein glückliches Händchen, einen untrügerischen Instinkt oder die richtigen Beziehungen in den Stadtverwaltungen. Jedenfalls machte er sehr schnell sehr viel Geld. Er kaufte Ackerland billig auf, um es einige Jahre später, nachdem Bebauungspläne aufgestellt worden waren, teuer zu verkaufen. Auch als gesetzliche Regelungen geändert wurden und die Kommunen eigene Grundstücksentwicklungsgesellschaften mit der Vermarktung von Baugrundstücken beauftragten, machte Puhlmann einen guten Schnitt, indem er komplette Siedlungen im Rahmen Vorhaben bezogener Bebauungspläne hochzog.

Böhnke verstand nicht alles. Aber sein Wissen genügte, um festzustellen, dass Puhlmann alles zu Gold machte, was er anfasste.

Weniger erfolgreich, sogar ausgesprochen erfolglos, blieb Puhlmann im zwischenmenschlichen Bereich. Zeit seines Lebens war er nach den Informationen der Zeitung Junggeselle gewesen. Ob eine Charakterschwäche, Geiz oder andere Gründe dafür verantwortlich waren, ließen die Unterlagen offen. Auf den Zeitungsfotos sah man ihn zwar gelegentlich neben Frauen sitzen, aber es waren immer wieder andere, und einige davon waren, wie Böhnke wusste, die Ehefrauen einflussreicher Männer, welche wahrscheinlich ebenfalls mit abgelichtet worden waren, dann aber der Schere des Redakteurs oder dem digitalen Schnitt zum Opfer fielen.

Sümmerling hatte handschriftlich sein ganz persönliches Fazit über die Persönlichkeit gezogen, ein Fazit, das Böhnke durchaus teilte: »Der Puhlmann ist so durchtrieben, der ist schon eine linke Ratte. Oder wie der Öcher sagen dät: Dat is ene Dubbelde.«

5

Das Anschlagen der Glocke an der Haustür überraschte ihn am Morgen. Er saß noch beim Frühstück und tüftelte, was er bei seiner Partnerin niemals tun würde und dürfte, zwischen Kaffee und Brötchen an einer neuen

Gebrauchsanweisung für ein Kofferradio aus Asien. »Die Benützung der Gerätschaft bedingt die Ansteckung einer Leine an einer Steckerdose, damit die Funktionierung gewährleistet werden kann, falls nicht etwa stattdessen Benützung per Batteriengebrauch erwünscht ist«, hatte die Übersetzung aus vermutlich dem Koreanischen erbracht. Der Gebrauchshinweis bedeutete wohl nichts anderes, als dass der Benutzer das Radio sowohl mit Batterien als auch mit Strom aus der Steckdose betreiben konnte.

Stöhnend erhob sich Böhnke und ging zur Tür. Unangemeldeten Besuch erhielt er höchst selten. Allenfalls Grundler nahm sich das Privileg heraus, zu jeder Tages- und Nachtzeit aufzutauchen.

Die junge Frau, der er entgegenblickte, war ihm fremd.

Mit einem verlegenen Lächeln grüßte sie und hielt ihm einen Zettel entgegen, den er spontan ergriff. »Ich bin Frau Schmidt, die Mutter von Alexander. Sie wissen, der Junge, der den Toten gefunden hat.«

Langsam blickte Böhnke durch. Vielleicht hätte er gestern doch auf die Kinder hören sollen.

»Alexander und sein Freund Wolfgang haben gestern ein fremdes Auto im Dorf beobachtet und das Kennzeichen aufgeschrieben. Das wollten sie Ihnen sagen. Aber gestern haben Sie wohl keine Zeit gehabt, denke ich. Die Kinder haben mich gebeten, Ihnen diesen Zettel zu geben.« Die Frau sah ihn entschuldigend an. »Es sei wichtig, haben sie mir gesagt. Das sei bestimmt das Mörderauto gewesen. Es hat vor dem Haus von dem toten Makler gestanden.«

Sie schaute den erstaunten Kommissar an. »Die Kinder denken wohl, der Täter kehrt immer zum Tatort zurück.« Sie strich sich eine schwarze Haarsträhne aus dem Gesicht und vergrub die Hände in einer bunten Haushaltsschürze. »So, das wärs.«

»Moment.« Böhnke sah sich bemüßigt, das Gespräch fortzusetzen. Das war er der Frau und den Kindern schuldig. »Wie haben die Jungs den Leichenfund verkraftet?«

»Ganz gut, glaube ich. Sie reden im Prinzip nur davon, wie sie den Fall klären können. Sie fühlen sich wie kleine Detektive und sind stolz darauf, helfen zu können. Wie etwa mit dem Kennzeichen.« Die Frau schüttelte den Kopf. »Um die beiden Kinder brauchen Sie sich wirklich keine Sorgen zu machen.«

Die Erleichterung bei Böhnke war unverkennbar. »Dann grüßen Sie die beiden von mir und sagen Sie ihnen, sie hätten eine tolle Arbeit geleistet. Ich werde mich sofort darum kümmern.«

Neugierig blickte er auf das Blatt Papier. In kindlicher Schrift hatte Alexander der Große notiert: DA-NB 276.

Der Anruf bei Grundler war überfällig. Böhnke hatte kein Problem damit, den Anwalt aus einer Vertragsverhandlung herauszurufen. Wenn er anrief, war es dringend. Das wusste Grundlers Sekretärin und Partnerin Sabine aus Erfahrung. Sie stellte das Telefonat unverzüglich durch, ohne an der Dringlichkeit zu zweifeln.

»Was gibts, Herr Böhnke?«, meldete sich Grundler barsch und sehr förmlich. Ein deutlicheres Zeichen konnte er nicht geben, dass sie nicht offen miteinander reden konnten.

Mithin beließ es Böhnke bei den Fakten: »Ein Unbekannter hat gestern an Puhlmanns Postkasten manipuliert und ist anschließend in einem dunklen Mercedes davongefahren.« Er nannte noch das Kennzeichen, da kam auch schon die knappe, geradezu brüske Reaktion.

»Ich kümmere mich sofort darum, Herr Böhnke.« Damit war die Verbindung auch schon unterbrochen.

Böhnke nahm seinem Freund den schroffen Umgangston nicht übel. Diese Schroffheit war nicht persönlich gemeint, sie sollte wahrscheinlich Grundlers Verhandlungspartnern vorgaukeln, er fühle sich selbst durch die unverschämte Unterbrechung gestört.

Der Anwalt würde mit seinen guten Beziehungen in Aachen die richtigen Schritte einleiten. Da war sich der Pensionär völlig sicher.

Der kranke Kommissar hatte es eilig. Der Weg zum einzigen Briefkasten in Huppenbroich kam ihm länger vor als sonst. Erleichtert atmete er durch, als er erkannt hatte, dass der Sammelbehälter noch nicht geleert worden war. Üblicherweise nahm der Postbote die eingeworfenen Briefe mit, nachdem er die Post im Ort zugestellt hatte. Auf der Holzbank machte es sich Böhnke gemütlich und wartete geduldig. Vielleicht kam der Postmann in einigen Minuten, wenn er weniger Glück hatte, müsste er über eine Stunde ausharren.

Der erneute Blick in die Tageszeitung verkürzte die Wartezeit. Aber es gab nicht sonderlich viele interessante Artikel. Ende Juli, wenige Tage vor den langen Sommerferien ereignete sich herzlich wenig in der Region rund um Aachen, und noch weniger am Nordrand der Eifel. Für andere Leser waren die Geschichten vielleicht interessant, er konnte an einer Serie über die Qualität verschiedener Kinderspielplätze keinen Gefallen finden. Aber so unterschiedlich war nun einmal eine Tageszeitung.

Auch Sümmerlings Artikel über den Mordfall Puhlmann enthielt keine neuen Erkenntnisse. Diese Auffassung hatte Böhnke schon beim Frühstück gewonnen und sie wurde jetzt noch einmal bestätigt. »Was könnte den Mörder P. M. bewogen haben, den Immobilienmakler P. zu erschießen?«, fragte der Journalist am Ende seines Berichts, zugleich ein versteckter Hinweis darauf, er werde in der nächsten Ausgabe vielleicht die Antwort liefern.

»Morgen, Herr Kommissar.« Der im Dienst für die Gelbe Post gealterte Beamte grüßte ihn wie einen alten Kumpel. »Post für Sie habe ich heute nicht. Oder wollen Sie etwas aus dem Kasten zurückholen?« Das sei eigentlich nicht zulässig, weil sich der Brief schon im Hoheitsbereich der Post befinde, belehrte er ihn scherzhaft.

Lachend verneinte Böhnke. »Ich interessiere mich für die gestrige Auslieferung. Wissen Sie etwa noch, ob Sie Post zu Puhlmann gebracht haben?«

»Ja«, antwortete der Briefträger spontan, »einen großen, braunen Umschlag. Ich glaube, die Adresse war mit der Hand geschrieben.« Er habe sich zwar gewundert, dass der Tote Post erhielt, er habe sie jedoch ordnungsgemäß zugestellt, weil es bislang keine behördliche Anweisung gegeben habe, die Zustellung zu unterlassen.

»Aber Sie wissen nicht zufälligerweise, wer der Absender war?«

»Nein, darauf habe ich nicht geachtet.« Außerdem fiele die Auskunft wahrscheinlich unter das Briefgeheimnis. Bereitwillig berichtete der Beamte, dass Puhlmann durchaus häufiger Post erhielt. »Dafür, dass der hier nur seine Ferienwohnung hatte, war das doch recht viel.« Damit war für den Postler das Gespräch beendet. Er leerte den spärlich gefüllten Briefkasten, grüßte zum Abschied höflich, stoppte kurz auf dem Weg zu seinem Auto, als sei ihm noch etwas eingefallen, ging dann doch weiter und fuhr mit dem gelben Polo davon ins nächste kleine Dorf.

Die Zeit der unangemeldeten Besuche wollte nicht enden. Kaum hatte Böhnke sein Mittagsschläfchen beendet und sich für den Spaziergang vorbereitet, da schlug die Glocke erneut an. Der Kommissar vermutete Alexander und dessen Freund, doch irrte er sich gewaltig.

Die beiden Männer, die ihn freundlich anschauten, waren mindestens 30 Jahre älter als die Kinder.

»Guten Tag, Herr Kommissar«, grüßten sie freundlich und tippten an den Rand ihrer grünen Schirmmützen. Die Uniformierten stellten sich als Polizeibeamte aus Simmerath vor, die von der Mordkommission in Aachen den Auftrag erhalten hatten, nach Huppenbroich zu fahren. »Wir sollen von Ihnen erfragen, was mit dem Briefkasten von Puhlmann ist.«

Bereitwillig begleiteten sie Böhnke. Als sie an Puhlmanns Haus ankamen, wartete dort bereits ein unscheinbarer Mittelklassewagen, aus dem ein zivil gekleideter Mann stieg.

»Ich grüße Sie, Herr Böhnke«, meinte der Mann, den Böhnke schnell als ehemaligen Kollegen aus dem Bunker erkannte, mit unverbindlicher Höflichkeit. Der Name sagte ihm nichts, aber er konnte nicht jeden Kollegen benennen, der im Polizeipräsidium umherlief.

Der Kripobeamte zückte eine Fotografie und verglich sie mit dem aufgebrochenen Briefkasten. »Sie sehen, er war bereits am Tattag demoliert«, sagte er und reichte das Foto an Böhnke. »Insofern hat Ihr Unbekannter keinen Bruch begangen.«

Klangen etwa Zweifel mit in seiner Stimme? Böhnke vermutete, man habe ihm, beziehungsweise Grundler, nicht glauben wollen.

Die beiden Uniformierten kamen von ihrem Erkundungsrundgang ums Haus zurück. »Hier hat sich nichts verändert seit unserer Untersuchung. Alle Siegel sind unbeschädigt. Ich glaube, wir vertun hier unsere Zeit.« Sie verabschiedeten sich mit Zustimmung des Kripomannes, der Böhnke skeptisch musterte.

»Kann es etwa sein, dass Sie sich getäuscht haben? War der Mann vielleicht gar nicht bei Puhlmann gewesen, sondern anderswo?«

Verneinend schüttelte Böhnke den Kopf. Es sei alles so gewesen, wie er es erlebt hatte.

Fast schon Mitleid schwang in der Stimme seines früheren Mitstreiters aus dem Kommissariat. »Komisch ist nur, dass das uns mitgeteilte Autokennzeichen überhaupt nicht zu einem Mann passt. Auf dieses Kennzeichen ist ein kleiner, hellblauer, alter Fiat auf den Namen einer Studentin in Aachen angemeldet. Da gibt es ebenfalls nichts, was für einen Unbekannten spricht.«

Schnell wollte er sich verabschieden. Der Alte hat wohl Halluzinationen, dachte er sich wahrscheinlich.

»Warum sind Sie dann überhaupt gekommen«, knurrte Böhnke gereizt, »wenn alles nur Stuss ist?«

»Wenn ein Anwalt namens Grundler der Kripo die Hölle heiß macht und sich dabei auf einen ehemaligen Kollegen namens Böhnke beruft, dann klingeln bei manchen im Bunker die Alarmglocken. Da werden die Kollegen aktiv, ohne SM einzuschalten.« Der Mann rieb sich kurz das Ohrläppchen. »Offensichtlich war das wohl eine Fehlaktion. Ich kann mir aber nicht vorstellen, dass Sie uns absichtlich in die Irre führen wollten, Herr Böhnke.«

6

Der Gedanke, die beiden Jungen hätten ihm einen üblen Streich spielen wollen, kam Böhnke erst gar nicht. Er glaubte ihnen, zumal sie ihn am nächsten Tag unbefangen fragten, ob er die Nummer hatte brauchen können. Auch nach dem ruhigen Wochenende mit seiner Lebensgefährtin war er immer noch aufgewühlt. In den Stunden mit ihr hatte er zwar verabredungsgemäß nichts über seine Kriminalfälle berichtet, wie auch sie nichts über ihren Dienst in der Apotheke erzählte. In ihrer trauten Zweisamkeit war für das Berufsleben kein Platz. Erst nach ihrer Rückfahrt nach Aachen kamen die Gedanken wieder hoch. Der Pensionär ärgerte sich maßlos, dass ihm seine ehemaligen Kollegen Fehlverhalten oder zumindest kriminalistische Unzulänglichkeit unterstellten.

»Lass sie doch glauben, was sie wollen«, wollte ihn Grundler am Montagmorgen bei seinem Anruf beruhigen. Der Anwalt hatte sich am Wochenende, angeblich, weil ihm nichts Besseres eingefallen war, mit sämtlichen Prozessen beschäftigt, in denen Puhlmann als Kläger oder Beklagter oder gar als Angeklagter beteiligt gewesen war. »Da gibt es eine Menge Leute, die Grund genug gehabt hätten, Puhlmann zu killen.« So beurteilte er die Aktenlage.

»Einschließlich der Aachener Anwaltskanzlei Doktor Dieter Schulz«, witzelte Böhnke schwach.

»Für die paar Kröten, die er uns schuldet, murkse ich keinen ab. Das lohnt sich nicht«, entgegnete Grundler ruhig. »Der Puhlmann konnte froh sein, dass er in der Steuersache so glimpflich davongekommen ist. Dieter hat mit allen Tricks und Kniffen gearbeitet, um das Strafverfahren und ein Urteil abzuwenden. Und das Ende vom Lied?« Grundler seufzte theatralisch. »Puhlmann meint, er schulde uns kein Honorar, weil wir versagt hätten.« Er lachte vergnügt auf. »Aber wir holen uns alles wieder. Und sogar noch mehr.«

»Wieso?«, fragte Böhnke neugierig.

»Du wirst es kaum glauben. Ich bin als Puhlmanns Nachlassverwalter bestellt worden, besser gesagt, unsere Kanzlei. Na, ja«, schränkte er weiter ein. »Wir haben die Anfrage bekommen und wir werden die Sache übernehmen. Aber im Prinzip ist es so, dass wir den Nachlass regeln sollen.« Da mache sich bezahlt, sich bei Familienangelegenheiten aller Art, von der Vaterschaftsfeststellung bis zur Erbschaftssache, einen guten Namen gemacht zu haben, feixte der Anwalt. »Die Angelegenheit habe ich mir natürlich sofort unter den Nagel gerissen.«

Die Verblüffung war groß bei Böhnke. »Wie habt ihr das den geschafft? Da gibt es doch fast schon eine Interessenkollision wegen deiner Verteidigung von Müllender.«

»Alles kein Problem«, behauptete der Anwalt forsch. »Du musst nur die richtigen Leute in den richtigen Ämtern kennen. Aber das nur so am Rande.«

»Was hast du denn jetzt noch?« Böhnke hatte sich längst daran gewöhnt, dass ihn Grundler immer wieder aufs Neue überraschte.

»Kennst du Heinz Kablonski?«

»Nein, nie gehört. Muss ich das?« Dieser Name war Böhnke gänzlich unbekannt.

Oder kramte Grundler wieder einen der kleinen Ganoven hervor, den er vor Jahrzehnten geschnappt hatte?

»Heinz Kablonski wohnt in Lüchow-Dannenberg.«

»Ja, und?«

»Heinz Kablonski wohnt in Lüchow-Dannenberg und fährt einen dunklen Mercedes.« Es bereitete Grundler hörbar Vergnügen, häppchenweise mit seinen Informationen herauszurücken.

Inzwischen griffen die Rädchen in Böhnkes Kombinationsmaschinerie. Er ahnte, was Grundler ihm mitteilen würde.

»Heinz Kablonski wohnt in Lüchow-Dannenberg und fährt einen dunklen Mercedes mit dem Kennzeichen DAN Strich B zwei sechs sieben.«

»Und jetzt?« Böhnkes Jagdinstinkt regte sich. Die Kinder hatten also doch richtig beobachtet, aber den Strich zwischen die falschen Buchstaben gesetzt. »Was ist mit dem Kerl?«

»Du kannst ihn gerne anrufen, wenn du willst«, antwortete Grundler mit aufreizender Lässigkeit. »Aber er wird dir sagen, dass er dir nichts sagen wird. SM hat es ihm nämlich untersagt. Er sei ein wichtiger Zeuge und müsse deshalb zu seiner Rolle im Mordfall Puhlmann schweigen.«

Er hätte sich denken können, dass auch Schulze-Meyerdieck diese Kombinationsmöglichkeit bei der Identifizierung des Autokennzeichens erwogen hatte. Blöd war sein Nachfolger eben nicht, dachte sich Böhnke, nur unsympathisch.

»Schade«, sagte er. »Ist Kablitzki oder so also nicht verhaftet worden?«

»Warum sollte er?«, meinte Grundler. »Kablonski hat eine Aussage gemacht und ist nicht verdächtig.«

»Woher weißt du das?«

»Weil ich mit ihm telefoniert habe und ihn überzeugen konnte, mit mir zu reden.«

Wie dieses Überzeugen aussah, wollte Böhnke besser nicht wissen. Langsam wurde er ungeduldig. »Schieß endlich los«, knurrte er ins Mikrofon.

Kablonskis Geschichte war in gewisser Weise haarsträubend, zugleich aber auch nachvollziehbar: Vor einigen Jahren hatte Puhlmann mit dem Bau von Ferienwohnungen in einem Park auf Mallorca geworben. Als ein Gewinner der innerdeutschen Wende hatte Kablonski im Sinne einer guten Geldanlage Interesse gezeigt und einen

Kaufvertrag unterzeichnet, den Puhlmann als Beauftragter einer spanischen Bauträgergesellschaft gegenzeichnete. Diese Gesellschaft wollte die Touristensiedlung errichten, Puhlmann selbst trat nur als Vermittler auf. Als Anzahlung überwies Kablonski damals 50.000 D-Mark, von denen Puhlmann zunächst seine Provision einstrich. Doch zum Bau der Siedlung kam es nie. Kablonski forderte sein Geld zurück, Puhlmann weigerte sich, zwangsläufig kam es zum Prozess. Im Gerichtsurteil wurde dem Makler bescheinigt, nicht unlauter gehandelt zu haben. Er habe die Provision von Kablonski nach dem Abschluss des Kaufvertrages zu Recht erhalten. Bei der Verhandlung stellte sich heraus, dass der Makler den Rest der Anzahlung als Provision des spanischen Unternehmens erhalten hatte. Diesen Umstand verstand das Gericht als zweiseitige Vereinbarung, die es nicht zu bewerten habe, weil sie die Position des Klägers nicht unmittelbar beträfe. Sämtliche Verträge enthielten die entsprechenden Passagen und auch die von Kablonski gegebene Bestätigung, dass Puhlmann nicht für den Erfolg des Geschäftes hafte. Die spanische Baugesellschaft löste sich noch vor Baubeginn auf, der Inhaber war nicht fassbar. Puhlmann war nicht nachzuweisen, dass er in betrügerischer Absicht gehandelt hatte.

»Der einzige Profiteur dieser Geschichte ist Puhlmann«, erklärte Grundler. Kablonski musste sowohl die Rate von rund 25.000 Euro sowie die Prozesskosten als Verlust verbuchen. »Dieses Geld wollte er von Puhlmann zurückhaben. Deshalb hatte er ihm einen Drohbrief geschrieben, in dem er seine Forderung massiv untermauerte und mit schmerzlichen Konsequenzen für

Puhlmann drohte«, berichtete Grundler weiter. »Kaum hatte Kablonski den Brief abgeschickt, erfuhr er von der Ermordung des Maklers.«

»Wie?«, unterbrach ihn der Kommissar.

»Durch Zufall. Ein Bekannter aus Aachen, der ebenfalls zu den Mallorca-Geschädigten gehört, hat es ihm berichtet. Sie hätten so eine Art Interessengemeinschaft gegründet«, antwortete Grundler und fuhr fort: »Da hat Kablonski sich sofort in seinen Mercedes gesetzt und ist nach Huppenbroich gefahren, um den Brief abzufangen. Du kannst dir vorstellen, dass er in Mordverdacht geraten wäre, wenn SM den Brief gefunden hätte.«

»Was macht dich denn so sicher, dass Kablonski nicht der Mörder ist?«

»Ganz einfach. Er ist zum einen sehr offen und zum anderen Rechtshänder, der am linken Arm eine Handprothese hat. Der kommt als Täter nicht in Frage.«

Die Richtigkeit dieser Angabe wollte Böhnke zunächst akzeptieren, trotzdem würde er dem Mann noch keinen Freibrief ausstellen. Aber er hatte noch eine Frage: »Wieso kannte Kablonski überhaupt die Adresse von Puhlmann in Huppenbroich?«

Wieder blieb Grundler die Antwort nicht schuldig. »Puhlmann hat dieses Mallorca-Geschäft unter seiner Huppenbroicher Adresse abgewickelt. Er hatte im Prinzip zwei Geschäftssitze, den in Aachen und den in Huppenbroich. Nach welchen Kriterien er bei seinen Geschäften vorging, kann ich dir noch nicht sagen.«

Der Anwalt räusperte sich. »Ich habe übrigens einen Job für dich, wenn du willst. Natürlich nur, wenn du willst.«

»Was denn?«, fragte Böhnke mehr aus Höflichkeit und ohne echtes Interesse. Er hatte lange genug gearbeitet, um sich nicht nach seiner Pensionierung und in seinem Gesundheitszustand eine neue Tätigkeit aufbürden zu lassen.

»Ich brauche einen Assistenten, der mir bei der Nachlassverwaltung hilft. Puhlmann hat anscheinend keine Erben. Da haben wir viel Arbeit.«

Für Grundler war Böhnkes Zustimmung anscheinend selbstverständlich. »Ich hole dich morgen ab. Du musst mit mir Puhlmanns Wohnung in Aachen untersuchen und die Unterlagen sichten.«

Wenn's weiter nichts war. Diesen Gefallen würde er Grundler gerne tun, auch ohne dessen Assistent zu sein.

»Warum fangen wir denn nicht in Huppenbroich an? Das liegt doch direkt vor meiner Nase«, fragte Böhnke, obwohl er die Antwort schon ahnte.

»Weil unser Freund SM und die Staatsanwaltschaft diese Wohnung noch nicht freigegeben haben. Die hoffen wohl, dort weitere Beweise für Müllenders Schuld zu finden.«

7

Elsa-Brandström-Straße, nahe der Einmündung zur Krefelder Straße, dort hatte Puhlmann sein Aachener Domizil. In dem modernisierten, mit einer frisch gestrichenen Putzfassade geschmückten Haus aus der

Zeit vor dem Ersten Weltkrieg wohnte und arbeitete der Makler. Platz für drei Familien war bestimmt in den vier Geschossen mit den fast drei Meter hohen Räumen vorhanden, doch hatte es der Makler vorgezogen, das gesamte Haus, das in ein Ensemble ähnlich alter und ähnlich aufwändig sanierter Patrizierhäuser eingebettet war, allein zu bewohnen. In der Nachbarschaft hingegen schienen mehrere Mietparteien heimisch zu sein, wie an den vielen Namensschildern neben den Hauseingängen zu erkennen war.

»Hier hat er es wenigstens nicht weit zum Tivoli und zur Alemannia«, flachste Grundler beim Anblick der ebenso maroden wie technisch unmodernen Flutlichtmasten in einiger Entfernung talabwärts, bevor sie in dem schmalen Vorgarten einige Steinstufen neben einer nachträglich angelegten Garageneinfahrt zum Keller hinaufstiegen, derweil er den gut bestückten Schlüsselbund aus seiner Hosentasche fingerte. Nach längerem Suchen fand er den passenden Schlüssel für das Sicherheitsschloss der massiven, stabilen Haustür aus Eichenholz. Es fehlte jeglicher Hinweis auf den Bewohner dieses Hauses, stellte Böhnke fest, bevor er hinter Grundler eintrat.

»Nicht schlecht, Herr Specht.« Anerkennend pfiff der Anwalt durch die Zähne. Der erste Eindruck vom Hausinneren war fast atemberaubend und ließ Böhnke sprachlos staunen.

»Der Junge hat echt Geschmack. Hätte ich ihm nicht zugetraut«, urteilte Grundler. Hell gestrichene Wände im breiten Treppenhaus, moderne Strahler, ein dicker, roter Teppich, der über den glänzenden Marmorstufen lag, bildeten den Rahmen für eine Bildersammlung, die jeder anspruchsvollen Kunstgalerie zur Ehre gereicht hätten. Puhlmann zeigte seinen Reichtum ohne Scheu. Die Motive der Gemälde fanden nicht unbedingt Böhnkes Zustimmung: Nackte Frauen in allen möglichen Variationen würde er sich nicht in den Hausflur hängen. Aber von künstlerischer Qualität waren die Gemälde ohne Zweifel. Einige bekannte Namen befanden sich unter den Malern.

»Da kommt bei der Inventarisierung viel Arbeit auf uns zu«, meinte Grundler zu Böhnke. »Ich hoffe für uns, dass Puhlmann ein anständiges Verzeichnis angelegt hat.« Und schon stiefelte er schnell durch den Flur.

Ehe Böhnke sich versah, saß er am wuchtigen Ecktisch in Puhlmanns Büro und blätterte durch immer neue Aktenordner, die Grundler vor ihm aufstapelte.

»Irgendwo wirst du bestimmt fündig werden«, sagte er und ließ dabei offen, wonach Böhnke suchen sollte.

Puhlmann war offensichtlich ein gründlicher und ordentlicher Mensch gewesen. Er hatte sämtliche geschäftlichen Vorgänge seiner über 20-jährigen Maklertätigkeit gesammelt, alle Steuerbelege gehortet und etliche Bescheinigungen abgeheftet, die ihm gesetzeskonformes Verhalten bei der Berufsausübung bestätigten. Auch waren alle Prozessakten vorhanden.

Diese Papierberge durchzulesen, wäre eine zeitaufwändige Arbeit, die allenfalls einem Pensionär zuzumuten sei, hatte Grundler ironisch gemeint und die Akten kurzerhand beiseite geschoben. Interessanter erschienen ihm die Kontoauszüge. Bei drei international tätigen Geldinstituten hatte Puhlmann Bankverbindungen.

Alle Konten wiesen ein sattes Guthaben aus, insgesamt rund 400.000 Euro.

»Der war kein guter Geschäftsmann«, lästerte Grundler. »Ein guter Geschäftsmann hat auf seinem Geschäftskonto immer rote Zahlen.« Seine Vermutung, Puhlmann könnte eventuell noch ein weiteres, verstecktes Konto haben, konnte er nach dem Aktenstudium nicht erhärten. Der Makler hatte seine Karten stets offengelegt, was gleichzeitig zu großer Verwirrung führte. In Anbetracht der vielen Ein- und Auszahlungen wären unlautere Geschäfte wahrscheinlich nicht einmal aufgefallen.

»Das ist ein Vorzeigeunternehmer, wie ihn sich unser Wirtschafts- und unser Finanzminister wünschen«, lobte Grundler, wenngleich er seine Zweifel nicht zurückhielt. »Der Kerl hat eine so saubere, weiße Weste, dass sie mich schon blendet. Er ist scheinbar makellos.«

Böhnke schwieg zu diesen Bemerkungen. Was sollte er auch ohne Kenntnisse von Puhlmann und dessen Geschäften über ihn urteilen? Er würde warten, bis er sein Urteil fällen würde. Nachdenklich beobachtete er Grundler, der sich schneller einen Überblick machen wollte als er.

Sein Vermögen hatte Puhlmann vorwiegend in Immobilien angelegt. Nach einem guten Dutzend hörte Grundler auf, die entsprechenden Unterlagen zu zählen.

Interessehalber suchte er nach einer Akte zu Kablonski und wurde schnell fündig. Von der ersten Gesprächsnotiz über Vermerke von Gesprächen mit dem spanischen Unternehmen bis hin zum Betrag der Überweisung und dem anschließenden Prozess hatte Puhlmann alle Schritte fein säuberlich aufgezeichnet. Selbst der Verweis auf die Nummer des Buchungseingangs von Kablonskis Rate war notiert.

»Der hat den ganzen Tag nichts anderes getan, als seine Unterlagen zu ordnen«, wunderte sich Grundler. Der Blick auf das Konto bestätigte die Richtigkeit des Vermerks. Kablonskis Pleite nahm Grundler zum Anlass, nach ähnlichen Fällen zu suchen. Er hatte rasch Erfolg: Außer Kablonski hatten noch vier andere Vertragspartner bei dem mallorquinischen Geschäft draufgezahlt.

»Insgesamt 250.000 Mark für nichts kassiert zu haben, das macht einen guten Schnitt«, brummte der Anwalt, der schnell auf die nächste dubiose Geschäftspraktik stieß: Mehrmals hatte Puhlmann Reihenhäuser bauen lassen, für viel Geld verkauft, später teilweise bei Zwangsversteigerungen erneut billig erworben, um sie anschließend wieder mit großem Gewinn ein zweites Mal zu veräußern.

»Der Kerl war ein großer Abzocker«, behauptete Grundler bei der Durchsuchung der Privaträume in den beiden oberen Etagen. »Und so einer lässt sich von einem kleinen Räuber abmurksen?«, fragte er und gab sich die Antwort: »Kann ich mir nicht vorstellen.« Er zeigte auf die vielen wertvollen Gegenstände, mit denen sich der Makler umgeben hatte: goldene Wanduhren, chinesische Vasen, Figuren aus Meißener Porzellan. Im Schlafzimmer fanden sie eine Schmuckschatulle, in der verschiedene Rolex-Uhren lagen.

Auch in den oberen Geschossen hingen Gemälde, die vielleicht erotisch sein sollten, aber nach Böhnkes

Auffassung einfach nur teuer waren, wenn er an einige Überweisungen dachte, die Puhlmann an Galeristen geleistet hatte. Er würde sich solche Bilder niemals an die Wand hängen.

»Glaubst du etwa, Müllender, der kleine Strauchdieb, würde sich so eine Beute entgehen lassen?«, fragte der Anwalt skeptisch, eine der wertvollen Uhren in der Hand wiegend. »Stattdessen fährt Müllender nach Huppenbroich, knallt Puhlmann ab und zieht ohne Beute ab. Das kann nicht sein.«

»Ist aber so. Jedenfalls spricht vieles dafür«, hielt Böhnke dagegen. »SM hat doch die Beweise.« Ihm lag eine Frage auf den Lippen, doch behielt er sie für sich.

»Aber kein Motiv«, knurrte Grundler. »Oder kannst du mir verraten, warum Müllender eine so fette Beute liegen lassen sollte?«

Fette Beute war der passende Ausdruck, griemelte Böhnke. Fett war Puhlmann in der Tat. Daran änderten auch die Trimmgeräte nichts, die in einem Gymnastikraum neben dem Badezimmer aufgebaut waren. Wahrscheinlich hatte der Makler sie niemals intensiv genutzt. Auch den Garten schien er eher als Dekoration denn als Beschäftigungsfeld angesehen zu haben. Der Blick aus den zimmerhohen Fenstern fiel in eine gartenarchitektonische Idylle von Bäumen, Büschen und Blumenbeeten, die das Grundstück zu allen Seiten abschotteten und jegliche Einblicke verhinderten. Puhlmann ließ augenscheinlich nur Fachleute bei der Gartenarbeit ans Werk.

Der zur Straße hin nicht erkennbare Prunk und der Reichtum waren schier überwältigend.

»Der Puhlmann ist so sauber, der ist schon wieder dreckig«, polemisierte Grundler, der sich einen weiteren Aktenordner vornahm. Lange blätterte er durch die Unterlagen, dann fragte er Böhnke mit einigem Erstaunen: »Kannst du mir das erklären? Puhlmann besitzt drei Autos, einen Mercedes-Geländewagen, eine Jaguar-Limousine und einen Porsche-Sportwagen. Die Garage in Huppenbroich ist aber leer.«

Böhnke schmunzelte. Er hatte gewusst, dass Grundler von selbst auf die Frage kommen würde: Wie war Puhlmann nach Huppenbroich gekommen?

Ihre Blicke sagten genug. Schnell gingen sie in das zur Garage umgebaute Kellergeschoss. Alle drei Fahrzeuge waren ordentlich geparkt, sauber und unverschlossen abgestellt. Die Autoschlüssel steckten.

Nachdenklich sah Grundler zu seinem Begleiter. »So viel ich weiß, hat Müllender weder ein Auto noch einen Führerschein. Was nun?«

Das stürmische, unrhythmische Klingeln am Hauseingang unterbrach ihre Diskussion, die sich in einer verwirrenden Sackgasse befand. Wie waren Puhlmann und Müllender nach Huppenbroich gekommen? Warum sollte ein Räuber und Dieb zum Mörder werden?

Für Grundler war es keine Frage, die Tür zu öffnen. Er war dankbar für jeden, der ihm Informationen über Puhlmann geben konnte. Vielleicht war es ja eine Putzfrau? Wer würde schon an einer Tür klingeln, ohne Interesse an einer Kontaktaufnahme zu haben? Es sei denn, es war ein kleiner Gauner, der testen wollte, ob das Haus leer war.

Klein war der Mann schon, der im Eingang stand. Aber als Gauner hätte Grundler ihn öffentlich niemals bezeichnet, den AZ-Reporter Sümmerling, der ihn vergnügt ansah.

»Sieh mal an«, sagte der schmächtige Mann, der Grundler gerade bis zur Schulter ging, mit einem strengen Blick durch seine kleine Nickelbrille, die ihm einen intelligenten Gesichtsausdruck verleihen sollte. »Da habe ich doch richtig gelegen.« Ungebeten trat er ins Haus und blickte sich interessiert um.

»Wenn ich nicht genau wüsste, dass es einer Ihrer Lieblingsausdrücke ist, Herr Grundler, dann würde ich glatt sagen: Nicht schlecht, Herr Specht.« Er gab sich keine Mühe, den Aachener Singsang in seiner Sprache zu unterdrücken. Ohne Zaudern schritt der Mann undefinierbaren Alters durchs Treppenhaus, gestoppt erst durch Böhnke, der sich ihm in den Weg stellte.

Mit offenem Mund staunte der Journalist den Pensionär an. »Au Banan! Jetzt verstehe ich zugegebenermaßen überhaupt nichts mehr. Ich denke, Sie sind nicht mehr im Polizeidienst, Herr Kommissar?«

»Ist er auch nicht«, antwortete Grundler schroff an Böhnkes Stelle, ehe dieser überhaupt etwas sagen konnte. »Vergessen Sie ganz schnell, dass Sie Herrn Böhnke hier gesehen haben. Es ist besser für Sie, Herr Sümmerling!«

Sümmerling schluckte. Die angedeutete Drohung behagte ihm nicht. Aber er wusste, er fuhr besser, wenn er auf Grundlers Worte hörte statt gegen ihn zu arbeiten. Seinen journalistischen Erfolg hatte er teilweise auch dem Anwalt und dem ehemaligen Polizisten zu verdanken, die einige Fälle spektakulär gelöst hatten, über die er exklusiv berichten konnte, weil Grundler mit Böhnkes Zustimmung Informationen beigesteuert hatte.

Sofort wechselte der Anwalt das Thema und kam erneut Böhnke zuvor. Der pensionierte Kommissar fühlte sich nicht wohl in seiner Haut. Er wurde von Grundler in eine Sache hineingezogen und konnte sich nicht wehren. Grundler hielt die Fäden in der Hand und er stand daneben.

»Warum sind Sie eigentlich hierher gekommen?«, fragte Grundler.

Rein zufällig, behauptete Sümmerling. Er sei bei einer Pressekonferenz im Polizeipräsidium gewesen und hätte auf der Rückfahrt ins Städtchen zu einem weiteren Termin Grundlers Wagen vor Puhlmanns Einfahrt gesehen.

»Da ich ohnehin mit Ihnen sprechen wollte, kann ich mir den Weg zur Theaterstraße sparen. Doch zunächst eine Frage: Was machen Sie überhaupt hier?«

Das ginge ihn nichts an, raunzte Grundler. »Ich bin beruflich und mit Erlaubnis der Staatsanwaltschaft hier. Mein Besuch ist rein zivilrechtlicher Art, wenn Sie wissen, was ich meine.«

Das Grinsen in Sümmerlings Gesicht wuchs an. »Aha, Erbschaft oder so.«

»Was wollen Sie von mir?« Der Anwalt verkniff sich einen Kommentar. Der Schreiberling brauchte nicht alles zu wissen.

»Ich wollte Ihnen nur sagen, dass SM gerade auf den Weg zu Müllenders Wohnung ist«, sagte Sümmerling zu

Grundlers Verblüffung, die schnell zu Empörung wurde. Wie kam die Kripo nur dazu, gegen seinen Mandanten zu ermitteln, ohne ihn zu informieren? Das würde noch ein Nachspiel haben!

»Was wollen die denn?« schnauzte er.

»Das habe ich leider nicht mitbekommen«, antwortete der AZ-Reporter. »Ein Freund im Polizeipräsidium hat mir beim Vorbeigehen nur gesteckt, dass SM dorthin unterwegs ist.«

Nur einen kurzen Blick tauschte Grundler mit Böhnke aus, eilte dann nach dessen Kopfnicken zu seinem Wagen und ließ die beiden anderen Männer zurück.

»Dass Sie bloß nichts anfassen«, warnte er Sümmerling zuvor streng.

Bei den neugierigen Fragen von Sümmerling gab sich Böhnke äußerst einsilbig. Er habe Grundler begleitet, mehr sei nicht, meinte er, bevor er aufs ungewöhnliche schöne Sommerwetter ablenkte. Es wurmte ihn schon, Grundler nicht begleiten zu können und tatenlos warten zu müssen. Andererseits hätte es nicht gerade für Begeisterung bei den Kripo-Kollegen gesorgt, wenn er als ehemaliger Mordermittler als Begleiter eines Strafverteidigers in der Wohnung eines Tatverdächtigen aufgetaucht wäre. Mithin geduldete er sich notgedrungen in Puhlmanns Wohnzimmer, nachdem er Sümmerling freundlich, aber bestimmt vor die Tür gesetzt hatte.

Sein nächster Griff ins Bücherregal förderte ein Fotoalbum zu Tage. Die Fotos hatte Puhlmann akribisch genau archiviert und mit Datumsangabe versehen. Beginnend von seiner Kindheit mit dem obligatorischen nackten, dicken Baby auf dem Eisbärenfell bis zur Entlassung aus dem Gymnasium reichte die Zeitspanne, die die Bilder von Puhlmanns Leben dokumentierten. Ein großes, ganzseitiges Foto der Abiturientenklasse beendete die Sammlung. Ein wenig wunderte sich Böhnke, nachdem er den nächsten Bilderordner durchgeblättert hatte. Das zweite Album enthielt Aufnahmen aus der Studentenzeit und den Anfangsjahren der beruflichen Tätigkeit. Diese Dokumentation endete mit einem Bild, das den damals knapp 30-jährigen Puhlmann in Begleitung eines etwa 50-jährigen Mannes zeigte, der nicht gerade begeistert in die Kamera blickte. Ein zweiter, junger Mann in Puhlmanns Alter hielt sich im Bildhintergrund auf, als sei er nur zufällig aufs Foto gekommen. Der ältere Mann war der Makler, dessen Geschäft Puhlmann übernommen hatte, den jüngeren Mann hatte Puhlmann bei seiner Bildunterschrift wegen dessen Bedeutungslosigkeit gar nicht für erwähnenswert gehalten.

Danach brach die Bilddokumentation ab. Seit seinem 30. Geburtstag hatte Puhlmann anscheinend darauf verzichtet, sich privat ablichten zu lassen. Diese private Abstinenz stand allerdings im krassen Gegensatz zu den Fotografien, die in der Öffentlichkeit von ihm gemacht wurden und die in den Zeitungen erschienen. Die Zeitungsausschnitte hatte der Makler in mehreren Ordnern abgeheftet. Den Privatmann Puhlmann hingegen gab es nicht mehr auf Fotografien.

Merkwürdig, dachte sich Böhnke, der sich noch einmal die Fotoalben ansah. Aber er fand nichts, von dem er annahm, es sei auffällig.

Und dennoch hatte er das unangenehme Gefühl, eine Kleinigkeit übersehen oder nicht richtig bewertet zu haben.

Die Müdigkeit hatte ihn schon übermannt, als Grundler endlich zurückkehrte. Böhnke hatte es sich auf einer Couch bequem gemacht und die Augen geschlossen.

Der Anwalt ließ seinem Unmut freien Lauf. »Da fahre ich wie ein Henker nach Vaalserquartier, um dort in einer Siedlung vor Müllenders Wohnung von einem Grünen abgebürstet zu werden. Ich käme zu spät. Wenn ich etwas wolle, müsste ich ins Präsidium.«

Daraufhin war Grundler in die Soers gefahren, um zu erfahren, er habe sich gefälligst zu gedulden. Schulze-Meyerdieck würde in einer knappen Stunde Zeit für ihn haben.

»Du hättest dieses arrogante Arschloch sehen müssen«, ereiferte sich Grundler, während er sich zu Böhnke setzte. »Wie ein Bittsteller hat er mich empfangen.« Er holte tief Luft. »Und wie ein Trottel bin ich verabschiedet worden.« Ungehalten sprang er wieder auf und lief durch den großen Wohnraum.

»Die Polizei hat doch tatsächlich in Müllenders Wohnung einen Briefumschlag mit 11.500 Euro gefunden. Und weißt du was? Auf den Geldscheinen und auf dem Umschlag befinden sich Puhlmanns Fingerabdrücke.«

Was diese Feststellung bedeutete, konnte sich Böhnke denken: Raubmord. Müllender hatte Puhlmann erschossen und das Geld geraubt. Damit war ein Motiv gegeben, der Fall wohl endgültig in trockenen Tüchern. Schulze-Meyerdieck konnte endgültig einen Aufklärungserfolg feiern.

Merklich räusperte der Pensionär sich, um Grundlers Aufmerksamkeit zu erregen, der immer noch aufgebracht zwischen den Sitzmöbeln und den Tischen umher rannte: »Warum sind denn meine ehemaligen Kollegen überhaupt zu Müllender gefahren?«

»Du Witzbold«, keifte Grundler ungehalten, »das habe ich natürlich auch gefragt. Und dann hat man mich mit der größten Unverschämtheit abgebürstet, die mir in den letzten Jahren untergekommen ist. Der SM hat mir doch tatsächlich gesagt, dass sei erstens egal und zweitens Folge seines kriminalistischen Kombinationsgeschicks, weswegen er die Wohnung untersucht habe. Schließlich gebe ihm das Ergebnis recht. Müllender sei endgültig überführt. Ich könne schon ruhig für mein Plädoyer üben oder besser noch das Mandat wegen Hoffnungslosigkeit niederlegen.«

Grundler konnte sich nicht beruhigen, doch nahm Böhnke darauf keine Rücksicht. »Was sagt denn Müllender dazu?«, fragte er ruhig.

»Der Penner glotzt mich zuerst saudoof an und sagt dann wie eine Heulsuse: ›Ich war es nicht.‹ Und das soll ich ihm glauben?« Grundler steigerte das Tempo seines Slaloms durch das kostbare Mobiliar.

»Das wird SM zu spüren bekommen. Den Müllender hole ich raus, nur um diesen überheblichen Affenarsch aus Bielefeld bloßzustellen.«

»Wie denn?« Böhnke blieb sachlich.

Die blauen Augen funkelten wild, als Grundler auf ihn zutrat. »Ich weiß es noch nicht, Herr Böhnke. Aber wozu habe ich einen Assistenten?«

8

Nach dem anstrengenden, ereignisreichen Ausflug nach Aachen voller Überraschungen war Böhnke froh, dass Grundler ihn am nächsten Morgen nach Huppenbroich zurückbrachte. Den Abend hatten sie noch mit erhitzten Diskussionen über die Möglichkeiten, Müllender zu verteidigen, im Knossos am Templergraben, dem Stammlokal von Grundler, verbracht.

Das Ergebnis war ernüchternd: Es sah schlecht aus für den Tatverdächtigen.

Böhnke hatte versucht, Kablonski in den Kreis der möglichen Täter aufzunehmen. »Er muss ja nicht selbst geschossen haben, er kann ja einen anderen zu der Tat angestiftet haben«, meinte er.

Doch widersprach Grundler. »Daran glaube ich nicht. Der Kablonski und auch die anderen Mallorca-Geprellten sind im Prinzip Biedermänner. Die trauen sich nicht.«

Gegen Mitternacht fühlten sich beide nicht mehr in der Lage, in die Eifel zu fahren. Kurzum quartierte sich Böhnke bei seiner Lebensgefährtin in der Innenstadt ein. »Je oller, je doller, Commissario«, kommentierte sie trocken sein spätes, unangemeldetes Erscheinen.

Grundlers Daimler war voll bepackt mit Ordnern, als er Böhnke nach kurzem Schlaf abholte.

»Alles von Puhlmann«, grinste der muntere Anwalt, »damit du da oben in der Eifel zwischen Buchen und

Krähen etwas Sinnvolles zu tun hast.« Ziemlich wahllos hatte Grundler die Unterlagen zusammengeklaubt.

»Das ist doch nicht alles, oder?«, fragte der noch müde Böhnke vorsichtig.

»Nicht alles, aber ein Anfang.«

»Wonach soll ich denn überhaupt suchen?«

»Weiß ich doch nicht«, antwortete der Anwalt. »Finde irgendetwas, das ich vielleicht für oder gegen Puhlmann verwenden kann und das gleichzeitig Müllender nutzt.«

Kopfschüttelnd schaute Böhnke aus dem Seitenfenster auf das ehemalige Sportcenter neben der Bundesstraße am Ortseingang von Roetgen, das in die Schlagzeilen geraten war, nachdem es zu einem Swingerclub umgebaut werden sollte. Diese Idee hatte nicht gerade für Begeisterung und im Gegenteil für hitzige Diskussionen im Dorf der Millionäre gesorgt. »Du hast Einfälle«, sagte er nur.

Er ließ Grundler den Aktenberg ins Ferienhaus schleppen, schaute ihm aufreizend lässig zu und meinte schmunzelnd: »Es ist doch schön, so gute Assistenten für die Hilfsarbeiten zu haben.« Diese Bemerkung lag ihm einfach auf den Lippen, er musste sie quitt werden. Winkend schaute er seinem jungen Freund nach, anschließend machte er es sich im Garten, dessen Zustand er gerne als naturbelassen bezeichnete, in einen Liegestuhl bequem und begann, in den Akten zu schmökern.

Erstaunlich fand er schon, wer alles mit Puhlmann zu tun hatte. Da tauchten Namen von Industriellen, Neureichen und Politikern auf, die mit Puhlmanns Unterstützung Immobilien erwarben oder verkauften. Wenn es ein

System bei Puhlmann gab, dann bestand es darin, dass er sich nicht verzettelte. Er behielt bei seinen Aktionen immer den Überblick und brachte es sogar fertig, einen Maklerauftrag des Aachener Oberbürgermeisters mit der Begründung zurückzuweisen, er habe momentan keine Zeit. Nachteilige Auswirkungen hatte die Ablehnung offenbar nicht, denn ein Jahr später makelte er auf Bitte des Oberbürgermeisters den Kauf einer Eigentumswohnung. Anderweitig beschäftigt, so begründete Puhlmann viele Absagen an Kunden. Sobald er aber einen Auftrag annahm, erfüllte er ihn auch korrekt bis zum letzten Cent der Abrechnung.

Gerissener Abzocker? Seriöser Geschäftsmann? Heiliger? Oder doch Scheinheiliger? Böhnke wollte keine Antwort auf seine Frage geben. Er kam mit der Persönlichkeit von Puhlmann nicht klar, vor allem aber vermisste er immer noch den Privatmann Puhlmann. Den gab es nach diesen Unterlagen einfach nicht.

Mehr durch Zufall als durch gezieltes Suchen stieß der Pensionär auf die Mieterliste eines Wohnblocks von Puhlmann in Walheim. Böhnke traute seinen Augen kaum, als er den Namen Müllender las. Müllender hatte vor ein paar Jahren eine Wohnung gemietet, Puhlmann hatte nach wenigen Wochen den Mietvertrag kurzerhand aufgelöst, als er erfuhr, dass Müllender vorbestraft war. Klaglos hatte Müllender die Kündigung handschriftlich quittiert.

Diese Information passte überhaupt nicht ins Verteidigungskonzept für Müllender. Er kenne Puhlmann nicht, hatte der vermeintliche Mörder stets behauptet. Und jetzt war diese Behauptung unzweifelhaft widerlegt.

Grundler wäre alles andere als begeistert. Seufzend griff Böhnke zum Handy und wählte dessen Kanzleinummer. Er könne ihn nicht sprechen, erklärte ihm Sabine. »Tobias hat sich mit Sümmerling zu einem Arbeitsessen verabschiedet und kein Handy mitgenommen. Ich soll Ihnen aber ausrichten, dass er Sie heute noch besuchen will.«

Dann muss halt die Information warten, sagte sich Böhnke. Sie würde Müllender ohnehin nicht helfen.

Zufrieden war Grundler keineswegs, als er aus dem Wagen stieg. Mit grimmiger Miene setzte er sich zu Böhnke, der nach Mittagsschlaf und Spaziergang auf seiner kleinen Wiese die Sonnenstrahlen genoss.

»Du siehst aus, als hättest du einen Steuerbescheid bekommen«, sagte Böhnke gespannt. »Wer hat dich geärgert?«

»Sümmerling oder Müllender. Je nachdem, wie du es siehst.«

»Aha.« Sonderlich aufschlussreich fand Böhnke diese Antwort nicht. »Hat Sümmerling etwa die Exklusivrechte an Müllenders krimineller Karriere erworben?«

»Quatsch«, schnaubte der Anwalt, der mürrisch auf dem hölzernen Gartenstuhl umherrutschte. Böhnkes Vorschlag, auf einem Bummel durch Huppenbroich Dampf abzulassen, stimmte er spontan zu und sprang sofort auf.

Sümmerling hatte doch mehr auf dem Kasten, als ihm allgemein zugetraut wurde, dachte Böhnke anerkennend, nachdem Grundler seine informative Begegnung mit dem AZ-Journalisten geschildert hatte. Unabhängig von Polizei, Staatsanwaltschaft und Grundler hatte der Schreiberling recherchiert und dabei Erstaunliches ans Tageslicht gefördert: Müllender hatte vor ein paar Tagen am Aachener Hauptbahnhof illegal von einem ausländischen Waffenhändler eine Pistole gekauft, angeblich nicht für sich, sondern für einen Auftraggeber.

»Und weißt du, wer dieser Auftraggeber ist?«, fragte Grundler zornig. Er wartete nicht, bis sein Begleiter antwortete. »Er hat die Knarre für Puhlmann besorgt.«

Woher er sein Wissen hatte, habe der Journalist mit Hinweis auf einen Informantenschutz nicht sagen wollen. Dann könne er gleich einpacken, hatte er gesagt. Dass die Information zutraf, hatte Müllender auf Nachfrage von Grundler zugegeben. Damit ließen sich aber nicht die 11.500 Euro erklären, die in der Wohnung des Gauners gefunden wurden, berichtete Grundler. Müllender habe 2.500 Euro von Puhlmann erhalten, 1.500 für die Waffe und die Munition ausgegeben und den Rest als Provision erhalten. »Dann behauptet er auch noch, bei Puhlmann eine Quittung über den Geldbetrag unterzeichnet zu haben.«

»Kann nicht sein«, meinte Böhnke impulsiv. »Dann hätten wir diese Quittung wahrscheinlich längst gefunden.«

»Oder sie befindet sich in der Huppenbroicher Wohnung. In die kommen wir aber nicht rein«, schimpfte Grundler. Er würde sich hüten, die Dienstsiegel zu zerstören, um dort herumzustöbern. Und bei der Staatsanwaltschaft einen Antrag auf Durchsuchung zu stellen, käme auch nicht in Frage. »Ist ja auch egal. Tatsache ist, dass Müllender für Puhlmann eine Waffe besorgt hat.

Wozu Puhlmann die Pistole haben wollte, wusste Müllender nicht genau. Der Makler hat etwas davon gefaselt, er brauche sie als Schutz vor Einbrechern.«

»Vielleicht hatte er Angst, weil er sich bedroht fühlte oder erpresst wurde«, mutmaßte Böhnke.

»Vielleicht, vielleicht«, echote Grundler ohne große Begeisterung und schlug mit einem Stock kräftig gegen eine Buche. »Das hilft mir nicht weiter. Wenn SM erfährt, was wir wissen, ist Müllender garantiert fällig.«

»Er erfährt es doch sowieso. Spätestens morgen, wenn Sümmerlings Artikel in der Zeitung steht.«

»Nein«, behauptete Grundler. »Der schreibt nichts. Hat er mir versprochen.« Er musste verschmitzt grinsen. »Ich habe ihm zugesagt, er erhält als Einziger die Infos, wenn ich den Mord aufgeklärt habe.«

Verblüfft blieb Böhnke stehen. »Gibt es denn einen anderen Täter außer Müllender?«

»Habe ich das gesagt? Wenn Sümmerling mich so interpretiert, ist das seine Sache. Mir jedenfalls ist es nur recht, wenn er die Klappe hält.« Grundler hielt mitten auf dem Weg inne. »Noch tappt SM hinter mir her. Ich weiß nicht, ob ich ihn überhaupt informieren soll.«

»Kannten sich denn Puhlmann und Müllender? Müllender hat die Bekanntschaft doch immer abgestritten«, gab Böhnke zu bedenken, sein Trumpfass in der Hinterhand haltend.

»Müllender bleibt beharrlich dabei, es sei eine Zufallsbekanntschaft gewesen. Puhlmann habe sich am Bahnhof nach einer Pistole erkundigt und hätte ihn gefragt. Daraufhin seien sie ins Gespräch gekommen und sich schnell einig geworden.« Grundler steuerte wieder

Böhnkes Wohnung an. »Warum sich Puhlmann nicht auf legale Weise eine Pistole besorgt hat, bleibt wohl für immer sein Geheimnis.«

Der erfahrene Kriminalist schwieg dazu. Zu oft hatte er miterleben müssen, dass auf dem Schwarzmarkt Waffen gekauft wurden, um bei ihrer Verwendung die Herkunft verwischen zu können. Hinweise auf den Schützen hinterließen sie nicht, wenn sie am Tatort nach einem Verbrechen zurückblieben.

Augenscheinlich hatte sich Grundler beruhigt. Gähnend streckte er sich im Sessel und fragte ungeniert nach einer Flasche Mineralwasser. Auf Dauer würde dieser ruhige Zustand nicht anhalten, dafür war Böhnkes Wissen zu brisant. Er kannte seinen Freund gut genug, um zu wissen, wie er reagieren würde.

Ohne lange zu warten, ließ er die Katze aus dem Sack: »Müllender hat dich wieder einmal belogen, Tobias. Er kennt Puhlmann schon seit einigen Jahren.« Während Grundler heftig hustete, weil er sich vor Überraschung gewaltig verschluckt hatte, holte Böhnke den Beleg vom Schreibtisch. »Müllender war Mieter bei Puhlmann. Puhlmann hat Müllender vor die Tür gesetzt.«

Zunächst erschrocken, dann wütend starrte der Anwalt wechselweise den Kommissar und das Blatt Papier an. »Das ist ja die Höhe«, entfuhr es ihm. Nur kurz sackte er nachdenklich im Sessel zusammen, dann sprang er behände auf. »Ich muss los.«

»Wohin?«

Grundler lächelte und zeigte große Entschlossenheit. »Ich will jetzt noch zu SM und wenn ich ihn aus dem Bett klingele. Ich werde ihm alles sagen, was es über Müllender zu sagen gibt: Dass er Puhlmann kannte, dass er ihm eine Waffe besorgte und dass er dafür Geld bekommen hat.«

Erstaunt schaute Böhnke seinen Freund an. »Darfst du das? Musst du nicht deinen Mandanten schützen?«

»Meinen Mandanten muss ich offenbar vor sich selbst schützen«, polemisierte Grundler. »Ich bin Organ der Rechtspflege. Es ist meine wichtigste und einzige Aufgabe, das Recht zu schützen und dem Recht zu seinem Recht zu verhelfen.« Er grinste böse. »Entweder ist Müllender jetzt endgültig reif und ich habe dazu beigetragen, einen Mord aufzuklären.«

»Oder?«

»Oder Müllender kommt frei, weil ich einen Mörder finde.« Aber diese Möglichkeit sei zugegebenermaßen nach dem Stand der Dinge nicht sehr wahrscheinlich. »Ich glaube, SM denkt nicht daran, noch nach anderen potenziellen Tätern zu suchen.«

Da wolle er nicht widersprechen, stimmte Böhnke zu. Schulze-Meierdieck und der Polizeipräsident hatten sich viel zu sehr schon darauf festgelegt, dass Müllender der Mörder von Puhlmann war. Da würden sie nichts unternehmen, um nach anderen Tätern zu suchen oder sich darum bemühen, entlastendes Material zu sammeln, das Müllenders Unschuld beweisen könnte.

»Und wir haben Ruhe bei unseren weiteren Ermittlungen. Raffiniert, was?« Schlimmer könne es für Müllender eh nicht mehr werden. Grundler zeigte wieder sein freches, bisweilen sogar als arrogant bewertetes Grinsen. »Müllender ist doch gut versorgt, die Kripo lehnt sich zufrieden zurück und wir können nach Dingen suchen, die vielleicht doch noch zugunsten von Müllender ausgelegt werden können.«

»Glaubst du daran?« Böhnkes Skepsis und Unbehagen waren größer als der angebliche Optimismus, den Grundler zum Ausdruck bringen wollte. Wohin sollte es führen, wenn ein Verteidiger seinen Mandanten quasi ans Messer lieferte, um dann unbehelligt nach Beweisen für dessen Unschuld zu suchen?

»Nein, ich glaube nicht daran«, bekannte Grundler ehrlich. »Aber niemand wird sich einmischen, wenn wir uns in Puhlmanns Vergangenheit umsehen.«

9

»Herr Kommissar! Herr Kommissar!«

Böhnke, der sich immer noch nicht wegen Grundlers ungewöhnlichen Verhaltens beruhigen konnte, fühlte sich um einige Tage zurückversetzt, als die beiden Jungen auf ihn zugelaufen kamen. Was hatten die Kinder wohl auf Lager? Nach der letzten Zurückweisung wollte er wenigstens jetzt den Huppenbroicher Nachwuchsdetektiven Aufmerksamkeit schenken.

»Was gibt's denn?«

»Wir haben was gefunden«, keuchte Alexander der Große, »am Teich. Das wollen wir Ihnen zeigen.« Dem Schritttempo Böhnkes angemessen machten sie sich auf den Weg. Wie die Jungen begeistert berichteten, hatten sie am Teich die Wasserlinsen, die so genannte Entengrütze, abschöpfen wollen, ein nahezu unmögliches Unterfangen, wie Böhnke wusste. Die Linsen wuchsen derart schnell nach, dass bald wieder die gesamte Wasseroberfläche mit einer grünen Pflanzenschicht bedeckt war.

»Schon zwei Eimer haben wir voll«, sagte der jüngere Junge stolz.

»Und dann bin ich mit dem Käscher gegen etwas Festes gestoßen«, fuhr der Ältere fort, »es war zu schwer, um es mit dem Käscher rauszuholen.«

»So?« Böhnke gab sich interessiert, um die Kinder nicht zu enttäuschen. Was sollten sie schon gefunden haben? »Und was habt ihr dann gemacht?«

»Ich bin in den Teich rein«, erzählte Alexander der Große zufrieden. »Ich kann doch schon schwimmen. War gar nicht gefährlich«, ergänzte er zur Beruhigung des Seniors, »wir waren ja direkt am Rand.«

»Was habt ihr denn gefunden?«, kürzte der Kommissar das Gespräch ab, unmittelbar, bevor sie am in einer kleinen Grünanlage angelegten Teich ankamen.

»Eine Plastikschachtel«, antwortete der kleinere Junge.

»Eine echt schwere Schachtel«, ergänzte Alexander, »obwohl sie gar nicht so groß war. Und wissen Sie, was darin war?« Mit großen Augen schaute er Böhnke wissend an. »Kugeln waren da drin. Bestimmt die Kugeln, mit denen der Mann erschossen wurde.«

Milde lächelnd verzichtete Böhnke auf eine Korrektur. »Wo habt ihr denn die Schachtel und die Munition gelassen?«

Kurz winkte Alexander und krabbelte hinter einen Busch. Er deutete auf eine im Blattwerk versteckte Steinplatte. »Da haben wir sie hingelegt, damit sie nicht jeder sofort sieht.«

Eine kleine, offen stehende Plastikschachtel, aus der immer noch etwas Wasser tropfte, holte er hervor und zeigte sie voller Stolz.

Verwertbare Spuren würden sich auf der Schachtel ebenso wenig finden wie auf den Kugeln, die darin in Plastikschablonen stabilisiert lagen, erkannte Böhnke auf Anhieb. Drei Lagen mit jeweils zehn Kugeln hatte es gegeben, nunmehr waren noch zwei komplette Lagen vorhanden sowie eine angebrochene, in der fünf Patronen fehlten. Unzweifelhaft war für Böhnke, dass es sich bei dem Fund um die Munition handelte, die zu der von Müllender gekauften Pistole gehörten. Die fünf fehlenden Patronen waren wohl diejenigen, die Puhlmanns Leben beendet hatten.

»Ihr seid einfach Spitze«, lobte Böhnke die Kinder, »habt ihr denn eine Idee, wie ich die Munition wegbringen kann?«

Alexander der Große überlegte nicht lange, griff in seine Hosentasche und zog eine Plastiktüte heraus. »Die können Sie haben«, sagte er lässig. Früher gehörten Taschenmesser und Paketschnur zur Ausrüstung jedes Jungen, jetzt war offenbar die Zeit der Sammler angebrochen, schmunzelte der Kommissar.

Vorsichtig verstaute er den Fund, nicht glaubend, dass irgendwelche Anhaltspunkte auf das Verbrechen an Puhlmann zu finden waren. Eindeutig war im Prinzip nur eines: Der Mörder hatte die Munition in den Löschteich geworfen.

Vielleicht, so hoffte Böhnke, hatte ihn dabei jemand gesehen. Dagegen sprach, dass er noch von niemandem auf einen verdächtigen Fremden aufmerksam gemacht worden war, der sich am Löschteich herumtrieb.

Erstaunlich schwer war der Fund, den Böhnke zu seiner Wohnung schleppte. Er hatte den beiden Kindern eingetrichtert, niemandem etwas von der Munition zu sagen; sie seien jetzt Geheimnisträger und daher zum Stillschweigen verpflichtet.

Gewissenhaft hatten die Kinder zugestimmt und sich auf den Weg zum nächsten Abenteuer in Huppenbroich gemacht.

Ihn mit einer Aldi-Einkaufstüte zu sehen, sei ja fast schon ein Stilbruch, meinten amüsiert die beiden Künstler, die Böhnke auf dem gemeinsamen Privatweg zu ihren Häusern begegneten.

Bei der Verbrechensaufklärung sei ihm jede Tüte recht, in der er Beweismittel befördern könne, hielt der Kommissar nicht minder freundlich dagegen. Er musterte das unauffällig gekleidete Paar, dem er ein künstlerhaftes, abgehobenes Auftreten nicht zuschreiben würde. Es benahm sich wie ein normales, harmonisierendes Ehepaar, das die Zeit und die Muße besaß, sich ihrem Lebensinhalt in der Abgelegenheit des Dorfes hinzugeben. Ein einziges Mal hatte Böhnke mit dem Drechsler und der Töpferin zusammengesessen; am Tag nach seinem dauerhaften Einzug in die Ferienwohnung hatte er sie zu einem Begrüßungstrunk eingeladen. Ansonsten gingen sie sich, wie auch schon früher, aus dem Weg, nicht, weil sie keinen Kontakt zueinander suchten, sondern vielmehr weil sie gegenseitig höfliche Zurückhaltung übten und unterschiedliche Lebensrhythmen hatten.

Die überraschende, freundlich ausgesprochene Einladung zu einer Tasse Tee nahm Böhnke gerne an, obwohl er üblicherweise zum Leidwesen seiner Partnerin keinen Tee trank. Aber ihm war nach sympathischer Gesellschaft. Mit Erstaunen nahm er wahr, dass der Drechsler nicht den Haupteingang zum großen Meisterhaus ansteuerte, sondern an der Seite die nur angelehnte Tür zu einer kleinen Kochküche aufdrückte.

»Wir schließen nie ab«, erklärte der schlanke, fast hagere, hoch aufgeschossene Brillenträger unbefangen auf Böhnkes fragenden Blick. »Bei uns in Huppenbroich bricht doch niemand ein.«

Aber auch hier sei die Welt nicht mehr in Ordnung, bemerkte Böhnke mit einem Hinweis auf den Mord an Puhlmann.

Dadurch ließen sie sich ihr Leben nicht beeinflussen, weil es die seltene Ausnahme und nicht die Regel sei, meinte die Töpferin, während sie geschickt den schwarzen Tee aufbrühte, derweil ihr Mann selbst gebackenen Kuchen auftischte.

Ökologisch, so umschrieb Böhnke für sich die Küche, die Einrichtung und auch die Philosophie seiner Nachbarn nach seinem interessiert-neugierigen Rundblick. Allenfalls die an eine Korkwand gehefteten Briefe aus aller Welt zeigten an, dass er sich nicht in einem gewöhnlichen Haushalt befand, sondern in der Küche eines offenbar in der Kunstwelt begehrten Duos. Da gab es für die Frau eine Einladung zur Teilnahme an einer Kunstausstellung in Australien, und der Drechsler wurde gebeten, sich mit einem Schlossherren in Frankreich in Verbindung zu setzen, so viel konnte Böhnke lesen, ohne sich gezwungenermaßen den Hals zu verrenken.

Ökologisch, so sei es, bestätigte die groß gewachsene Künstlerin, die selbstsicher kein Problem mit dem bereits grauen Haar hatte. Sie würden in der Tat versuchen, in und mit der Natur zu leben.

»Insofern ist meine Plastiktüte in der Tat deplatziert und auffällig«, entschuldige sich der Kommissar lächelnd, »besonders, wenn ich Ihnen sagen, dass sich darin Munition befindet.«

Er scherze, meinte seine Gastgeberin, doch Böhnke widersprach.

»Ich kann Ihnen den Beweis auf den Tisch legen«, sagte er und öffnete kurz seine Tasche. »Kinder haben die Munition im Löschteich gefunden. Komisch, nicht wahr?«

Verständnislos schüttelte die Frau den Kopf. »Was es alles gibt«, staunte sie.

Vorsichtig schlürfte Böhnke am Tee. Zu heiß und dann ausgerechnet noch Vanillegeschmack, den er überhaupt nicht mochte. Es würde ihn Überwindung kosten, den Aufguss auszutrinken. Aber er würde es aus Höflichkeit tun.

»Im Teich haben wir schon vieles gefunden«, sagte der Mann, bedächtig seinen grau-braunen Kinnbart streichelnd, »aber Munition noch nicht.« Gelegentlich ließ jemand einen Autoreifen oder ein Elektrogerät verschwinden, aber dieser Unrat wurde spätestens bei der nächsten Grundreinigung des flachen Gewässers gefunden. »Wer wirft denn schon Munition weg?«

»Ein Mörder natürlich«, gab ihm seine Frau zur Antwort. Sie stockte kurz und schaute erschrocken auf

Böhnke. »Warten Sie mal«, sagte sie langsam, »da war was. Am Morgen, als der Makler erschossen wurde, liefen zwei Männer durch den Ort. Sie waren wohl fremd. Ich dachte, sie wollten sich ein Baugrundstück ansehen wie so viele Fremde. Sie sind am Teich vorbeigekommen.«

Zufall oder nicht? Zumindest ein Ansatz, dachte sich Böhnke. »Können Sie die Männer vielleicht beschreiben.«

Die Frau schüttelte den Kopf. »Ich habe im Wohnzimmer aufgeräumt, da sah ich sie am Teich.« Sie lächelte entschuldigend. »Ohne Brille kann ich so weit nicht gut gucken. Ich weiß nur, dass sie Anzüge trugen. Aber wie sie aussahen oder wie alt sie waren, das weiß ich beim besten Willen nicht.«

Da könne man nichts machen, bedauerte Böhnke. Wahrscheinlich waren es in der Tat Interessenten für ein Grundstück gewesen und nicht Verbrecher. Aber es gab jetzt jedenfalls eine Basis für die Behauptung, jemand anderes als Müllender könnte den Makler umgebracht haben; zugegebenermaßen eine sehr wackelige Basis, aber immerhin mehr als gar nichts. Und wieder dachte er an Kablonski und einen Kompagnon. Aber er würde diese Möglichkeit für sich behalten.

Auch Grundler wollte die Geschichte mit den beiden fremden, unbekannten Männern nicht überbewerten. Bedeutsamer fand er den Fund der Munition. Er sah jedoch keine Veranlassung, Schulze-Meyerdieck darüber zu unterrichten.

»Der kann mir gestohlen bleiben«, sagte er kompromisslos am Telefon. Auch Müllender wollte er nicht befragen. »Der sagt mir garantiert wieder, er wisse von nichts. Und SM braucht nichts zu wissen. Der legt ohnehin alles nur zum Nachteil von Müllender aus.«

Der Anwalt bat Böhnke, den Fund zunächst in Huppenbroich zu behalten. Das sei zwar vielleicht eine Unterschlagung von Beweismitteln, aber damit könne er gut leben, knurrte Grundler.

»Wenn wir damit rausrücken müssen, fällt mir garantiert noch etwas ein.« In einem möglichen Prozess gegen Müllender würde die Munition als Beweismittel wahrscheinlich bedeutungslos sein. »SM hat doch alles geliefert: die Tatwaffe mit Fingerabdrücken, das fehlende Alibi und das Motiv. Für den Staatsanwalt gibt es nur eine Anklage: Mord begangen aus Habgier.« Er habe am Nachmittag mit der Staatsanwaltschaft gesprochen, berichtete Grundler, für sie sei der Fall jetzt schon reif für die Verhandlung, die Anklageschrift ginge morgen raus.

»Die haben es alle eilig. Dein neuer PP und dein Nachfolger können einen gigantischen Erfolg feiern. Da bekommen wir beide keine Schnitte«, meinte Grundler zum Abschied, »es sei denn, uns fällt noch das Superding ein.«

Flapsig fügte er hinzu: »Machs gut, Alter!«

Der vom Erfolg verwöhnte, forsche Anwalt ahnte nicht, was er mit seiner abschließenden Bemerkung auslöste. Wahrscheinlich hatte er nicht so weit gedacht.

Jedenfalls grollte Böhnke. »Dein neuer Polizeipräsident«, »dein Nachfolger« hatte Grundler gesagt und dann auch noch »Machs gut, Alter!« »Bin ich denn nichts mehr wert?«, sagte der Pensionär laut ins leere Zimmer hinein. Er ärgerte sich, mehr noch über sich selbst als über die ehemaligen Kollegen; er ärgerte sich darüber, dass er tatenlos in Huppenbroich hockte, obwohl er die Informationen lieferte und im Prinzip den Fall erst durch die Meldung ins Rollen gebracht hatte.

Laufen, gehen, Frust abbauen. Böhnke entschloss sich zu einem zweiten Spaziergang durch den Ort. Er fühlte sich allein, unverstanden oder zumindest missverstanden, abgeschoben, vielleicht sogar nutzlos. Er wusste seinen Seelenzustand nicht einzuschätzen, ging seinen Weg in die tief stehende Sonne hinaus ins Feld und kehrte erst in Richtung Huppenbroich zurück, als ihm der Atem knapp und der Schritt schwer wurde und er sich daran erinnerte, die Tablette einnehmen zu müssen. Machs gut, Alter! Das hörte sich fast schon wie ein Abschied für immer an.

Machs gut, Alter!

Von wegen.

Nahezu magisch zog es den äußerlich rüstigen und dennoch so kranken Spaziergänger zu Puhlmanns Haus. Er war allein weit und breit. Niemand würde ihn beobachten, wenn er geradezu grundlos umherschlich, nach Spuren suchte, die er nicht finden würde, durch die Fensterscheiben schaute, ohne etwas zu erkennen, durch den Garten streifte, ohne zu wissen, was er dort wollte.

Von der Straße weg ging er zügig in den Garten zum rückwärtigen, nicht einsehbaren Teil des eingeschossigen Hauses. Nichts hatte sich seit seinem ersten Betreten des

Gartens verändert, lediglich das Gras war gewachsen und wartete auf einen Schnitt. Böhnke presste sein Gesicht ans Glas der mittig liegenden Terrassentür, lugte hindurch, sah aber nur den menschenleeren Raum, in dem noch die Kreidestriche zu erkennen waren, mit denen die Ermittler die Lage von Puhlmanns Leichnam nachgezeichnet hatten. In einer Blumenvase ließen rote Tulpen ihre verwelkten Köpfe hängen. Das Zimmer machte einen aufgeräumten Eindruck, nichts außer der Kreide störte die Harmonie.

Böhnke starrte durch das Fenster des nächsten Raumes linksseitig neben dem Wohnzimmer, ebenfalls gardinenlos, weil nicht erforderlich. Ein Rollladen bot den erforderlichen Schutz vor unerwünschten Blicken, wenn Puhlmann abends zu Bett ging. Auch dieser mit wertvollen Mobiliar ausgestattete Raum lieferte keine Hinweise; allenfalls das auf der Konsole liegende, aufgeklappte Taschenbuch mit weiß-rotem Einband hätte Böhnke interessiert. War wohl die Gute-Nacht-Lektüre des Maklers, der ein Doppelbett benutzte, obwohl es offensichtlich niemand gab, der das nächtliche Lager mit ihm teilte.

Das Milchglas am kleinen Fenster links nebenan verriet genug: Hier war wohl das Bad.

Böhnke wandte sich der anderen Seite neben der Terrassentür zu. Dort gab es einen weiteren, kleinen Raum mit Ausblick in den Garten. Das Büro oder Arbeitszimmer, wie Böhnke unschwer an einem Schreitisch aus Mahagoni und den mit Papieren gefüllten Ablagekästen erkennen konnte. Die Regale an den Wänden enthielten Bücher, aber keine Aktenordner.

Es bestätigte sich, was Böhnke und Grundler bei ihrer Durchsicht im Aachener Büro vermutet hatten: Puhlmann wickelte seine Geschäfte offenbar in seiner Stadtwohnung ab, obwohl er bei manchen Vorgängen die Huppenbroicher Adresse angegeben hatte. Ein anderer Fund erweckte Böhnkes Aufmerksamkeit: Zwischen den Büchern standen zwei Fotoalben, gleiches Format, gleiche Aufmachung wie die in dem Haus an der Elsa-Brandström-Straße.

Böhnke zögerte keinen Augenblick, er dachte nicht einmal nach, bevor er kurzerhand das Glas einschlug, das Fenster öffnete und in den Raum kletterte. Er hätte keine Erklärung für sein ungewöhnliches, ja, illegales Verhalten nennen können. Es war ihm einerlei, er wollte die Alben. Sie zu greifen, durch die Terrassentür aus dem Haus zu verschwinden und in die eigene Wohnung zu hetzten, war eins.

Die Ungesetzlichkeit seines Handelns wurde ihm erst in der ganzen Tragweite bewusst, als er seine Beute in einem Schrank verstaute. Doch jetzt war es zu spät. Aber niemand würde ihn verdächtigen, die Polizei würde, wenn sie den Einbruch entdeckte, auf einen der üblichen Verdächtigen tippen.

Schon in der Dämmerung kehrte Böhnke in Puhlmanns Haus zurück. Er fühlte sich ermutigt und sicher zugleich. Wenn er schon einmal dort war, warum nicht auch ein zweites Mal?

Doch endete die Durchsuchung der Räume enttäuschend. Es gab nichts, das Schlüsse auf Puhlmanns Leben zuließ oder auf die Verbindung zu Müllender geben konnte, stellte Böhnke bei seinem Überblick fest.

Selbst das Arbeitszimmer lieferte keine Hinweise. Informationen über finanzielle Transaktionen oder gar die von Müllender behauptete Quittung konnte er nirgends entdecken. Der routinemäßige Blick in den Abfalleimer blieb ergebnislos. Der Eimer war leer.

Im Schlafzimmer nahm Böhnke Puhlmanns Bettlektüre zur Hand: einen Krimi, der in Düren spielte. Den würde er lesen, sagte er sich, und wollte mit dem Taschenbuch in der Hand das Haus verlassen. Er stand noch in der Terrassentür, als er streng angesprochen wurde.

»Da sieh mal einer an. Ein Kommissar auf Diebestour!«

Erschrocken schaute Böhnke in die verständnislos blickenden Gesichter der beiden Schutzpolizisten aus Simmerath. »Das wird teuer, Herr Böhnke. Einbruchsdiebstahl mit Vernichtung von Amtssiegeln«, sagte der ältere Kollege kopfschüttelnd. »Und das alles wegen eines Taschenbuchs. Ist Ihre Pension so gering?«

Böhnke fiel es schwer, sich zu konzentrieren. Der Einbruchsdiebstahl einer geringwertigen Sache wäre noch hinzubiegen. Aber die Vernichtung der amtlichen Siegel, das wog schwer, für einen Beamten noch mehr als für einen Normalbürger. Er pustete tief durch.

Was hatte Grundler gesagt? »Wenns so weit ist, wird mir schon etwas einfallen«, zitierte der Kommissar aus dem Gedächtnis. Jetzt musste sich sein Freund etwas einfallen lassen.

›Immerhin bin ich sein Assistent‹, sagte sich Böhnke, als er im Schlepptau der beiden Ordnungshüter das Grundstück verließ.

10

»Du hast wohl deinen Verstand mit der Dienstwaffe abgegeben?«, brummte Grundler zornig bei seinem Anruf bei Böhnke am nächsten Morgen. Wie ein Lauffeuer hatte sich Böhnkes Ergreifen bei einem Einbruch in das Haus eines Ermordeten bei Polizei, Staatsanwaltschaft und im Gericht herumgesprochen. »Wegen eines schon gelesenen Taschenbuches brichst du ein«, schimpfte Grundler.

Nur dank seines Bekanntheitsgrades, seines guten Rufes und seines angegriffenen Gesundheitszustandes, aber auch wegen der Geringfügigkeit der Beute hatten die beiden Dorfpolizisten darauf verzichtet, Böhnke über Nacht in Gewahrsam zu nehmen.

»Das hätte uns noch gefehlt: Du schläfst in einer Gefängniszelle im Keller der Simmerather Polizeistation«, tobte der Anwalt.

Geduldig ließ ihn Böhnke gewähren, sein Freund würde sich schon wieder beruhigen. Er wertete Grundlers wütenden Redeschwall als gutes Zeichen. Falls es schlechte Nachrichten geben würde, hätte der Anwalt einen anderen, nachdenklichen Tonfall angeschlagen.

»Ich bin doch bei Puhlmann eingestiegen, weil ich meine Aufgabe als dein Assistent gewissenhaft wahrnehme«, knurrte der Pensionär, innerlich amüsiert, aber den Schein des Zerknirschten und Reumütigen wahrend. »Das werde ich bei einer Vernehmung zu meiner Entschuldigung und Rechtfertigung sagen.«

Für einige Augenblicke blieb die Telefonverbindung still.

»Commissario, du bist ein verfluchter Schweinehund«, schimpfte der Anwalt weiter. Unvermittelt änderte er den Tonfall. »Du hast übrigens mehr Schwein als Verstand. Gestern hat mir Staatsanwalt Salentin bei unserem Gespräch am Nachmittag die Erlaubnis gegeben, im Huppenbroicher Haus Puhlmanns wegen der Nachlasssache zu recherchieren. Er hat die Amtssiegel quasi außer Kraft gesetzt. Der schriftliche Bescheid müsste heute in der Post liegen. Da der Mordfall geklärt sei, bestünde keine Notwendigkeit, mir den Zutritt zum Haus zu verwehren.«

Grundler lachte auf. »Unser Freund SM hat heute bei Salentin beantragt, Puhlmanns Häuser zu beschlagnahmen. Er wittert wohl Ungemach durch dich und hat behauptet, er müsse in den Häusern wegen weiterer Beweise ermitteln. Salentin hat sein Anliegen aber entschieden zurückgewiesen. Die Beweislage sei ausreichend. Außerdem würde es ihn sehr irritieren, dass SM jetzt mit neuen möglichen Beweisen aufkreuzen wolle, nachdem er und der PP den Aufklärungserfolg schon vollmundig vor der Presse propagiert hätten. Salentin glaubt übrigens auch, SM will dir eins auswischen, hat er mir eben gesagt.«

»Sag ich doch«, kommentierte Böhnke trocken, aber durchaus auch erleichtert. Er hätte zwar die Konsequenzen seines überstürzten Handelns getragen, aber ohne Bestrafung davon zu kommen, war natürlich besser. »Sag ich doch, dir fällt immer etwas ein.«

Sprachlos blieb der Anwalt, als ihm Böhnke den tatsächlichen Verlauf seines angeblichen Einbruchs schilderte. Unfassbar schien es Grundler, dass der Alte sogar zweimal ins Haus eingestiegen war.

»Sieh es doch mal so: Etwas Besseres kann uns doch gar nicht passieren«, erläuterte Böhnke, »die glauben alle, ich hätte es auf ein billiges Taschenbuch abgesehen. Niemand weiß, was ich tatsächlich gemacht habe.« Er lachte herzhaft ins Telefon. »Aber jetzt lässt du mich bitte in Ruhe. Du störst. Ich muss arbeiten. Ich bin ja kein Faulenzer wie du.«

»Commissario, du bist in der Tat kein Faulenzer. Du bist ein Sausack.« Ein größeres Kompliment aus Grundlers Mund war fast gar nicht mehr möglich.

Auch wenn das »Commissario« Böhnke ein wenig störte.

Mit den beiden Fotoalben setzte sich Böhnke windgeschützt und von niemandem zu sehen im Garten in die Sonne. Die Sonne, sie wärmte, vielleicht heilte sie auch. Oft dachte er voller Trübsinn an die bevorstehende kalte Jahreszeit, die auf den Eifelhöhen früher kam und noch etwas kälter als andernorts war. Umso mehr genoss er das strahlende Geschenk des Himmels, das Leben brachte und Leben erhielt.

Wie von ihm vermutet, schloss eines der Alben chronologisch nahtlos an die ersten beiden Bildersammlungen an. Der Privatmensch Puhlmann von seinem 30. Lebensjahr bis zu seinem unerwarteten Ableben offenbarte sich. Die meisten Fotografien zeigten den ständig dicker werdenden Makler im Urlaub. Mallorca hauptsächlich, der so genannte Ballermann sechs mit Puhlmann aus dem Sangria-Eimer schlürfend, das Miro-Kunstwerk auf dem Born in Palma mit Puhlmann als Lochgucker, Puhlmann im Jachthafen von Cala d'Or mit einem stattlichen Motorboot im Hintergrund, auf dem barbusige junge Frauen vergnügt in die Kamera winkten.

Daneben fielen andere Fotografien auf: Puhlmann an der Seite älterer Frauen, genau genommen zwei älterer Frauen. Einige dieser Bilder waren augenscheinlich im Garten und im Haus in Huppenbroich gemacht worden. Vor knapp 10 Jahren reiste der Makler anscheinend mit einer Grete Meier durch die Landschaft und teilte, nach den Bildern zu urteilen, auf Mallorca mit ihr zumindest eine Ferienwohnung, wenn nicht sogar das Bett. Das Alter der Frau schätzte Böhnke, wenig despektierlich seine Lebensgefährtin zum Vergleich heranziehend, auf über 60, vielleicht sogar weit darüber. Puhlmann war zum Zeitpunkt ihrer Beziehung etwa 40, rechnete Böhnke anhand der Bildunterschriften aus.

Grete Meier. Diesen Namen würde er sich merken.

Drei Jahre später ließ sich Puhlmann von einer anderen Frau begleiten. Diese Beziehung, wie Böhnke das Auftreten bezeichnete, dauerte bis zum vergangenen Jahr. Den Namen der Partnerin fand Böhnke so unscheinbar wie die rund 60-Jährige selbst: Erna Müller.

Das zweite Album gab Böhnke Antworten auf die Fragen, die nach Durchsicht des ersten offen geblieben waren. Darin hatte Puhlmann Bilder aus dem Privatbesitz der alten Frauen gesammelt. Grete Meier mit einem Sohn, vielleicht vier Jahre alt, der stolz einen Ball unter dem Arm klemmen hatte. Ein weiteres Foto zeigte das Kind, Oliver Meier, mit einem Fußball auf einem Hocker sitzend. Dann Mutter und Sohn mit Zuckertüte bei der Einschulung in Roetgen. Einen Vater gab es offenbar nicht. Die nächsten Bilder zeigten nur noch selten den Sohn, dafür immer häufiger die älter werdende Frau, die schließlich in Puhlmanns Armen landete. Die letzte Fotografie von Oliver zeigte ihn in Siegerpose mit einem Pokal, den er augenscheinlich bei einem Tennisturnier gewonnen hatte. Eine Fotografie des Grabes von Grete Meier beendete dieses Kapitel.

Die Ablichtung einer Grabstätte war auch die letzte Erinnerung an Erna Müller. Dieser, ebenfalls nicht sonderlich auffälligen Frau war nur ein kurzes Glück an der Seite des jüngeren, reichen Mannes beschieden. Sie starb bei einem Verkehrsunfall. Den Ausschnitt aus der Eifeler Zeitung hatte Puhlmann ebenfalls eingeklebt.

Was sollte er von diesen Entdeckungen halten? Vielleicht oder sogar wahrscheinlich hatte der Makler eine Vorliebe für ältere Frauen, die eine Art Muttterersatz für ihn waren. Er müsste das Leben von Puhlmann durchleuchten, wollte er darauf Antworten finden, überlegte der Kommissar.

»Lohnt sich der Aufwand?« Grundler fragte skeptisch zurück, nachdem ihn Böhnke am Abend anrief. »Du kannst meinetwegen in Puhlmanns Vita wegen etwaiger Erben herumstöbern, aber diese privaten Techtelmechtel bringen uns dabei bestimmt nicht weiter. Vor allem«, der Anwalt holte tief Luft, »vor allem bringen sie uns bei der Aufklärung des Mordes nicht weiter.« Er habe nachgedacht und mit Staatsanwalt Salentin über mögliche unbekannte Täter gesprochen. »Er nimmt uns die Theorie des oder der unbekannten Dritten nicht ab. Wenn ich ehrlich bin, würde ich sie uns auch nicht abkaufen. SM lacht sich garantiert schlapp, wenn er davon erfährt.«

»Also glaubst du auch, dass Müllender als Mörder überführt ist?«, unterbrach ihn Böhnke abrupt. Schon die Erwähnung des Namens Schulze-Meyerdiecks machte ihn zornig.

»Sagen wir es so: Kripo und Staatsanwaltschaft sind überzeugt; ich habe zwar Zweifel, weil ich die als Verteidiger haben muss, sehe aber keine Möglichkeit, gegen die handfesten Beweise anzugehen. Und du?« Geschickt versuchte sich Grundler vor einer eindeutigen Antwort zu drücken. »Was glaubst du?«

Spontan entfuhr Böhnke eine Antwort, obwohl er sie nicht geben wollte: »Ich glaube, Müllender ist unschuldig.«

»Wie kommst du denn darauf?« Böhnke hörte sofort die Anspannung, die sich auf Grundlers Stimme gelegt hatte.

»Weil er sagt, er habe Puhlmann nicht getötet.«

»Hm.« Grundler nahm sich eine Denkpause. »Interessante Ansicht, aber nicht unbedingt überzeugend angesichts der Beweislage.«

»Für mich schon«, behauptete Böhnke trotzig. Er wollte streiten, widersprechen, sich nicht so glatt bügeln lassen, wie er früher im Dienst selbst andere glatt gebügelt hatte. Vielleicht, so wurde ihm blitzartig bewusst, hatte er sogar damit vollkommen falsch gelegen. »Ich glaube an Müllenders Unschuld und ich werde sie beweisen.«

»Wie denn?«

»Das weiß ich noch nicht. Aber du wirst schon sehen. Hilfst du mir?«

»Klar doch.« Grundlers Antwort klang nicht überzeugend, aber auch nicht ablehnend. »Du hilfst mir und ich helfe dir. So war es doch immer.« Der Anwalt lachte ins Telefon. »Machs gut, Alter.«

Jetzt nahm ihm Böhnke die Bemerkung nicht krumm. Jetzt verstand er sie als Aufforderung, den Mordfall Puhlmann neu aufzudröseln.

11

An seinen neuen Dienstwagen musste Böhnke sich noch gewöhnen. »Jeder Assistent braucht einen Dienstwagen, wenn sein Auftraggeber nicht sofort greifbar ist«, hatte er zu Grundler gemeint und um einen fahrbaren Untersatz aus dem Fuhrpark der Kanzlei gebeten. Als hochrangiges Mitglied der Kripo Aachen hatte er mit einem blassen, unauffälligen Dienst-Opel durch die Gegend fahren dürfen, nunmehr saß er am Steuer einer Mercedes-Limousine, die wahrscheinlich wesentlich mehr kostete, als er früher in einem Jahr verdient hatte.

»Da siehst du, wo das Geld steckt«, sagte er bei der Übergabe ironisch.

»Die Kiste ist repräsentative Notwendigkeit«, entgegnete der Anwalt lässig. »Was glaubst du, wie die Aachener Millionarios glotzen würden, wenn Dieter in einem kleinen Punto vorgefahren käme? Die würden ihm nicht einmal die Tür öffnen, geschweige denn ein Mandat übertragen.« Er solle über die Grenze nach Belgien hüpfen und da tanken, dort sei der Sprit billiger, gab ihm der Anwalt noch als Ratschlag mit auf den Weg, bevor er sich von einem jungen Kollegen im Begleitwagen nach Aachen zurückchauffieren ließ, und er solle vorsichtig sein.

Die Mahnung nach Vorsicht kam schon bei der ersten Fahrt zu spät. Zu flott war Böhnke auf der Bundesstraße durch Roetgen unterwegs. Erst der blitzende Starenkasten machte ihn darauf aufmerksam, dass er schneller als die erlaubten 50 Stundenkilometer durch den Ort fuhr. Die gut ausgebaute Bundesstraße zwischen Monschau und Aachen verleitete geradezu zum schnellen Fahren, und auch die Fahrbahnveränderungen in Roetgen trugen nur gering zu einer Geschwindigkeitsreduzierung bei. Trotz der vielen Starenkästen und des Wissens, dass auf dieser Strecke jeder Temposünder erwischt wird, gab es jeden Tag etliche Blitzlichtaufnahmen von ertappten Autofahrern. Jetzt war auch Böhnke in die Radarfalle getappt und er wusste sich durchaus in guter Gesellschaft. Damit war seine makellose Bilanz als Autofahrer, auf die er zu Berufszeiten so großen Wert gelegt hatte, dahin und er würde zu einer Karteinummer in Flensburg werden. Er konnte sich nicht vorstellen, dass ein Angestellter der Kanzlei die Punkte übernehmen würde.

Das Knöllchen sollte Grundler mit den Spesen verrechnen, machte sich Böhnke keine weiteren Gedanken. Früher, im Dienst, hätte er wahrscheinlich anders reagiert. Er hatte es noch nicht einmal eilig, der Wagen fuhr einfach zu schnell. Er hatte Zeit in Hülle und Fülle an diesem Morgen. Erst für 11 Uhr hatte sich der Kommissar im Baesweiler Rathaus und für 12 Uhr im Alsdorfer Gymnasium verabredet.

Wann war er eigentlich das letzte Mal in Baesweiler gewesen, sinnierte Böhnke auf der Fahrt in den Aachener Nordkreis. Es hatte etwas mit dem Mord an einem Aachener Schriftsteller zu tun gehabt. Dessen Verleger hatte in Baesweiler ein Büro. Grundler hatte ihm davon erzählt, er selbst war später einmal zur Beweisaufnahme dorthin gefahren. Er wusste nicht mehr, wie viele Jahre dieser dubiose Fall her war; es gab einfach zu viele dubiose Fälle. Das war Vergangenheit, jetzt war er auf den Spuren von Werner F. Puhlmann. Ob sich aus seinen Nachforschungen auch ein dubioser Fall entwickelte, würde sich noch zeigen.

Vielleicht erfuhr er im Einwohnermeldeamt mehr, machte sich Böhnke Mut, als er den großen Wagen auf dem Parkplatz vor dem Rathaus in der ehemaligen Zechenstadt Baesweiler abstellte. Mit der elektronischen Zentralverriegelung hatte er seine Probleme, so einen Schnickschnack kannte er von seinem ehemaligen Dienstgefährt nicht.

Der Beamte im Rathaus war zwar sehr auskunftsfreudig, seine Mitteilungen hingegen waren leider nicht sehr ergiebig. Die Bescheinigung des Amtsgerichts Aachen und die Bestätigung der Anwaltskanzlei Dr. Dieter Schulz öffneten alle Schleusen, die dem Zweck dienten, das Amtsgeheimnis zu schützen und den Datenschutz zu gewährleisten.

Die Akte Puhlmann war nicht umfangreich. Werner Fritz Puhlmann war am 27. Februar 1952 im Bardenberger Knappschaftskrankenhaus geboren worden. Er war das erste und blieb das einzige Kind der Familie. Seine Mutter Elisabeth war damals 24 Jahre alt, sein Vater Karl, damals 27, arbeitete auf der Zeche Carl Alexander in Baesweiler. In einer Zechensiedlung an der Saarstraße hatten sie ihre Wohnung. Puhlmanns Eltern waren erst 1950 in die Zechenstadt im Aachener Steinkohlerevier gezogen und blieben bis 1971. Dann zogen sie fort ins Ruhrgebiet, der Kohle folgend, weil es im Rur-Wurm-Revier mit dem Bergbau bergab ging. Carolus Magnus in Übach-Palenberg, Anna I und II in Alsdorf, Emil Mayrisch in Siersdorf und schließlich Sophia-Jacoba in Hückelhoven; Arbeit untertage gab es für Kumpel nicht mehr, und die Arbeit übertage für einen vermeintlichen Bergmann in den Braunkohletagebauen der Region von Rheinbraun entsprach nicht dem stolzen Selbstverständnis manchen Steinköhlers.

Der beim Wegzug nach der damals geltenden Rechtslage noch nicht volljährige Puhlmann blieb alleine in Baesweiler wohnen, vermutlich in einer Art Untermiete in der Nachbarschaft. Dieser Wohnungswechsel war ebenso registriert wie der Umzug nach Aachen. Dort hatte sich Puhlmann als Student am Sandkaulbach eingenistet. Der nächste Wohnungswechsel führte ihn acht Jahre später nach Würselen. Wegen der Anstellung im Maklerbüro, wie Böhnke vermutete. Drei Jahre später war Puhlmann zur Wilhelmstraße nach Aachen verzogen. Der letzte Hauptwohnsitz war an der Elsa-Brandström-Straße. Aus dem Aachener Einwohnermeldeamt erfuhr der freundliche Beamte auch, dass Puhlmann in Huppenbroich im Alter von 50 Jahren gestorben war. »Früher hätte ich für diese Auskünfte Tage gebraucht, jetzt, wo wir alle vernetzt sind, geht das mit dem Rechner ruck zuck«, erläuterte er, selbst über die moderne Technik staunend.

Nur eine Frage konnte er nicht beantworten. Warum war Puhlmann in Alsdorf zum Gymnasium gegangen und nicht in Baesweiler? Da konnte ihm auch sein Kollege Computer keine Auskunft geben.

Die Antwort erhielt Böhnke im wenige Kilometer entfernten Alsdorfer Gymnasium im Stadtteil Ofden. Zuerst war er bei seiner Parkplatzsuche unterhalb des Weihers am Freiwildgehege herausgekommen, dann hatte er irrtümlich die Realschule auf der anderen Straßenseite betreten, ehe er endlich den Weg ins Gymnasium fand. Treppauf, treppab über zwei Schulhöfe, durch Pausenhallen und Flure wurde Böhnke durch den Bau im funktionalen Stil der 60er-Jahre gelotst, bis er das Sekretariat fand. Aufbruchstimmung herrschte am Tag vor den großen Ferien, Schüler und Lehrer, gelegentlich nicht zu unterscheiden, liefen entkrampft umher, lachten, plauderten, von Schulstress keine Spur. Von der unlängst in Alsdorf geführten Diskussion, von der er sogar in Huppenbroich gehört hatte, das Gymnasium mit einem Millionenaufwand zu sanieren oder an anderer Stelle neu zu bauen, war auf den Fluren nichts mehr zu hören.

Böhnke kam sich ziemlich alt vor. Lehrer über 60 gab es wohl kaum noch, dachte er, wurde aber wenig später eines Besseren belehrt.

Die adrette Sekretärin lachte nur und schob ihn ins Rektorenzimmer ab, in dem ein Doktor Wolfgang Gödecke ihn bereits erwartete. Der Schulleiter hatte eine dünne Akte vor sich liegen, beantwortete aber zunächst bereitwillig Böhnkes Frage nach Puhlmanns Schulwahl in Alsdorf.

»Ihm blieb nichts anderes übrig. Zur damaligen Zeit gab es im Nordkreis Aachen nur das Altsprachliche Gymnasium in Herzogenrath und das Neusprachliche Gymnasium in Alsdorf. Damals gab es noch nicht für jeden Schüler ein Gymnasium oder eine Gesamtschule, damals gab es weniger Oberschulen, dafür aber auch mehr Qualität«, behauptete der Pädagoge, der wohl die 60 überschritten haben dürfte.

Zu dieser These konnte und wollte sich Böhnke nicht äußern. Er war nicht gekommen, um über das deutsche Bildungswesen oder die Bildungsmisere zu diskutieren.

»Puhlmann besuchte also die Sexta und kam leicht bis zur Mittleren Reife«, fuhr der trotz des Sommerwetters akkurat mit Anzug, Schlips und Weste gekleidete Oberstudiendirektor ungefragt fort. »In der Obersekunda, der heutigen Klasse elf, wurde er einmal nicht versetzt und musste wiederholen.« Wieder hob der Pädagoge, der Böhnke an den knöchernen Abteilungsleiter einer Behörde erinnerte, zu einem Monolog über das Bildungswesen an. »Da gab es noch kein Kurssystem, da mussten Deutsch, Englisch, Französisch, Mathematik, Physik, Kunst, Geschichte, Erdkunde, Sport, Religion und so weiter bis zum Abitur durchgezogen werden, ohne diesen Schnickschnack wie Grund- und

Leistungskurse, Abwahlen und Defiziten oder Punktzahlen.«

Im zweiten Anlauf schaffte Puhlmann die Obersekunda und mit ihm 13 andere in seiner neuen Klasse das Abitur. »Damals gab es noch richtige Klassenverbände mit Klassenlehrern und nicht diesen Tutorenunfug. ›Reifeprüfung‹ würde ich das Abitur nicht nennen, reif waren die Kinder alle noch nicht.« Gödecke sagte tatsächlich Kinder. In gewisser Weise waren er und seine Kollegen froh gewesen, als die Abiturientia, zu der Puhlmann gehörte, die Schule verließ, bekannte der konservative Schulleiter. »Ich war zwar damals gerade Studienassessor, aber ich habe schon mitbekommen, dass dieser Jahrgang sehr aufmüpfig war.« Es habe in diesem Jahr nicht einmal eine Abschlussfeier gegeben. Puhlmann habe zu denjenigen gehört, die sich das Zeugnis irgendwann einmal im September kurz vor der Immatrikulation zum Studium abgeholt hätten.

»Erst 25 Jahre nach dem Abitur haben die Schüler ein erstes Klassentreffen veranstaltet. Der ehemalige Klassenlehrer war dabei.«

Erstaunt schaute Böhnke auf. Der Schulleiter lächelte überheblich. »Ich habe den Kollegen Schreiner gebeten, Ihnen darüber zu berichten. Er wartet im Lehrerzimmer.« Gödecke erhob sich.

So sieht also ein richtiger Zeus aus, dachte sich Böhnke, ein wenig altbacken, streng dreinblickend, im Anzug, distanziert und von sich überzeugt als einer der letzten Säulen des Bildungswesens.

»Mehr kann ich Ihnen nicht über Puhlmann berichten, nur noch das eine: Vor annähernd 10 Jahren hat er anlässlich eines Schuljubiläums ungefragt 10.000 Mark gespendet und auf unser Dankschreiben nicht einmal reagiert«, endete Gödecke. Er schob Böhnke zurück ins Büro der adretten Sekretärin und schloss die Zimmertür. Wahrscheinlich hatte er in diesem Moment seinen Besucher schon vergessen.

»Sie warten auf Herrn Schreiner?«, fragte die Sekretärin zuvorkommend. Er müsse sofort kommen. »Doktor Gödecke ruft ihn bestimmt schon her.«

Auf Anhieb erkannte Böhnke den Lehrer wieder. Schreiner, mittlerweile ebenfalls wohl um die 60, hatte noch viel Ähnlichkeit mit dem souverän lächelnden Erwachsenen, der am rechten Rand des Fotos stand, das Puhlmann als Erinnerung an seine Abiturklasse ins Album geklebt hatte.

»Die Haare sind grau geworden«, bemerkte der Oberstudienrat schmunzelnd, »und das Gewicht ist gestiegen.« Viele Angaben konnte er über Puhlmann nicht machen. »Einige aus der Rabaukenklasse habe ich ab und an noch getroffen, Puhlmann hat die Schule verlassen, ließ sich bei unserem Klassentreffen nach 25 Jahren nur kurz sehen und verschwand dann wieder aus meinem Blickfeld. Wir haben kein einziges Wort miteinander gesprochen.« Er könne nicht einmal sagen, mit wem Puhlmann befreundet gewesen war.

»Puhlmann war ein Mitläufer ohne bedeutende Rolle im Klassenverband, ohne Charisma, kein Häuptling, eher Indianer im hinteren Glied. Er kam ja erst in der Obersekunda in die Klasse und wurde toleriert, aber nicht von der verschworenen Gemeinschaft der Durchmarschierer akzeptiert. Eigentlich hatte er mit niemandem festen Kontakt, er war, glaube ich, der einzige in der Klasse, der in Baesweiler wohnte.«

Eine Ungereimtheit blieb noch, die sich Böhnke spontan nicht erklären konnte. »Wieso hat er nach 13 Jahren das Abitur machen können, er hat doch eine Ehrenrunde einlegen müssen?«

Kurzschuljahr, so lautete die lapidare Erklärung. Wegen der Verlegung des Schuljahresbeginns von Ostern auf den 1. August hätte es statt eines verlängerten Schuljahres zwei kurze Schuljahre gegeben, wodurch Puhlmann, wie andere auch, zeitlich profitiert hätte.

»Puhlmann war also Durchschnitt?«, vermutete Böhnke.

»Reiner Durchschnitt. Aber Sie sehen, er hat dennoch Karriere gemacht, wenn ich nach dem materiellen Erfolg gehe. Im Gegensatz zu manch anderem seines Jahrgangs, der zwar bessere Anlagen und bessere Noten hatte, aber irgendwann in der Flower-Power-Generation ins Nichts abdriftete.« Schreiner las verständnislos ein paar Namen vor, die auf einer Liste notiert waren. »Ich habe Ihnen Puhlmanns Klassenkameraden heraussuchen lassen.«

Bei der Fahrt auf der verstopften Bundesstraße über Würselen in Richtung Aachen grübelte Böhnke darüber, wie unterschiedlich doch seine Altersgenossen waren. Gödecke als resignierender Bürokrat, Schreiner als Lehrer, der engagiert seinen Job tat und bis zur Pensionierung tun würde, und er selbst, ausgemustert, in gewisser Weise auf der Suche nach einem Sinn, den er sich selbst gegeben hatte, weil er von niemandem sonst darauf gestoßen worden wäre. Du musst für dich bestimmen, womit du dein bisschen Leben sinnvoll gestaltest, sagte er sich.

Fast in der Nähe von Grundlers Wohnung am Templergraben parkte er die Limousine. Der Verlockung, bei seinem Freund anzuklingeln, widerstand er und machte sich auf den Weg zur Zentralverwaltung der Technischen Hochschule. Wahrscheinlich war Grundler ohnehin in der Kanzlei.

In den Computern der RWTH fanden sich keine aufschlussreichen Hinweise mehr auf Puhlmanns Studienzeit. Er war als Student vom Wintersemester 1972 bis zum Sommersemester 1980 in der Fachrichtung Betriebswirtschaftslehre eingeschrieben. Ohne Abschluss war er mit unbekanntem Ziel aus dem Studentenverzeichnis verschwunden.

Im Sekretariat des Dekans interessierte der ehemalige Student Puhlmann keine Menschenseele, berichtete Böhnke, als er verabredungsgemäß am späten Nachmittag Grundler in einem Straßencafé am Markt traf. Er hatte auf den Anwalt warten müssen und genoss die trotz der vielen Menschen angenehme Atmosphäre. Touristen aus aller Welt staunten über das historische Ensemble von Rathaus und Dom. Studenten genossen an den Tischen der zahlreichen Straßenrestaurants den Tag. Die Öcher freuten sich des Lebens. Auf seinem Denkmal mitten auf dem Markt musste Kaiser Karl als Fahnenschwenker für eine schwarz-gelbe Fahne der Alemannia herhalten. Doch störte sich niemand daran. Liberal, weltoffen, so gaben sich die Menschen im deutsch-belgisch-niederländischen Grenzgebiet und so waren sie auch, wie Böhnke aus Erfahrung wusste.

»Für heute ist es genug«, meinte er erschöpft, nachdem er Grundler berichtete hatte.

»Du hast ja auch nichts erreicht«, kommentierte der Anwalt trocken.

Er hatte recht, musste ihm Böhnke zugestehen. »Ich arbeite Puhlmanns Leben auf und ich will nichts übersehen.« Das brauche Zeit. Nicht jedes Detail würde für sich genommen unbedingt Bedeutung haben. »Es kommt auf das Gesamtbild an«, erklärte er.

»Dann will ich dir Bildhauer helfen.« Grundler grinste die nette Bedienung an, die die Eisbecher auf dem kleinen Cafétisch abstellte. Aus der Gesäßtasche seiner Jeans zückte er mehrere zusammengefaltete Blätter. »Ich habe dir einige Wege abgenommen. Das sind die Gewerbeabmeldung in Würselen und die Anmeldung in Aachen. Und natürlich die Ummeldung in Würselen.« Er brauche sich nicht die Mühe zu machen, nach dem Makler zu suchen, den Puhlmann beerbt hatte. Der Mann sei längst ebenso wie seine Frau tot. Es gebe zwar einen Sohn, der aber lebe schon seit zig Jahren in Hannover.

»Was macht er. Wie heißt er? Was sagt er?« Böhnke schoss schnell seine Fragen ab und wusste genau, was Grundler antworten würde.

»Keine Ahnung. Aber das ist auch irrelevant. Oder meinst du nicht?«

Widerspruch schien nicht angesagt, dachte sich Böhnke, aber er wollte das letzte Wort haben. »Mein junger Freund, du kannst mir wenigstens sagen, wie der Sohn heißt.«

12

»Was machen Sie denn für merkwürdige Sachen, Herr Kommissar?« Der WDR-Mann hatte in Huppenbroich offensichtlich vor dem Haus gewartet, bis Böhnke hinauskam, und überfiel ihn mit seiner Frage. »Hm, Sie sind ja ein ganz schlimmer Langfinger.«

Böhnkes Fehltritt hatte sich tatsächlich auch bis zu den Medien herumgesprochen. Der nervöse Zappelphilipp vom Rundfunk wollte seinen Heimvorteil nutzen und Böhnke ausfragen, bevor ihm jemand zuvorkam.

Gelassen betrachtete der Pensionär den unentwegt blinzelnden und sich räuspernden jungen Mann. Wie war noch mal sein Name?, fragte er sich.

»Was ich mache, wollen Sie wissen? Das werde ich Ihnen nicht sagen«, antwortete er schmunzelnd. »Ich glaube nicht, dass ich als Privatmann verpflichtet bin, Ihnen irgendwelche Auskünfte zu erteilen, auch wenn Sie vom Fernsehen sind.« Die Beflissenheit, mit der die Menschen jedem Radioreporter Rede und Antwort standen und in jede Kamera hinein das sagten, was der TV-Mann wissen wollte, machte er sich garantiert nicht zu eigen.

Nur leicht schoss die Röte durchs Gesicht des Regionalkorrespondenten. »Sie sind doch in das Haus eines Ermordeten eingebrochen? Äh, was sagen Sie zu dieser Straftat?«

Milde lächelnd sah Böhnke den Mann an, der trotz des Sommerwetters die obligatorische schwarze Lederjacke trug. »Es war keine Straftat, Herr …«

Von den Driesch tat ihm den Gefallen und nannte seinen Namen.

»Herr von den Driesch, ich war legitimiert. Wissen Sie das etwa nicht?« Höflich verabschiedete er sich und ließ den verdatterten Journalisten an der Haustür stehen. Sollte von den Driesch doch sehen, wie er mit dieser Antwort klar kam. Böhnke hatte es eilig. Die Glasabfuhr wartete nicht, bis er seine Flaschen an den Straßenrand gestellt hatte. Ein wenig wunderte es ihn schon, dass ihm ein Journalist auflauerte, aber seine Eskapade hatte sich wohl nicht verschweigen lassen. Andererseits herrschte gerade nachrichtenflaue Zeit. Da war der nervöse WDR-Hampelmann wahrscheinlich für jede Information dankbar.

Böhnke nahm sich vor, sich am Abend die ›Aktuelle Stunde‹ anzusehen. Er war doch gespannt, ob von den Driesch aus der Abfuhr etwas stricken würde. Vom AZ-Reporter Sümmerling drohte wahrscheinlich keine Gefahr. Den würde Grundler richtig bearbeiten. Böhnke selbst wollte seine Ruhe haben, er brauchte sie, um in den neuen Unterlagen zu blättern, die er von seinem Freund bekommen hatte. Die Gebrauchsanweisungen mussten warten.

Vor knapp 20 Jahren war Puhlmann als Mitinhaber des Maklerbüros ›Heim und Grund‹ in den Akten des Gewerbeaufsichtsamtes eingetragen worden. Der Alleininhaber namens Willi Dahmen hatte 30 Jahre zuvor das Unternehmen gegründet. Als er Puhlmann als Gesellschafter aufnahm, war er ungefähr 60 Jahre alt. Zwei Jahre später trat Dahmen aus der Gesellschaft aus. Gründe waren nicht vermerkt. Wenig später, das machte die

Kopie des Gewerbeaufsichtsamtes deutlich, verlagerte Puhlmann den Firmensitz der so genannten Gesellschaft des Bürgerlichen Rechts. Es zog ihn nach Aachen.

›Heim und Grund‹, den Namen hatte Böhnke noch nie gehört. Aber anscheinend war die Gesellschaft und damit Puhlmann eine der Bedeutenden in der Immobilienbranche gewesen, ohne eine der Großen und Allgegenwärtigen zu sein. Die Gewinne, die Klientel, sie sprachen eine unmissverständliche Sprache.

Dahmen, Willi Dahmen. Irgendwie kam Böhnke der Name bekannt vor, als hätte er ihn erst vor Kurzem gelesen. Endlich fiel es ihm ein: Dahmen, so hieß auch ein Klassenkamerad von Puhlmann. Werner Dahmen.

Und noch eine Erinnerung kam Böhnke: Er betrachtete das Bild der Abiturklasse und danach das Bild mit Puhlmann und dem Makler. Der Mann im Hintergrund, der so unbeabsichtigt abgelichtet worden war, schien der Junge zu sein, der auf dem Abiturbild in der Reihe hinter Puhlmann stand. Dieser Mann konnte Werner Dahmen sein; Werner Dahmen, der schon seit Jahren in Langenhagen bei Hannover lebte. Kannte er Puhlmann aus der Schulzeit und hatte er mehr Informationen über den Inhaberwechsel im Maklerbüro?

»Erste Frage: ja, zweite Frage: nein.« Dahmen gab bereitwillig Auskunft. Böhnke hatte keine Mühe gehabt, den Mann ausfindig zu machen. Eine Nachfrage bei der Telefonvermittlung hatte ausgereicht. Es gab nur einen Werner Dahmen in Langenhagen, mit dem er sofort verbunden wurde und der ohne Zögern zu einem Gespräch bereit war.

»Wenn ich mich richtig erinnere, kam Puhlmann in der 11. Klasse – oder wars doch schon die 12.? – in unseren Klassenverband. Große Erinnerungen habe ich an ihn aus der Schulzeit nicht«, berichtete er freimütig. Danach trennten sich ihre Wege. Dahmen wusste nicht, was Puhlmann trieb, er selbst studierte in Hannover Tiermedizin und blieb als Tierarzt in Niedersachsen. »Ich bin hier mit meiner Familie heimisch geworden.«

Das nächste Mal, dass er etwas von Puhlmann erfuhr, war bei dessen Eintritt in das Maklergeschäft des Vaters. »Ich fand es irgendwie komisch, dass sich unsere Wege so wieder kreuzten, und zwar mit Puhlmann als Angestellter meines Vaters. Was Puhlmann wohl nicht wusste, war, dass mein Vater daran dachte, sich zur Ruhe zu setzen. Mein Vater suchte seit längerer Zeit einen Nachfolger. Er hatte einige Kandidaten getestet und ist dann wohl bei Puhlmann hängen geblieben«, berichtete Dahmen mit großer Sachlichkeit.

»Mir war es im Endeffekt egal. Ich war längst aus dem Haus und gönnte meinen Eltern den Ruhestand und einen sorgenfreien Lebensabend.«

Die Schilderung kam Böhnke plausibel vor. »Sie waren aber ab und zu in Würselen?«

Mit großer Selbstverständlichkeit bestätigte Dahmen, er könne sich noch genau an eine Szene erinnern, als er beim offiziellen Bild der Geschäftsübergabe im Hintergrund vorbeihuschte, erzählte er schmunzelnd. Seitdem habe er nichts mehr von Puhlmann gehört. Und dann stellte er die Frage, die Böhnke für einen Moment perplex machte: »Warum wollen Sie das überhaupt wissen? Ist etwas mit Puhlmann oder meinem Vater? Der ist doch seit Jahren tot.«

Böhnke brauchte einige Zeit für die Antwort. Offenbar sprach sich nicht jeder Mord in Huppenbroich bis nach Hannover herum. »Puhlmann ist erschossen worden, wissen Sie das nicht?«

»Nein. Woher sollte ich?«

In der Tat, woher sollte Dahmen es wissen, wenn er nicht regelmäßig den WDR-Videotext oder die heimischen Zeitungen verfolgte? Wen interessierte es in Niedersachsen schon, wenn am Nordrand der Eifel ein Makler aus Aachen erschossen wurde?

Ob Dahmen den Tod von Puhlmann bedaure oder ob er mehr über den Makler wisse, hätte Böhnke gerne noch gefragt. Aber andererseits gestand er sich ein, dass eine Fortsetzung des Gesprächs nichts Neues bringen würde. Es würde nur hohe Telefonkosten verursachen.

Jetzt war es Dahmen, der Böhnke in Erstaunen versetzte. »Wissen Sie eigentlich von Puhlmanns Affinität für ältere Frauen?«

»Nein«, log der Kriminalist. Er hatte es sich gedacht nach den Bildern in den Alben. »Wie kommen Sie darauf?«

Schon als Oberstufenschüler habe Puhlmann hinter jedem Rock hergeschaut, in dem eine Frau über 50 steckte, sagte Dahmen. »Das ist das Einzige, an das ich mich wirklich erinnere, wenn ich an Walter Puhlmann denke. Aber kann das was mit dem Mord zu tun haben?«

»Wahrscheinlich nicht«, antwortete Böhnke ausweichend, der es nunmehr eilig hatte, das Telefonat zu beenden.

Puhlmanns Vorliebe für ältere Frauen. Dahmen hatte Böhnke in dessen Bemühen bestätigt, das Schicksal von

Grete Meier und Erna Müller zu durchleuchten. Er hatte es ohnehin gewollt. Dahmen hatte unbewusst seine Absicht unterstützt.

Insofern hatte das ansonsten wenig ergiebige Gespräch doch noch einen Sinn gehabt.

13

Böhnke wusste nicht, ob er enttäuscht oder erleichtert sein sollte, als er am Abend nichts über sich im Fernseher hörte und sah. Der Zappelphilipp vom WDR schien doch seriös genug, um nicht aus Sensationsgier auf Teufel komm raus eine Geschichte zu veröffentlichen. Da auch Sümmerling nichts in der AZ geschrieben hatte, war er gut davon gekommen. Allenfalls der Kollegenspott würde noch lange nachhallen. Er würde wahrscheinlich als der Kommissar in die Geschichte des Aachener Polizeipräsidiums eingehen, der sich bei einem Einbruchsdiebstahl eines gebrauchten Taschenbuches von zwei Dorfgrünen erwischen ließ, und damit bei den Pensionärstreffen in den nächsten Jahren für große Heiterkeit sorgen. Wenn er denn noch dabei sein konnte.

»Das war kein Einbruch und das war auch kein Diebstahl. Wie oft soll ich dir das noch sagen?« Ungehalten reagierte Grundler auf Böhnkes Befürchtung. »Ich erkläre allen, dass du die Erlaubnis hattest, in meinem Auftrag in das Haus einzusteigen, weil ich es versäumt habe, dir einen Schlüssel zu geben, und du unterläufst mit einer solchen negativen Denkart meine Bemühungen. Bis auf SM finden sich alle mit meiner Sicht der Dinge ab. Salentin amüsiert sich sogar köstlich bei der Vorstellung, er und ich wären in einem Prozess gegen dich wegen einer Straftat aufeinandergestoßen. Sümmerling will die Episode einmal zu einem Aprilscherz verarbeiten. So eine Geschichte glaubt niemand.«

»Warum bockt SM?«

»Ich weiß es nicht. Der hat erstens etwas gegen dich und wittert zweitens wohl Ungemach und glaubt drittens, wir versuchen immer noch, für Müllender Entlastungsmaterial zu finden.«

»Das tun wir doch vielleicht auch.«

»Aber das braucht SM nicht zu wissen.« Grundler kicherte vergnügt. »Den fahren wir voll an die Wand, wenn du was Konkretes herausbekommst.«

Endlich kam Böhnke dazu, über seine Ermittlungen zu berichten.

Der Anwalt schien durchaus von dem Bericht angetan, er hatte nur eine Frage: »Glaubst du Dahmen?«

Es gebe keinen Grund, ihm nicht zu glauben, antwortete der Kommissar. Außerdem könne er schlecht mal kurz nach Hannover fahren, um dem Sohn des Maklers und ehemaligen Klassenkameraden des Mordopfers in die Augen zu sehen. »Der hat mit der Region schon vor Jahren abgeschlossen. Den interessiert das alles hier nicht mehr. Der lebt sein Leben 400 Kilometer von hier entfernt.« Dann könne er ja auch gleich weiter zu Kablonski fahren.

»Bloß nicht.« Der Anwalt gab sich mit Böhnkes Anmerkung zufrieden und hakte Dahmen ab. »Du hast die

Sache gut im Griff, glaube ich.« Er schluckte. »Und jetzt fahndest du nach Erna Meier und Grete Müller?«

»Du meinst Grete Meier und Erna Müller«, korrigierte Böhnke heiter. Die Fahndung erübrige sich, die beiden Frauen lägen auf dem Friedhof und dächten nicht daran, unterzutauchen, meinte der Kommissar salopp. »Ich werde mich auf die Suche nach ihrer Lebensgeschichte machen und nach der Rolle suchen, die Puhlmann darin spielt.«

Der Blick in Puhlmanns Fotoalben gab dem Pensionär die ersten Hinweise. Erna Müller hatte auf dem Friedhof in Monschau ihre letzte Ruhestätte gefunden, Grete Meier war in Roetgen beerdigt worden. Die Vermutung lag auf der Hand, dass sie in diesen Orten auch geboren wurden beziehungsweise ihre Familien dort lebten.

Kurz entschlossen entschied sich Böhnke, die Monschauer Stadtverwaltung anzusteuern, die längst aus dem idyllisch-historischen Stadtkern im engen Tal der Rur in das wirtschaftliche und gesellschaftliche Herz der Stadt nach Imgenbroich, nur wenige Kilometer von seinem neuen Wohnort entfernt, umgesiedelt worden war. Er musste sich noch mit dem Hauptwohnsitz im Rathaus in Simmerath anmelden, mahnte sich der Pensionär. Er hatte diesen einfachen Verwaltungsakt immer wieder aufgeschoben. Die Wohnsitzänderung musste er noch hinbekommen, bevor …

Böhnke war in Gedanken versunken, als er Huppenbroich verließ. Er dachte mehr an seine nächsten Schritte als an die Fahrt über die sich schlängelnde, gering befahrene Straße. Fast reagierte er zu spät, als ihm in einer scharfen Rechtskurve ein mächtiger, dunkelfarbiger

Geländewagen auf seiner Fahrspur entgegengeschossen kam. Der Fahrer machte keine Anstalten, zu bremsen oder auszuweichen. Der Zusammenstoß blieb unausweichlich, wenn Böhnke nicht die Flucht in den Seitengraben suchte. Er riss das Lenkrad herum, schoss nach rechts in den Graben, haarscharf am massigen Wagen des schwachsinnigen Fahrers vorbei, und rutschte Meter über Meter in Schräglage im Graben entlang. Der Pensionär wurde mächtig durchgeschüttelt, plötzlich wurde ihm dunkel vor Augen, als der Airbag aufsprang und seine Kopfbewegung nach vorne sanft abbremste. Endlich blieb der Mercedes stehen.

Unverletzt war er, wie Böhnke mit rasendem Puls und atemlos feststellte. Allerdings kam er ohne fremde Hilfe nicht aus seinem Fahrzeug.

Sein Notruf wurde in der Simmerather Kreisleitstelle entgegengenommen.

Die Rettungskräfte kamen schnell. Schon eine Stunde später brachte ihn das ihm schon bekannte Polizisten-Duo von der Unfallstelle mit Zwischenstopp in der Unfallaufnahme zurück nach Huppenbroich. So richtig glauben wollten ihm die beiden Ordnungshüter die Unfallschilderung nicht. Sie ließen durchblicken, dass in dieser Kurve schon mehrfach Autos von der Straßen abgekommen und in den Graben gefahren seien. Hinweise auf ein Fahrzeug, das Böhnke von der Straße gedrängt haben sollte, konnten sie nicht finden.

»Hätte ich es etwa auf einen Frontalzusammenstoß ankommen lassen sollen, um glaubwürdig zu sein?«, entrüstete sich Böhnke, als er Grundler über den Unfall informierte.

»Natürlich nicht«, antwortete der Anwalt beschwichtigend. »Das hätte zwar bei der Versicherung unsere Position verbessert, aber darauf kommt es ja wohl nicht an.« Auch in dieser misslichen Situation konnte er seine Ironie nicht unterdrücken. »Hauptsache, du bist gesund, mein Freund.«

Ob er tatsächlich den Unfall unbeschadet überstanden hatte, zweifelte Böhnke immer mehr an. Die innerliche Unruhe wuchs stetig, das Zittern nahm beständig zu, die Glieder schmerzten, der Kopf dröhnte. Für heute war der Tag gelaufen. Er würde sich in den Garten legen und versuchen zu entspannen. Weder Gebrauchsanweisungen noch Aktenordner würde er heute noch anrühren.

Eine Frage, die ihm Grundler gestellt hatte, ließ ihn nicht los: »War es wirklich ein Unfall oder wollte dich jemand absichtlich rammen?«

Eine Antwort auf Grundlers Frage hatte Böhnke auch am nächsten Morgen nicht.

Er war froh gewesen, als am Abend seine Partnerin unangemeldet aus Aachen gekommen war. Grundler hatte sie informiert. »Was machst du bloß für Sachen, Rudolph-Günther?«, hatte sie besorgt gefragt und ihn in den Arm genommen.

Rudolph-Günther. Wann hatte das letzte Mal jemand seinen Vornamen genannt? Er hatte ihn fast schon vergessen und war froh, als seine Liebste wieder auf das vertraute, zärtliche Commissario wechselte.

Es wäre leicht gewesen, den Zwischenfall als Alleinunfall zu bewerten, wie es die Polizisten am liebsten protokolliert hätten, oder als Unfall, bei dem der Unfallverursacher geflüchtet war. Die erste Möglichkeit war definitiv falsch, die zweite Möglichkeit nicht unbedingt auszuschließen; die dritte Möglichkeit, ein Attentat, die machte ihm zu schaffen. Wer wollte ihm schaden? Und noch wichtiger: Warum wollte ihm jemand schaden? Gab es etwa einen Zusammenhang mit dem Mord an Puhlmann? Oder wollte sich ein Ganove, dem er für einige Jahre zu einem Knasturlaub verholfen hatte, an ihm rächen? Jetzt, da er schwach und hilflos in Huppenbroich auf den möglicherweise baldigen Tod wartete?

Das anhaltende Hupen vor dem Haus unterbrach sein Grübeln. Die Leihwagenfirma lieferte ihm einen VW Golf, den er bis zur Reparatur des Mercedes nutzen sollte. Der Fahrer fragte Böhnke höflich, ob er ihm entweder ein Taxi rufen könne oder er ihn selbst nach Imgenbroich zurückbringen würde.

»Da wollte ich auch hin«, sagte Böhnke.

Was gestern sein sollte, hatte auch heute noch Gültigkeit.

In dem Kleinwagen fühlte er sich sichtlich wohler als in der Limousine. Langsam fuhr er an der Stelle vorbei, an der er attackiert worden war, aber außer einigen Spuren im Graben deutete nichts mehr auf den Zwischenfall hin.

Ob sie auch Geländewagen vermieten würden, fragte Böhnke den Kurier beiläufig.

Die Antwort erstaunte ihn. Geländewagen seien gerade in der Eifel sehr beliebt und immer vermietet. In Monschau habe die Firma zwei Wagen postiert, die aber ständig vergeben seien.

Bereitwillig bestätigte ihm der kaufmännische Mitarbeiter der Verleihfirma im Imgenbroicher Gewerbegebiet, die Geländewagen seien im Prinzip immer vermietet. »Nur gestern nicht. Da hatten wir den TÜV hier. Beide Fahrzeuge haben unser Gelände nicht verlassen.«

Die Auskunftsfreudigkeit seiner Mitmenschen wunderte Böhnke immer wieder. Niemand fragte ihn nach dem Grund seiner Wissbegier, niemand beäugte ihn kritisch. Er war zuversichtlich, dass er auch aus dem Rathaus schlauer herauskommen würde, als er hineinging.

Schwungvoll parkte er den Golf in eine Lücke ein, bei der er mit dem Daimler wahrscheinlich gezögert hätte.

Den Zeitungsbericht über den Unfall, der Erna Müllers Leben beendet hatte, kannte er fast auswendig. Auf freier Strecke von Imgenbroich in Richtung Simmerath war die Frau aus ungeklärter Ursache nachts mit ihrem Fahrzeug von der gut ausgebauten Straße abgekommen und gegen einen Baum geprallt. Vielleicht hatte sie am Steuer einen Herzinfarkt erlitten und die Kontrolle über den Wagen verloren, vielleicht hatte es einen technischen Defekt gegeben. Vermutungen gab es zwar, aber keine endgültige Erklärung.

»Ich kann mich noch gut an den Unfall erinnern«, meinte der Verwaltungsbeamte, den Böhnke, sich als Kommissar vorstellend, um Auskunft bat. Auch bei diesem Gespräch war für ihn erstaunlich, dass er allein auf Grund seines entschlossenen Auftretens Informationen erhielt, die ihm ohne rechtliche Aufforderung niemand geben musste. Zur Not hätte Böhnke mit der Nachlassregelung argumentiert.

»Ich war bei dem Einsatz dabei, wir haben mit der Löschgruppe die Tote aus dem Wrack geborgen«, hörte Böhnke den Beamten sagen. »Vielleicht wäre die Frau zu retten gewesen, wenn der Unfall rechtzeitig entdeckt worden wäre. Aber sie muss wohl über eine Stunde hilflos in dem Wagen gelegen haben.«

Ob sie denn nicht vermisst worden war, hakte Böhnke nach. Sie wäre ja wohl unterwegs gewesen. Zu Puhlmann vielleicht, wie er für sich dachte. Aber er konnte auf keine Antwort hoffen.

Der Beamte wechselte das Thema. »Aber nicht nur das Sterben ist tragisch, schlimmer noch ist, was ihre Tochter mitgemacht hat.«

»Wieso?« Böhnkes Neugierde wuchs. »Was ist mit ihr?«

Verlegen schaute der mittelalte Beamte von Böhnke weg aus dem Fenster. »Das ist Dorftratsch bei uns in Mützenich.«

Mützenich war, wie Böhnke inzwischen als interessierter Heimatkundler wusste, ein Ortsteil von Monschau.

Langsam fuhr der Beamte fort. »Erna Müller war reich, zumindest für jemand, der nichts hat. Sie hatte ein Vermögen von rund einer halben Millionen Euro, nicht D-Mark. Üblicherweise hätte alles ihre einzige Tochter geerbt. Aber wenige Monate vor ihrem Tod hat die Mutter ihr gesamtes Vermögen verschenkt. Und wissen Sie, an wen?«

»An wen denn?«, fragte Böhnke zurück, die Antwort ahnend.

»An den Puhlmann, der letzte Woche erschossen wurde. Merkwürdig, was?«

Kopfnickend bestätigte Böhnke. Das war in der Tat merkwürdig. Erst verschenken, dann versterben. Und Puhlmann hatte den Vorteil. Der Kommissar überlegte kurz.

»Wissen Sie, wo ich die Tochter finde?«

Ohne Zaudern riss der Beamte einen Zettel von einem Notizblock und kritzelte einige Wörter darauf. »Vielleicht können Sie ja etwas für meine alte Freundin Bettina tun, Herr Kommissar. Aber verraten Sie ihr bitte nicht, dass Sie die Adresse von mir bekommen haben.«

Mützenich, Reichensteiner Straße. Es bereitete Böhnke mehr Mühe als gedacht, die Durchgangsstraße in Richtung Belgien und das schmucklose Wohnhaus zu finden, in dem Erna Müllers Tochter wohnte. Etwas irritiert betrachtete er den nebenan am Straßenrand geparkten dunkelblauen WDR-Smart.

Sollte etwa der Zappelphilipp recherchiert und ihm zuvor gekommen sein? Wenig später atmete er auf. Der WDR-Mann wohne in der Nachbarschaft, erklärte ihm die knapp 40-jährige Frau, die ihm die Haustür geöffnet hatte. Bettina Schmalhansel hieß sie, Schmalhansel, geborene Müller. Der Name Schmalhansel kam Böhnke bekannt vor, aber er wusste nicht, wo er ihn einordnen sollte.

Die unscheinbare Frau wischte sich ständig an einem Handtuch die Hände ab und beobachtete Böhnke dabei skeptisch.

Er sah keinen Grund, über den eigentlichen Anlass seines Besuchs zu schweigen.

»Ich ermittele wegen des Nachlasses von Werner Puhlmann und habe festgestellt, dass Puhlmann eine Zeitlang mit Ihrer Mutter zusammen war.« Immer noch stand er vor dem Hauseingang und wartete darauf, eingelassen zu werden.

»Zusammen ist gut.« Bettina Schmalhansel lachte bitter auf. Ihr ohnehin verhärmter Gesichtsausdruck wurde verbissen, ihre dunklen Augen verloren jegliche Wärme. »Die beiden lebten wie Mann und Frau. Der Kerl hat meine Mutter um den kleinen Finger gewickelt und sie ist auf ihn reingefallen.« Ihr Händewischen wurde intensiver. »Dann ist sie noch zu ihm gezogen und hat alles verkauft.«

Sie möge ihn nicht für indiskret erachten, entschuldigte Böhnke sich vorab. »Was meinen Sie damit?«

Der Hass schien aus ihren Augen zu springen. »Meine Mutter hat unser Haus und alle Grundstücke verkauft und alle Sparbücher geplündert. Alles futsch.« Sie machte eine Armbewegung, die Hilflosigkeit ausdrückte. »Alles ist weg.«

»Wieso?« Böhnke hätte darauf gewettet, dass die Verkäufe über Puhlmann als Makler abgewickelt wurden, aber danach fragte er nicht. »Da muss doch noch Geld sein?«

Wieder lachte die Frau gehässig auf. »Als meine Mutter starb, hatte sie nichts mehr, da war sie arm wie eine Kirchenmaus. Für mich gab es nicht einmal mehr den Familienschmuck als Erbe. Sie hat Puhlmann alles geschenkt.«

Allein die abschätzige Art, wie sie den Namen des Maklers aussprach, machte Böhnke deutlich, dass Bettina Schmalhansel Puhlmann alles zutraute, nur keine guten Taten.

»Sie haben also gar nichts geerbt?«

»Nicht einmal einen Hosenknopf.«

Der Kommissar sah die unglückliche Frau lange an. »Haben Sie sich denn nicht gewehrt?«

Ihr Lachen war gekünstelt. »Das haben wir versucht. Wir haben sogar einen Prozess wegen der Erbschaft geführt und verdammt viel Geld bezahlt. Unsere gesamten Ersparnisse sind drauf gegangen. Und jetzt haben wir überhaupt nichts mehr.« Sie zeigte durch den dunklen Hausflur. »Wenn mich der Vermieter nicht gut kennen würde, hätten mein Mann und ich nicht einmal mehr ein Dach über dem Kopf.«

Wer der Vermieter war, konnte sich Böhnke denken, aber er fragte nicht nach.

»Ich habe im Gericht in Monschau alle Mühe gehabt, meinen Mann zu beruhigen. Der wollte dem Richter und unserem Anwalt an den Kragen. Wenn Puhlmann bei der Verhandlung anwesend gewesen wäre, hätte er ihn wahrscheinlich umgebracht.« Bettina Schmalhansel lachte oder versuchte zumindest ein Lachen. »Und Sie suchen nun jemanden, dem Sie Puhlmanns Erbschaft übergeben können?« Sie wischte sich eine angegraute braune Haarsträhne aus dem Gesicht. »Wissen Sie was? Wenn Sie keinen finden, können Sie ja wiederkommen. Ich kann momentan jeden Cent gebrauchen.«

Seinen Gedanken nachgehend lief Böhnke zum Wagen zurück. Schmalhansel, der Name kam ihm so bekannt vor. Er wusste aber immer noch nicht, woher.

»Welche Überraschung!« Den maßlos Erstaunten mimend pflanzte sich der WDR-Journalist vor Böhnke auf. »Was treiben Sie denn hier im schönen Mützenich?«

Das ginge ihn wohl überhaupt nichts an, antwortete Böhnke streng.

»Mag sein«, entgegnete der Zappelphilipp, »aber es ist schon irgendwie eigenartig, wo und wie ich Sie immer wieder antreffe. Hat Bettina Schmalhansel etwa etwas mit Puhlmanns Tod zu tun oder erbt sie?«

Der Journalist erstaunte Böhnke von Mal zu Mal mehr. Dessen Kombinationsgeschick war nicht von schlechten Eltern.

»Was meinen Sie?«, fragte er argwöhnisch.

»Zuerst finden Sie eine Leiche, dann brechen Sie ins Haus der Leiche ein, dann haben Sie einen Unfall und dann treffe ich Sie ausgerechnet vor dem Haus, in dem Bettina Schmalhansel wohnt, die Tochter der tödlich verunglückten Erna Müller. Muss ich Ihnen jetzt noch erklären, wer Erna Müller war?« Mit nervösem Augenblinzeln grinste der Regionalkorrespondent Böhnke an. »Keine Sorge. Ich verrate nichts. Ich möchte nur mit Ihnen einen Filmbericht machen, wenn die Sache vorbei ist.«

»Welche Sache?« Der Kommissar spielte den Ahnungslosen. Zu fragen, woher von den Driesch von dem Unfall wusste, schien ihm müßig.

»Weiß ich doch nicht«, antwortete der Journalist freimütig, »da der Mord aufgeklärt ist, muss es wohl etwas anderes sein. Oder?«

Mit einem freundlichen Winken ließ Böhnke ihn stehen. »Sie werden rechtzeitig von mir hören.«

»Schön«, kommentierte von den Driesch trocken, »und ich gehe jetzt Bettina besuchen.«

»Warum?«

»Ich will sie fragen, warum ihr Mann hinten durch

den Garten abgehauen ist, als Sie vorne in der Haustür standen. Das waren wohl die Schmugglergene.«

Die Verblüffung in Böhnkes Gesicht ließ von den Driesch herzhaft auflachen. »War nur ein Scherz, Herr Kommissar.«

14

Schmalhansel? Was war mit dem Namen Schmalhansel? Der Name hatte sich in seinem Kopf festgesetzt, wahrscheinlich würde ihm urplötzlich der Bezug einfallen. Böhnke wusste nicht, was er von der Bemerkung halten sollte, die von den Driesch gemacht hatte. Hatte der Kerl wirklich einen Scherz gemacht, fragte er sich zweifelnd auf der Fahrt nach Roetgen.

Seine telefonische Nachfrage im Rathaus hatte bestätigt, dass Grete Meier die meiste Zeit ihres Lebens in Roetgen verbracht hatte und dort auch beerdigt worden war. Sie hatte sogar noch ihren Zweitwohnsitz in ihrem Heimatort beibehalten, als sie zu Puhlmann gezogen war. Er sei übrigens der zweite Mann innerhalb kürzester Zeit, der nach Grete Meier gefragt hätte. Ihr eigener Sohn hätte nach ihrer Adresse geforscht, erhielt Böhnke zur Antwort. Oliver Meier sei nach vielen Jahren wieder einmal nach Roetgen gekommen und habe sich erkundigt, plauderte die Rathausmitarbeiterin am Telefon.

Sie verriet sogar noch mehr. »Herr Meier wohnt im Eifeler Hof.«

Bereitwillig hatte der Mann dem Vorschlag von Böhnke zugestimmt, sich am früheren Wohnhaus der Mutter zu treffen.

Der Name der Wohnstraße war ungewöhnlich: Kalff. Aber in Roetgen war einiges nicht gewöhnlich. Das Dorf, das durch die Bundesstraße geteilt war und direkt an der Grenze zum belgischen Königreich lag, galt als das Dorf der Millionäre. Auch wenn es nach außen hin nicht den Anschein hatte, so war es doch ein Ort, in dem es erstaunlich viele Millionäre gab. Warum das so war, wusste Böhnke nicht. Es war für ihn nur immer ungewöhnlich gewesen, dass es in Roetgen nicht häufiger zu Einbrüchen kam als im statistischen Durchschnitt für die gesamte Eifel.

Ungewöhnlich war auch der Mann, der vor dem ehemaligen Haus von Grete Meier stand. Trotz der sommerlichen Hitze mit einem dunklen Mantel und einem dunklen Schlapphut über dem schulterlangen, schwarzen Haar gekleidet, betrachtete er das Haus. Dann grüßte er überaus höflich, als Böhnke ihn verwundert musterte, und ging gemächlich davon. Wahrscheinlich zu einem Spaziergang und vielleicht ins Hohen Venn, das sich direkt westlich am Dorf anschloss.

»Herr Böhnke?« Unbemerkt hatte sich jemand in seinem Rücken genähert.

Langsam drehte sich der Kommissar um und schaute in das tief gebräunte Gesicht eines rund 50-jährigen, schlanken Mannes.

»Oliver Meier?«, fragte er zurück und ergriff freundlich die ausgestreckte Hand.

Kopfnickend bestätigte der Fremde, ein sportlicher Typ mit dunkelblondem, teils grau meliertem Haar.

»Schön, Sie hier zu treffen, Herr Böhnke«, sagte er mit einem ungewohnten Zungenschlag, als spräche er üblicherweise nicht deutsch.

Der Kommissar hatte den Eindruck, sein Gesprächspartner suche nachdenkend nach den passenden Wörtern.

»Da haben Sie recht«, bestätigte ihm Meier. »Ich bin nur selten in Deutschland. Ich lebe seit fast 30 Jahren in Amerika.«

Deshalb auch die Frage nach der Adresse der Mutter, schoss es Böhnke durch den Kopf. Er betrachtete den schlanken, Ruhe ausstrahlenden Mann, der trotz Jeans und Polohemd elegant gekleidet vor ihm stand.

Er arbeite für ein Unternehmen in Wyoming und hätte beruflich mit der Maschinenfabrik in Lamersdorf zu tun, berichtete Müller bereitwillig. Seit knapp vier Wochen sei er in Deutschland und suche in der Eifel nach den Spuren seiner Familie. »Wir haben früher woanders gewohnt. Kaum war ich zum Studium nach Amerika gegangen, ist nach dem plötzlichen Tod meines Vaters meine Mutter mit meiner Schwester in die Eifel gezogen. Meine Schwester wohnt jetzt in Simmerath.«

Verstehend nickte Böhnke, wobei er sich fragte, was er mit diesen Informationen anfangen sollte. Aber er war zu höflich, um Meier zu unterbrechen.

»Und jetzt wollte ich sehen, wo meine Mutter wohnte.« Meier zeigte auf das prächtige eingeschossige Wohnhaus in einem gepflegten Vorgarten vom Ausmaß eines halben Fußballfeldes. »Sie fragen sich bestimmt, wie meine Mutter dieses Anwesen finanzieren konnte?«, nahm Meier dem Kommissar die Frage aus dem Mund. »Sie hat geerbt, viel Geld. Davon hat sie für sich das Haus gekauft, meiner Schwester mit ihrer Familie eine Villa in Simmerath und mir das Studium großzügig finanziert. Jetzt wollte ich sehen, was aus meinem gescheiterten Erbe geworden ist.« Er gab zu verstehen, dass er es mit dieser Bemerkung nicht unbedingt ernst meinte.

»Wieso?«, fragte Böhnke dennoch.

Ob er den nicht wisse, dass seine Mutter mittellos gestorben sein, fragte Meier zurück. »Sie hat alles verschenkt, kurz vor ihrem Tod. An einen gewissen …« Meier legte eine längere Denkpause ein. »Ich komme nicht auf den Namen.«

»Hieß er vielleicht Puhlmann?«, half Böhnke neugierig nach.

Richtig, so sei es, bestätigte Meier spontan. »Meine Mutter hat Puhlmann alles geschenkt. Meine Schwester wollte gegen den Mann prozessieren, aber ich habe ihr abgeraten. Ein Anwalt, der für meine Firma in Deutschland arbeitet, hat uns keine Aussicht auf Erfolg – wie sagt man? – eingeräumt. Wie gewonnen, so zerronnen. Das gesamte Vermögen war futsch«, sagte Meier ohne Zorn, fast schon gelangweilt. »Meine Schwester kann es verkraften und ich habe Geld genug.« Mit klaren Augen betrachtete er das große, weiß getünchte Haus mit den braunen Holzverschlägen vor den Fenstern. »Schade. Ist ein schönes Haus.« Meier zuckte mit den Schultern.

»Warum wollen Sie mich sprechen?« Überraschend wechselte der Deutsch-Amerikaner das Thema.

Wegen Puhlmann und seiner Mutter Grete Meier, antwortete Böhnke. »Ich suche nach Ansätzen wegen der Erbschaftsregelung.« Er stockte kurz, als er überlegte, ob er weiterreden sollte. »Und ich suche einen Mörder«, sagte er dann doch.

Fragend staunte ihn Meier an. »Welchen Mörder?« Er habe in der Zeitung gelesen, dass es in der Eifel vor einigen Tagen einen Mord gegeben habe. »Da war ich irgendwo bei Trier unterwegs. Und Sie suchen den Mörder von wem?«

Wieder wunderte sich Böhnke darüber, wie wenig Aufmerksamkeit der Mord an dem Makler außerhalb des Großraums Aachen erregte. »Ich suche den Mörder von Puhlmann«, sagte er ruhig und erntete als Reaktion ein verwundertes Staunen von Meier.

»Der ist ermordet worden?«, fragte er, als habe er sich verhört. »Aber was hat das mit meiner Mutter zu tun? Die ist doch seit ungefähr 10 Jahren tot.«

»Mit großer Wahrscheinlichkeit nichts«, antwortete Böhnke. Er suche überall nach Anknüpfungspunkten, wer Puhlmann getötet haben könnte.

»Und da kommen Sie auf mich?« Meiers Gesichtsausdruck zeigte Erschrecken und Zweifel, Verblüffung und Erheiterung zugleich.

»Natürlich nicht«, beeilte Böhnke sich zu antworten. »Ich wollte nur etwas von der Beziehung Ihrer Mutter zu Puhlmann erfahren.« Jetzt sei er schlauer.

»Inwiefern?«, fragte Meier interessiert.

Offenbar habe Puhlmann seine Mutter wie anschließend auch eine andere Frau um ihr Vermögen gebracht, erläuterte der Kommissar. »Er hat es sich, notariell beglaubigt, schenken lassen und damit den Nachkommen das Erbe entzogen. Sicherlich legal, aber moralisch nicht koscher, zumal er selbst Geld wie Heu hatte.«

Dass beide Frauen kurz nach dem Notarstermin das Zeitliche gesegnet hatte, verschwieg er vorsorglich.

»Wie ist denn Ihre Mutter gestorben?«, fragte er statt dessen.

Genau wisse er es nicht, antwortete Meier. Er zückte aus der rechten Hosentasche einen Schlüsselbund und spielte damit. »Ich habe nur von meiner Schwester gehört, dass sie überraschend gestorben sei.« Er hätte nicht zur Beerdigung kommen können. »Sie müssten deswegen meine Schwester fragen, aber sie ist vor zwei Wochen in Urlaub gefahren und kommt erst in zwei Wochen wieder zurück, denke ich.«

Er nannte eine Adresse, aber Böhnke winkte dankend ab. »So wichtig ist es nun auch nicht. Wie lange bleiben Sie denn noch in Roetgen?«

»Mindestens noch vier Wochen habe ich in Deutschland zu tun. Ich bin zwar oft unterwegs, aber ich komme immer wieder nach Roetgen zurück.« Dort könne Böhnke im Hotel Nachrichten hinterlassen, wenn es nötig wäre.

Mit einem ungewöhnlichen Klingelzeichen machte ein Handy auf sich aufmerksam. Eine Melodie der Beatles erklang und dudelte vor sich hin, bis Meier endlich das Gerät aus seiner Hosentasche geholt hatte. In einem für Böhnke unverständlichen Englisch, oder besser Amerikanisch, sprach Meier hinein, während er sich von Böhnke abwendete.

Plötzlich hatte er es eilig. Ob er gehen könne, fragte er höflich.

Der Kommissar sah keinen Grund, Meier festzuhalten. »Ich wüsste nicht, warum Sie bleiben sollten.«

Herzlich schüttelte Meier die ihm entgegengestreckte Hand, eilte zu einem japanischen Sportwagen an der gegenüberliegenden Straßenseite und rauschte davon.

Rechtshänder, stellte Böhnke für sich fest. Meier war Rechtshänder. Darauf hatte der Pensionär geachtet. Unwillkürlich vielleicht, aber immerhin, einige Macken aus seinem Beruf ließen sich nicht von jetzt auf gleich abstellen.

Böhnke beobachtete und registrierte eben alles. Einmal Kommissar, immer Kommissar.

Fast alles registrierte er, räumte Böhnke ein. Und er hatte das ihn niemals trügende Gefühl, einige wichtige Fakten noch nicht gesehen oder gar übersehen zu haben.

15

Ein weitaus gemächlicheres Tempo als Meier schlug Böhnke an. Er hatte Zeit und einen Namen, der ihm nicht aus dem Sinn ging. Schmalhansel. Was war mit Schmalhansel? Etwas Kriminelles? Vielleicht oder sogar wahrscheinlich. Aber er würde sich eher die Zunge abbeißen, als im Polizeipräsidium jemanden um Hilfe zu bitten, dachte er sich auf der Rückfahrt. Andererseits …

Seinen Gedanken nachgehend fuhr Böhnke in Huppenbroich auf den Privatweg zum Haus und musste eine Vollbremsung hinlegen, weil mitten auf dem Weg ein schwarzer Porsche abgestellt war. Warum Grundler ausgerechnet mit der Lieblingskarosse seines Kompagnons Schulz nach Huppenbroich gekommen war, verstand der Kommissar erst, als er den Anwalt gemeinsam mit Sümmerling plaudernd im Garten sitzen sah.

Der AZ-Reporter hatte immer von einem Porsche geträumt und nutzte jede Gelegenheit, mit einem derartigen Sportwagen zu fahren. Grundler gab ihm gefälligkeitshalber die Möglichkeit dazu, zumal Sümmerling unbedingt mit Böhnke sprechen wollte.

»Mein lieber Herr Gesangsverein, nicht gerade der schlechteste Hühnerstall, den Sie hier haben«, sagte Sümmerling anerkennend zur Begrüßung. »Sie haben schon Geschmack und Geschick, wenn es stimmt, was Grundler behauptet, dass Sie nämlich selbst den Stall ausgebaut haben.« Der Umbau sei viel zu schade nur als Ferienhaus. Hier könne man weitab vom Trubel in Aachen das Leben genießen und alt werden.

Böhnke stöhnte. Diese Sätze hatte er schon zu oft von Besuchern gehört, die zum ersten Mal nach Huppenbroich kamen. Wann kam der Kerl endlich zur Sache?

»Ich habe recherchiert«, sagte der Journalist schließlich voller Ernst und löste bei Grundler einen Lachkrampf aus. Immerhin war das Recherchieren Sümmerlings Job. Was sollte er sonst tun, wenn nicht recherchieren?

Sümmerling ließ sich nicht aus der Ruhe bringen. »Ich habe also recherchiert in der Geschichte von Haus und Boden beziehungsweise wegen der Übernahme des Geschäfts durch Puhlmann. Und wissen Sie, was ich festgestellt habe?«, fragte er mit einem triumphierenden Blick durch die dünne Nickelbrille.

Er werde es ihm bestimmt sagen, knurrte Böhnke. Dafür sei er ja wohl gekommen.

»Die Sache ist nicht ganz astrein. Der ehemalige Besitzer ist plötzlich und unerwartet krank geworden. Ist es nicht sehr komisch, dass er stirbt und Puhlmann profitiert?«

Komisch war nach Böhnkes Auffassung der falsche Begriff. Allenfalls war der Umstand merkwürdig, dass der Makler ebenso wie die beiden Frauen genau dann das Zeitliche segneten, nachdem Puhlmann seinen Vorteil gehabt hatte. Allerdings lagen 10 Jahre und mehr dazwischen. Aber diese Überlegung brauchte er dem Reporter nicht unter die Nase zu binden.

»Nein«, antwortete der Kommissar gelassen. »Der Makler war krank und wollte sich aus dem Job zurückziehen.«

Ganz so eindeutig, wie es scheine, sei die Geschichte nicht, entgegnete der Schreiberling. »Ich habe bei meinen Kollegen in der Alsdorfer Lokalredaktion nachgefragt. Da sitzt noch ein Senior aus Schreibmaschinen-Zeiten, der sich an den alten Makler erinnern kann. Er hatte ihn als vital in Erinnerung, als Mann, der sich nicht aufs Altenteil begeben wollte. Außerdem hat mein Kollege alte Seilschaften aufleben lassen. Alle seine Gesprächspartner sagen übereinstimmend, dass sie den Inhaberwechsel zu Puhlmann nicht verstanden haben.«

»Wo ist denn da was Illegales?«, hakte Böhnke nach. »Dafür gibt es keine Anhaltspunkte.«

»Die Sache ist unlauter«, unterstellte Sümmerling vehement, »die ist nicht sauber über die Bühne gegangen.«

Gewiss, er könne nichts beweisen, aber es sei, wie gesagt, sehr komisch. »Ich will jetzt den Sohn von Dahmen ausfindig machen. Der kann mir vielleicht etwas flüstern.«

Der Kommissar schwieg dazu. Sollte Sümmerling ruhig sein Glück versuchen. »Warum schnüffeln Sie überhaupt herum?«

Er sei kein Schnüffler, knurrte der kleine AZ-Reporter eingeschnappt. »Ich werde hellhörig, wenn ich mitbekommen, dass ein erfolgreicher Anwalt und ein renommierter Kommissar im Ruhestand in die Erbschaftsverwaltung eines bekannten Mordopfers involviert sind. Da werde ich von Berufs wegen neugierig.« Sümmerling grinste frech.

»Und außerdem haben wir saure Gurkenzeit. Da habe ich Zeit für derartige Recherchen.«

Dann könne er ja auch gleich wegen eines Mannes namens Schmalhansel nachforschen, sagte Böhnke flott.

»Schmalhansel?« Fragend betrachtete der Schreiberling den Pensionär. »Schmalhansel. Der Name sagt mir etwas.« Seine nachdenkliche Miene hellte sich auf. »Und wissen Sie, was?« Offenbar war ihm schnell ein Bezug eingefallen. Schmunzelnd genoss er es, die Anspannung in Böhnkes Gesicht wachsen zu sehen.

»Na, los!«, fauchte der Kommissar.

»Typisch Beamter«, lästerte Sümmerling vergnügt. »Kaum ist er nicht zuständig, hat er keine Erinnerung. Oder werden Sie etwa alt, Herr Kommissar?« Triumphierend schaute er auf. »Schmalhansel ist doch der Ganove, der vor fünf oder sechs Jahren versucht hat, eine

Bank in Richterich auszurauben. Er hatte eine Kassiererin überwältigt und als Geisel genommen. Wissen Sie das nicht mehr?«

Endlich dämmerte es Böhnke. Er hatte zwar nichts mit dem Fall zu tun gehabt, aber selbstverständlich davon gehört.

»War nicht mein Kunde«, knurrte er nur, derweil er sich erinnerte.

Schmalhansel hatte mit einer Wasserpistole den Raub durchführen wollen; einer derart dilettantischen Nachahmung einer Schusswaffe, dass sie sofort erkannt und Schmalhansel deshalb gefahrlos überwältigt werden konnte. Im Prinzip war Schmalhansel ein kleiner Ganove gewesen, für den der Banküberfall eine Nummer zu groß war.

»Die Wasserpistole war ja nur *eine* Pleite«, ergänzte Sümmerling genüsslich. »Der Depp hatte seinen Landrover ausgerechnet mit laufendem Motor direkt vor dem Eingang der Bank abgestellt. Auffälliger gings nicht mehr.«

Der Hinweis auf den Geländewagen ließ Böhnke stutzen. Sollte etwa?

Dank milder Richter und guter Führung war Schmalhansel vor knapp einem Monat aus der Haft entlassen worden, berichtete Sümmerling.

»Woher wissen Sie von seiner Freilassung?«, fragte Böhnke verblüfft.

Wieder grinste der Journalist hochnäsig. »Die richtigen Freunde an den richtigen Stellen besorgen mir zur richtigen Zeit die richtigen Informationen. Ich muss doch wissen, welcher Verbrecher sich auf freiem Fuß befindet. Die Überschrift macht sich immer gut: ›Ex-Häftling rächt sich an Polizei‹.«

Ungehalten schüttelte Böhnke den Kopf. Sümmerlings kriminelles Gedankengut wollte er nicht verstehen. »Haben Sie denn noch andere Informationen über Schmalhansel?«

Jetzt stutzte Sümmerling. »Was interessiert Sie an dem kleinen Ganoven?«

Böhnke seufzte. Das ging den Schreiberling zwar nichts an, andererseits wollte er Informationen von ihm. Da konnte Sümmerling eine Gegenleistung erwarten. Ziemlich entschärft klärte Böhnke ihn über das Verhältnis von Schmalhansels Ehefrau zu Puhlmann auf.

Prompt rieb sich Sümmerling begeistert die Hände. »Das sieht ja fast nach einem Knüller aus. Schmalhansel hängt mit in dem Mord drin. Der hat bestimmt mit Müllender zusammengearbeitet.«

»Immer langsam«, beschwichtigte in Böhnke. »Sie konstruieren, statt zu recherchieren.« Er schlage ihm einen Deal vor, meinte er versöhnlich. »Sie suchen alles heraus, was es über Schmalhansel in den Medien gibt, und wir versuchen herauszufinden, ob Müllender und Schmalhansel gemeinsame Sache machten.«

»Damit er mir wieder ein Lügenmärchen auftischen kann«, brummte Grundler grimmig, derweil er durch ein Kopfnicken seine Zustimmung gab.

»Herr Sümmerling, Sie informieren Grundler und Grundler informiert mich«, kommandierte Böhnke ungeniert gähnend. »Und jetzt bitte ich Sie beide um einen geordneten Rückzug. Ich bin alt, krank und müde.«

Tatsächlich schlief Böhnke auf seiner Gartenliege ein. Erst das Handy weckte ihn auf, als es bereits zu dämmern begann.

»Muss ich guten Morgen sagen oder gute Nacht?«, lästerte Grundler froh gelaunt, nachdem sich der Pensionär nach lang anhaltendem Klingeln endlich mit schläfriger Stimme gemeldet hatte.

»Quatsch«, knurrte Böhnke, »was willst du Störenfried meiner idyllischen Ruhe?«

Sie seien fixe Jungs, lobte Grundler sich und Sümmerling vorab, ehe er mit den für Böhnke interessanten Informationen herausrückte. »Ich war noch bei Müllender und habe ihn nach Schmalhansel gefragt. Müllender hat abgestritten, den Mann zu kennen. Ich habe ihm dann auf den Kopf zugesagt, dass ich ihm nicht glauben würde. Daraufhin schien er einzuknicken. Aber dann hat er eine Bekanntschaft entschieden abgewiesen. Da sei nichts. Er kenne Schmalhansel nicht.«

»Und du glaubst ihm?«

»Dem kannst du doch gar nichts glauben«, antwortete Grundler spitz, »der lügt doch in dem Moment, in dem er den Mund nur aufmacht. Ich kann mir allerdings gut vorstellen, dass er und Schmalhansel unter einer Decke stecken. Es würde mich nicht wundern, wenn die beiden Ganoven Puhlmann in Aachen geschnappt und nach Huppenbroich verschleppt hätten.«

Schweigend lauschte der Kommissar. So wäre es möglich gewesen, Puhlmanns Transport nach Huppenbroich bewerkstelligt zu haben, ohne auf dessen Fuhrpark zurückgreifen zu müssen.

Normalerweise hätte er die Information sofort an seine Kollegen weitergegeben, damit Schmalhansels Wagen, sofern er den Landrover noch besaß, auf Spuren untersucht wurde. Doch er hielt sich zurück.

»Aber ich werde mich hüten, mit diesen Gedanken an die Öffentlichkeit zu treten«, hörte er Grundler sagen. »Wenn es so gewesen sein sollte, muss es SM selbst herausfinden.« Der Anwalt lachte herzhaft auf. »Der Müllender ist und bleibt ein Schweinehund. Aber dein Freund Schmalhansel ist noch eine Nummer schlimmer.«

Neugierig horchte Böhnke auf. »Wieso?«

Per Fax habe ihm Sümmerling einige Zeitungsberichte über die letzte Pleite von Schmalhansel in die Kanzlei geschickt, antwortete Grundler. »Das ist ein Krimineller ohne Skrupel, aber auch ohne Verstand. Und seine Blödheit macht ihn gefährlich.« Kurz atmete er durch, bevor er ausführlich über den kuriosen Banküberfall berichtete, der das letzte mehrerer Verbrechen von Schmalhansel gewesen sei. »Er wollte immer besonders clever sein und ist dann bei der Durchführung immer gewissermaßen über seinen eigenen Plan gestolpert.« Noch einmal holte Grundler tief Luft. »Bei seiner Aburteilung vor sechs Jahren hat er dann einen bemerkenswerten Satz von sich gegeben, als er aus dem Gerichtssaal zurück in die Zelle geführt werden sollte, einen Satz, den Sümmerling als Zitat in seinem Gerichtsbericht wiedergegeben hatte: ›Wenn ich wieder draußen bin, fahre ich den ersten Bullen über den Haufen, der mir über den Weg läuft!‹«

Wieder kam die Überlegung, die Spurensicherung einzuschalten, doch wieder winkte der Alte innerlich ab.

16

Mit der Müdigkeit, aber auch mit der Ruhe war es nach dem Telefonat vorbei. Böhnke musste sich konzentrieren und tief durchatmen, um bei Sinnen zu bleiben. Sollte die Attacke auf der Straße ihn etwa tatsächlich töten? War Schmalhansel so bescheuert? Woher wusste Schmalhansel von ihm und seinem Wohnsitz in Huppenbroich? Scheißspiel, fluchte Böhnke vor sich hin, als er am späten Abend nachdenklich vor dem Fernseher hockte. Er bekam nicht mit, was auf der Röhre flimmerte, sah nur Bilder und hörte Töne, die sein Gehirn nicht verarbeitete.

Sein gesamtes Berufsleben lang war er von rachsüchtigen Verbrechern verschont geblieben, ausgerechnet jetzt, in den vielleicht letzten Wochen seines Daseins wollte ihm ein Arschloch das Lebenslicht auspusten. Er versuchte, sich durch Lesen abzulenken und griff nach dem Taschenbuch, das er aus Puhlmanns Schlafzimmer mitgenommen hatte. Es war ein geschickt konstruierter Krimi, der in Düren spielte. Selbst für ihn als erfahrenen Kriminalisten war die Auflösung nicht leicht zu finden. Tiefer und tiefer versank er in der Geschichte, bis ihn spät in der Nacht endlich die Müdigkeit übermannte.

Doch waren ihm nur wenige Stunden Schlaf vergönnt. Ein Traum, in dem ihn Puhlmann als unfähigen Ermittler verfluchte, ließ ihn aufwachen. Böhnke fühlte sich gerädert und appetitlos, nachdem er geduscht hatte und am kleinen Küchentisch saß. Das würde heute nicht sein Tag werden, sagte ihm sein Gefühl, auf das er sich verlassen konnte. Er ließ den Kaffee kalt werden und stellte den Aufschnitt unangetastet zurück in den Kühlschrank. Mit dem Krimi begab er sich in den Garten, legte sich auf die Liege und las gespannt weiter. Wieder versank er tief in die Geschichte, die ihn nicht nur fesselte, sondern auch zur Analyse anregte. Anerkennend staunte er über den Autor, als er das Buch beiseite legen konnte. Er fühlte sich motiviert, noch tiefer in den Mord an Puhlmann einzusteigen; wie in dem Roman musste er sich zwischen Schein und Sein hindurchschlängeln.

Die unverwechselbaren Schritte des Briefträgers auf dem kiesigen Weg ließen ihn aufstehen. Die Knochen schmerzten zwar, aber er fühlte sich besser. Die postalische Lieferung bestand aus einem einzigen Brief. Sümmerling ließ ihm die Kopien einiger Zeitungsartikel über Schmalhansel zukommen.

Wieder stockte Böhnke, als er das bedrohliche Zitat las. Zugleich erfuhr er nichts, was ihm nicht schon Grundler am Vorabend telefonisch mitgeteilt hatte. Aufschlussreicher war eine Fotografie, die Schmalhansel bei der Festnahme nach dem dilettantisch ausgeführten Banküberfall zeigte. Ein großer, massiger Mann mit einem dicken Kopf, zerzausten, langen Haaren und einem ungepflegten Bart, sehr erbärmlich gekleidet mit einem grobkarierten Hemd, das nur teilweise in einer ausgebeulten, ausgewaschenen Jeans steckte, starrte mit einem bösen Blick in die Kamera. Der Mann erinnerte Böhnke an einen unbedarften, skrupellosen Gauner, den er einmal im Rahmen der Amtshilfe für die Kollegen in Erkelenz festgenommen hatte. Ein ungehobelter Flegel war das gewesen, auch um die 40, der keine Hemmungen hatte, stets ohne Haftpflichtversicherung Auto zu fahren; das bekam er aber erst heraus, nachdem er den Kriminellen wegen Mädchenhandels und Körperverletzung einkassiert hatte. Krings oder so ähnlich hieß der Ganove. Merkwürdig, dachte sich Böhnke, an diesen schrägen Vogel konnte er sich genau erinnern, Schmalhansel hingegen hatte keinen Platz in seiner Erinnerung.

Als er die Zeitungsabschnitte auf den Couchtisch ablegte, blickte er auf die Fotoalben. Was hatte er aus dem Krimi gelernt? Jedes Faktum nicht ein- oder zweimal überprüfen, bisweilen war dreimaliges Abgleichen erforderlich. Langsam ließ Böhnke seinen Blick über die zum Teil knapp 50 Jahre alten Fotografien schweifen. Der Kommissar konzentrierte sich auf die Seiten in den Alben, die Puhlmann seinen beiden viel älteren Lebensabschnittsgefährtinnen gewidmet hatte. Erna Müller gab nicht viel her, bei Grete Meier fielen ihm wieder die Bilder mit dem kleinen Sohn auf. Unschwer war der damals vier- bis sechsjährige Junge in dem Mann wiederzuerkennen, den er gestern in Roetgen gesprochen hatte. Die hohe Stirn und die Augenpartie waren unverkennbar geblieben.

Ob er auf den Bildern seiner eigenen Kindheit auch Charakteristika finden würde, die ihm heutzutage zugesagt wurden, fragte sich Böhnke. Konnten äußerliche Merkmale 40 oder sogar 50 Jahre überdauern?

Noch einmal nahm sich Böhnke die Bilder der Abitursklasse vor. Puhlmann war klar, Dahmen ebenso. Aber gab es vielleicht noch andere Menschen, die er wiedererkennen konnte? Müller? War auch Müller auf dem Bild? Ein junger Mann in der zweiten Reihe, zum großen Teil verdeckt, konnte eventuell Meier sein. Ein Teil der Augenpartie konnte auf Meier zutreffen.

Hastig suchte der Kommissar nach der Liste mit den Schülernamen. Irgendwo im Stapel seiner Papiere und Zeitungen musste sie doch sein. Früher wäre ihm so ein Durcheinander nicht passiert, im Büro hatte alles seinen Platz, an dem er es sofort fand. Aber mit dem erzwungenen Ruhestand war auch der Schlendrian eingekehrt, schimpfte er mit sich. Schnell flogen seine Augen über die Namensreihe. Tatsächlich, es gab auch einen Oliver Meier in Puhlmanns Abitursklasse.

Kurz entschlossen griff Böhnke zum Handy und rief in Langenhagen an. »Herr Dahmen, können Sie sich an einen Oliver Meier erinnern, der mit Ihnen das Abitur gemacht hat?«

Lange musste der Kommissar auf eine Antwort warten. Endlich sagte der Tiermediziner nachdenklich: »Ich kann mich an einige Schulkameraden erinnern, aber nicht an alle. Ob ein Meier darunter war und in welcher Klasse, das weiß ich nicht.« Er habe überlegt und versucht, Namen und Gesichter aus dem Gedächtnis zurückzurufen, aber es sei ihm nicht möglich, eine vollständige Liste seiner Weggefährten aus der Jugendzeit zusammenzubekommen. »Wissen Sie, wie lange das her ist, Herr Böhnke?«

Ob er nicht noch ein Foto der Abitursklasse besäße, hakte der Kommissar nach. »Vielleicht erkennen Sie darauf jemanden, der Sie auf Oliver Meier bringt.«

»Soviel ich weiß, gibt es nur ein Abibild, das ich aber nicht besitze. Damals habe ich keinen Wert darauf gelegt. Ich glaube, ich kann Ihnen nicht helfen.«

Schließlich stellte der Tiermediziner die Fragen, auf die der Kommissar gewartet hatte: »Wozu wollen Sie das überhaupt wissen?« Und: »Hat das etwas mit dem Mord an Puhlmann zu tun?«

Böhnke sah keinen Grund, Dahmen keinen reinen Wein einzuschenken. »Die Mutter von Oliver Meier hat eine Zeitlang mit Puhlmann zusammengelebt. Er hat sie beerbt.« Nach dem Mord rekonstruiere er quasi Puhlmanns Leben, erläuterte Böhnke, »dabei bin ich unter anderem über Grete Meier auf Oliver Meier gestoßen, der vielleicht mit Puhlmann in eine Klasse ging. Und damit komme ich zu Ihnen, denn Sie machten gemeinsam mit Puhlmann das Abitur. Ich dachte, Sie könnten mir bei Meier helfen.« Seine Stimme klang resignierend. »Aber da habe ich wohl falsch gelegen.« Dass die Frau ihr Vermögen schon vor ihrem Tod an Puhlmann übertragen hatte, behielt er für sich.

»Ich würde Ihnen wirklich gerne helfen«, betonte Dahmen. Er werde nochmals in seiner Schulzeit kramen, vielleicht erinnere er sich, meinte er mit unüberhörbarer Hilfsbereitschaft. »Haben Sie denn Kontakt zu Meier oder wissen Sie, wo er sich aufhält? Dann könnten Sie ihn ja selbst fragen.« Dahmen lachte kurz auf. »Wenn Sie etwas erfahren, informieren Sie mich bitte. Ich bin echt gespannt.«

Er werde ihn selbstverständlich anrufen, versicherte Böhnke. »Ich werde gleich zu Meier fahren. Er befindet sich momentan in einem Hotel in Roetgen.« Insgeheim ärgerte sich der Kommissar darüber, dass er nicht sofort Meier wegen einer eventuellen Bekanntschaft mit Puhlmann befragt hatte. Puhlmann hatte etwas mit Dahmen und dessen Familie zu schaffen gehabt, Puhlmann hatte sich mit Meiers Mutter liiert. Und Puhlmann war mit Erna Müller zusammen gewesen, deren Tochter Bettina und Schwiegersohn Schmalhansel ebenfalls von Puhlmann benachteiligt worden war.

Warum mache ich mir überhaupt darüber Gedanken, dachte Böhnke sich, als er in den Leihwagen stieg, um nach Roetgen zu fahren. Mit dem Mord an Puhlmann konnte und wollte er die drei Männer nicht in Verbindung bringen. Ob sie jemals etwas von der Erbschaft erhalten würden, war mehr als zweifelhaft. »Also, Alter, was soll das alles?«, fragte er sich laut, während er am Ortsausgang von Huppenbroich das Auto beschleunigte.

Schon von Weitem sah er auf der zwischen den Buchen gewundenen Straße den schmutzigen, weißen Geländewagen entgegenkommen. Sofort schnellte sein Pulsschlag in die Höhe und wuchsen die Schweißperlen auf seiner Stirn. Nicht schon wieder! Verlangsamend fuhr er über die Straße, immer den Blick auf den herankommenden Wagen gerichtet.

Dessen Fahrer schien zu beschleunigen, immer näher kam er, noch auf der eigenen Straßenseite fahrend. Aber es war nur eine Frage von Sekunden, bis er hinüberscheren und Böhnkes Auto rammen würde. Im letzten Augenblick erkannte der atemlose Pensionär die kleine geteerte Zufahrt zu einer Wiese zwischen den Buchenhecken. Er trat das Gaspedal durch, schoss nach vorne, riss das Lenkrad nach rechts, raste auf den kleinen Weg und trat voll in die Bremsen. Im gleichen Augenblick fuhr der Geländewagen an ihm vorbei. Nur wenige Zentimeter vor dem Maschendraht eines einfachen Weidetores blieb Böhnkes Fahrzeug stehen.

Sein Herz raste, die Welt drehte sich um ihn. Der Kommissar lehnte sich gegen die Nackenstütze, schloss die Augen und versuchte sich zu beruhigen. Er wusste nicht, wie lange er regungslos in seinem Sitz hockte, erst das laute Klopfen am Seitenfenster brachte ihn in die Wirklichkeit zurück. Böhnke öffnete die Augen und erschrak erneut. Er blickte in das Gesicht von Schmalhansel, nur durch das Glas von ihm getrennt.

Zog der Mann eine höhnisch grinsende Grimasse oder zeigte er ehrliche Besorgnis? Böhnke konnte die Mimik nicht deuten.

»Was ist mit Ihnen?«, hörte er Schmalhansel mit tiefer Stimme fragen. »Was machen Sie denn für Sachen?«

Böhnke war nicht zu einer Antwort fähig. Er schüttelte stumm den Kopf und hing kraftlos in seinem Sicherheitsgurt.

»Sind Sie okay?«

Müde nickte der Kommissar. »Mir fehlt nichts«, stammelte er endlich leise.

»Und warum brettern Sie dann wie ein Idiot über die Straße?«, fragte Schmalhansel verständnislos. Er musterte Böhnke. Vor diesem alten Mann brauchte er keine Angst zu haben, er musste vielmehr davor Angst haben, dass der alte Mann zusammenbrach.

Böhnke biss sich auf die Unterlippe. Schmalhansel wusste doch genau, was hier gespielt wurde. Erst wollte der Kerl ihn von der Straße schieben, dann fragte er scheinheilig, was los sei. Stumm schaute er den ungehobelten und ungepflegten Mann an.

»Ich ziehe Sie auf die Straße zurück«, schlug Schmalhansel höflich vor. »Sie hängen mit einem Rad im Graben und kommen alleine nicht raus.«

Ehe Böhnke reagieren konnte, war Schmalhansel zu seinem Geländewagen zurückgegangen und fuhr rückwärts hinter den Leihwagen. Mit schnellen, geschickten Händen hatte er eine Kette an der Anhängerkupplung von Böhnkes Wagen und an seinem Fahrzeug befestigt. Langsam zog er den Kleinwagen auf die leere Straße zurück.

»Ich würde Ihnen raten, nach Hause zu fahren und sich auszuruhen«, meinte Schmalhansel besorgt. »Sie sind ja ganz aus der Spur.«

Mit großem Geschick verstaute Schmalhansel die Kette.

Erst jetzt erkannte Böhnke, dass der Mann fast alles mit der linken Hand tat.

17

Dem Arztbesuch in der Aachener Innenstadt sah Böhnke mit einiger Besorgnis entgegen. Als ruhig und erholsam konnte er seinen Aufenthalt in Huppenbroich wahrlich nicht bezeichnen. Derzeit ging es turbulenter zu als während seiner Dienstzeit. Die Attacken und besonders das scheinheilig hilfsbereite Auftreten von Schmalhansel machten dem Kommissar zu schaffen. Schmalhansel spielte mit ihm und würde nicht eher Ruhe geben, bis er ihn erledigt hatte. Diese über ihm schwebende Bedrohung raubte Böhnke die innere Gelassenheit. Äußerlich hingegen gab er sich souverän.

Der Internist schien sich vom äußeren Anschein täuschen zu lassen. Bei der Untersuchung äußerte er sich sehr zufrieden über den Anblick des Pensionärs. Augenscheinlich bekäme ihm die Ruhe in der Eifel, meinte er aufmunternd, derweil er Böhnke abhorchte, beklopfte und betrachtete, um abschließend eine Blutprobe zu nehmen.

»Sie sind beinahe schon ein medizinisches Wunder, Herr Böhnke«, sagte er mit großem Erstaunen. »Sie sind gut drauf.«

Ob denn die ursprüngliche Diagnose, die ihm nur noch eine kurze Lebenserwartung eingeräumt hatte, falsch gewesen sei, fragte der Kommissar sofort skeptisch. Er traute der aufgesetzten Freundlichkeit des Mediziners keineswegs.

»Sie war nicht falsch«, entgegnete der Arzt ruhig. »Aber Gott sei Dank verhalten sich die Krankheitsverläufe nicht immer so, wie es die Erfahrung lehrt. Ich würde mich freuen, wenn Sie unseren medizinischen Kenntnisstand relativieren könnten.«

Kopfschüttelnd verabschiedete sich Böhnke, wenngleich er auch ein wenig stolz auf sich war. Jetzt galt er schon als medizinisches Ausnahmemodell. Hat auch was Gutes, dachte er sich, dann kümmern sich die Medizinmänner wenigstens intensiver um mich, vor allem, wenn man als Privatpatient abgerechnet wurde.

Gut gelaunt machte sich der Kommissar die wenigen Schritte von der Wirichsbongardstraße zur Theaterstraße auf. In der Kanzlei wartete Grundler bereits auf ihn.

Er habe, so hatte ihm der Anwalt wenige Minuten zuvor über das mobile Telefon mitgeteilt, Neuigkeiten für ihn.

Böhnke konnte sich nicht mehr an seinen letzten Besuch in diesem Büro erinnern. Das musste schon Jahre zurückliegen. Grundler war immer zu ihm ins Präsidium gekommen, er selbst hatte nur höchst selten den Bunker verlassen. Er staunte über die sachlich-nüchterne Atmosphäre im Obergeschoss des Geschäftshauses, in dem Grundler und Schulz praktizierten. Wie Böhnke wusste, waren auch die Räume in der darüber liegenden Etage von den Anwälten belegt. Dort arbeiteten die meisten der angestellten Juristen und Finanzfachleute. Diese Etage war für die beiden Chefs und das Sekretariat reserviert und für den Empfang der zahlungskräftigen Mandanten. Trotz der Sachlichkeit war die Einrichtung elegant, viel dunkles Leder, grauer Teppichboden und große Schrankwände ließen erkennen, dass hier gearbeitet, aber auch verdient wurde. Hier wurden solide, korrekt und auch engagiert die Interessen der Ratsuchenden vertreten.

Von seinem Erscheinungsbild passte Grundler überhaupt nicht in diese gediegene, gutbürgerliche Umgebung. Wie immer mit grauem Sweatshirt und Jeans bekleidet, begrüßte er seinen väterlichen Freund, der an der Rezeption wartete.

»Schön, Sie zu sehen«, sagte er freundlich und vor den anderen Klienten den Schein wahrend und schob den Besucher in sein Büro. Auch dort herrschte penible Ordnung, da traute sich keine Akte, aus dem Stapel herauszulugen, oder eine Büroklammer, auf dem Schreibtisch zu liegen. Konzentration auf das Wesentliche, das zeigte die aufgeräumte Ordnung. Konzentration auf das Wesentliche, diesen Eindruck sollten auch die Mandanten haben, so beabsichtigten es Grundler und Schulz.

»Was ist, mein Freund?«, fragte der Kommissar, während er sich in einem bequemen Ledersessel niederließ.

»Ich habe heute Morgen noch einmal mit Müllender gesprochen«, antwortete Grundler. Er hatte sich an seinen großen, hölzernen Schreibtisch gelehnt und betrachtete seinen Gast. »Es war natürlich so, wie es kommen musste: Auf einmal erinnerte er sich an Schmalhansel. Sie wären im Knast zusammengetroffen und hätten dort viel Zeit miteinander verbracht. Aber dann hätten sie sich nach Müllenders Freilassung aus den Augen verloren.« Grundler lächelte kurz. »Ich habe ihm gesagt, dass ich das nicht glauben würde. Ich habe ihm eine Konstruktion geschildert, nach der er und Schmalhansel gemeinsame Sache bei der Ermordung von Puhlmann gemacht hätten.«

»Und?« Gespannt wartete Böhnke auf die Antwort.

»Müllender gab daraufhin zu, dass er in den letzten Monaten gelegentlich mit Schmalhansel unterwegs war. Aber es seien reine Sauftouren gewesen. Mehr nicht.«

»Was du ihm nicht glaubst?«

Wieder lachte der Anwalt. »Ich glaube es ihm höchstens für ein paar Tage. Dann werde ich ihm wieder auf den Zahn fühlen.«

Auf den Zahn fühlen würde er Müllender sicherlich nicht, dachte Böhnke auf der Fahrt über die Himmelsleiter nach Roetgen. Das gelegentliche Rucken des Leihwagens kam ihm nicht richtig vor. Er würde am nächsten

Tag den Golf vorsichtshalber zu einer Überprüfung zur Leihfirma nach Imgenbroich bringen. Doch jetzt hatte er anderes im Sinn. Es interessierte ihn schon, welche Erinnerung Meier an die gemeinsame Schulzeit mit Puhlmann und Dahmen hatte.

Der amerikanische Deutsche, wie sich Meier bei der Begrüßung im Hotel selbst bezeichnete, war keinesfalls überrascht, als ihn der Kommissar aus seinem Zimmer rufen ließ.

»Da haben Sie aber Glück«, meinte er nur, »ich muss nämlich heute noch nach Trier.« Herzlich schüttelte er Böhnke die Hand und lud ihn ins Hotelcafé ein.

Interessiert hörte er bei Böhnkes Bericht über die Schulzeit und der gemeinsamen Zeit von Puhlmann und Dahmen zu.

»Sie waren doch auch in dieser Abitursklasse?«, fragte der Kommissar zwar, betrachtete seine abschließende Bemerkung indes als Feststellung.

»Keine Ahnung«, widersprach Meier, »da muss ich überlegen. Wissen Sie, wie viele Jahre das schon her ist?« Nachdenklich rührte er in seiner Kaffeetasse; mit der rechten Hand, wie Böhnke wieder feststellte. Es wurde für ihn schon zur routinemäßigen Beobachtung, ob er es mit einem Rechtshänder zu tun hatte oder mit einem Vertreter der linkshändigen Minderheit. Spätestens nachdem seine Kollegen herausgefunden hatten, dass Puhlmann mit großer Wahrscheinlichkeit von einem Linkshänder erschossen worden war, achtete er genau auf die Handbewegungen seiner Gesprächspartner.

Sein Freund Grundler war Linkshänder, ein Umstand, der dem Anwalt einmal auf Mallorca das Leben gerettet hatte, wie er Böhnke sehr eindrucksvoll erzählt hatte. Schmalhansel war ebenfalls Linkshänder. Auf diesen Mann würde er seine Nachforschungen konzentrieren, nahm sich Böhnke vor, derweil er äußerlich ruhig darauf wartete, dass Meier seinen Denkprozess beendete.

Endlich blickte der Mann von der Tasse auf und Böhnke ins Gesicht. »Was soll ich Ihnen sagen? Dass Puhlmann mit mir in einer Klasse gewesen sein soll, weiß ich beim besten Willen nicht mehr. Wenn Sie es sagen, will ich es nicht ausschließen. Aber ich kann mich daran nach so vielen Jahren nicht erinnern. Wissen Sie, wie vielen Menschen ich im Laufe meines Lebens schon begegnet bin? Mein Leben spielt sich in den Staaten ab. Deutschland habe ich längst abgehakt. Hier mache ich nur noch gelegentlich Geschäftsbesuche.« Verneinend schüttelte er den Kopf und führte mit der rechten Hand die Tasse an den Mund. Er schluckte.

»Allerdings kann ich mich an den Namen Werner Dahmen erinnern. Ich glaube, der war in meiner Klasse.« Er lächelte Böhnke an. »Aber erwarten Sie bitte keine Personenbeschreibung von mir. Haben Sie eine Fotografie? Vielleicht erkenne ich darauf jemanden.«

Bedauernd hob der Kommissar die Hände. »So wichtig ist es nun auch wieder nicht. Ich dachte nur, es würde Sie interessieren, dass Ihre Mutter eine«, er räusperte sich, »eine Partnerschaft mit einem Ihrer ehemaligen Schulkameraden hatte.« Ächzend mühte sich Böhnke aus dem kleinen Sessel. »Da sehen Sie, wie kurios das Leben sein kann: Sie erinnern sich an Dahmen, aber nicht an Puhlmann, Dahmen hingegen erinnert sich an Puhlmann, aber nicht an Sie.«

»Und wenn Sie Puhlmann fragen würden, würde er wahrscheinlich sagen, er erinnere sich an mich, aber nicht an Dahmen«, nahm Meier schmunzelnd den Faden auf.

»Wahrscheinlich«, bestätigte Böhnke, obwohl er nicht davon ausging. Puhlmann würde Dahmen garantiert kennen, immerhin hatte er dessen Vater als Makler beerbt. Er verabschiedete sich und beobachtete, wie ungelenk Müller mit der linken Hand nach dem plärrenden Handy in der rechten Jeanstasche griff, während sie sich zum Abschied wieder sehr herzlich die Hände schüttelten.

»Sie wissen, Herr Böhnke, wenn Sie etwas von mir wollen, wo Sie mich finden können«, wiederholte der freundliche amerikanische Deutsche.

Schmalhansel war da wohl aus einem anderen Holz als der charmante, höfliche und zuvorkommende Weltenbürger Meier. Schmalhansel war ein Knochen, ein grober Kerl ohne Manieren, dessen vermeintlicher Hilfsbereitschaft Böhnke nicht traute. Ihm würde er, um bei Grundlers Ausdruck zu bleiben, gehörig auf den Zahn fühlen, nahm er sich auf der Fahrt nach Mützenich vor. Wieder ruckte der Golf einmal, morgen musste der Wagen unbedingt in die Werkstatt, dachte sich der Kommissar. Er erschrak, als ihm ein heller Geländewagen entgegengefahren kam. Der schnelle Blick durchs Seitenfenster ließ ihn aufatmen: Der Mann, der am Steuer saß, war nicht Schmalhansel. Die Bemerkung des Autoverleihers kam ihn in den Sinn: Geländewagen gehören zu den beliebtesten Fahrzeugen in der Eifel. Interessiert schaute sich Böhnke am Straßenrand, auf den Stellplätzen vor den Häusern und, so weit während seiner Fahrt möglich, auf den Parkplätzen der Geschäfte um. Zu seinem Erstaunen musste er erkennen, dass tatsächlich viele hochachsige Wagen parkten und fuhren. Bislang war ihm diese Häufung von Geländefahrzeugen nicht bewusst gewesen.

Gespannt war er, ob er Schmalhansel in Mützenich antreffen würde. Mützenich, das war nach dem Krieg das Schmugglerdorf schlechthin in der Eifel gewesen. Kaffee und Zigaretten schleppten die Mützenicher Ende der 40er- bis weit in die 50er-Jahre hinein aus dem benachbarten Belgien heran und verkauften sie in Aachen. Das Geschäft war lukrativ gewesen, ähnlich dem der unversteuerten Zigaretten, die heutzutage nach Deutschland eingeschmuggelt wurden. Der tägliche, meistens in der Nacht ausgefochtene Zweikampf zwischen Zöllnern und Schmuggler hatte in Mützenich viel Blut gekostet. Es gab Tote, es gab viel Leid und es gab viele, die es immer wieder auf die Schmugglerpfade trieb, weil sie nur auf diese illegale Weise in den ersten Jahren nach dem Zweiten Weltkrieg ihre Familien ernähren konnten. Stammte Schmalhansel etwa auch aus einer der Mützenicher Schmugglerdynastien? Falls ja, dann hatte er nur wenig von den Genen seiner Vorfahren mitbekommen, dachte sich Böhnke, so dumm, wie der sich bei seinen Verbrechen anstellte, wäre er aber bei seiner ersten Schmugglertour garantiert schon hinter Gittern gelandet.

Das Fahrzeug von Schmalhansel war nicht in der Eifahrt zum Haus geparkt, was Böhnke nicht davon abhielt, an der Haustür mangels Klingel zu klopfen.

»He, da können Sie noch lange herumhämmern«, lästerte eine laute Stimme in seinem Rücken von der Straße. »Die Familie Schmalhansel ist ausgeflogen.«

Ahnend, wer ihn anrief, drehte sich der Kommissar um. Der WDR-Zappelphilipp hatte ihm zu seinem Glück noch gefehlt.

»Dann wissen Sie bestimmt auch, wann sie zurückkommen«, knurrte er den feixenden von den Driesch an.

»Nö«, antwortete der Journalist flapsig, »die fahren los, ohne sich bei mir abmelden zu müssen.«

Verächtlich winkte Böhnke ab. Mit diesem Schnösel war jede Unterhaltung überflüssige Zeitverschwendung.

»Dann will ich nicht länger stören«, brummte er.

»Hm, was wollten Sie denn von Schmalhansel?«, fragte von den Driesch neugierig, sich ständig räuspernd, »haben Sie etwa etwas gegen den Mann? Die Zeit der Schmuggler ist doch längst vorbei.«

Das gehe ihn überhaupt nichts an, fauchte Böhnke, während er den Golf aufschloss.

»Und ob mich das was angeht«, fauchte von den Driesch überraschend heftig zurück. »Sie steigen in ein fremdes Haus ein, ermitteln als Privatmann anscheinend bei einem Mord, haben einen dubiosen Unfall, Ihnen wird bei einem zweiten von Schmalhansel aus der Patsche geholfen, und dann sagen Sie mir allen Ernstes, das alles ginge mich nichts an! Ich bin Journalist und deshalb von Berufs wegen erlaubterweise neugierig. Also, was wollen Sie von Schmalhansel?« Er blinzelte nervös durch die Nickelbrille. »Oder soll ich Ihre Geschichte veröffentlichen?«

War das Erpressung? Nötigung? Ausnutzen von Informationen? Böhnke war wegen derartiger Dreistigkeit für einen Moment sprachlos.

»Wir haben eine Vereinbarung«, erinnerte er den WDR-Mann.

»Das weiß ich«, unterbrach ihn der Journalist, »und deshalb will ich wissen, was Sie von Schmalhansel wollen!«

Böhnke stand nicht der Sinn nach Konfrontation. »Ich möchte von ihm wissen, wo er war, als Puhlmann ermordet wurde.«

»Mehr nicht?« Von den Driesch lachte. »Dafür machen Sie so einen Aufstand?« Er räusperte sich ungeniert. »Das kann ich Ihnen genau sagen: Schmalhansel und seine Frau waren mit mir unterwegs. Ich habe eine Reportage gemacht und die beiden als Fahrer und Handlanger verpflichtet. Die beiden können jede Mark, äh, Euro gebrauchen. Wir waren vier Tage in der Vulkaneifel unterwegs und haben in einem Hotel in Schalkenmehren übernachtet. Abends haben wir kräftig gebechert. Ich hatte auch einen Kameramann aus Titz mit, der wird Ihnen garantiert meine Geschichte bestätigen.«

Böhnke staunte von den Driesch mit offenem Munde an. Wenn das stimmte …

Die Geschichte um den Mord an Puhlmann lief ihm langsam, aber sicher aus dem Ruder. Auf der Mordwaffe fanden sich die Fingerabdrücke von Müllender, der Mörder musste ein Linkshänder sein, damit schied Müllender aus und kam eventuell Schmalhansel in Frage. Die beiden Ganoven kannten sich, beide hatten einen Grund, Puhlmann zu schädigen. Schmalhansel hatte die Skrupellosigkeit zu schießen und war Linkshänder. Aber Schmalhansel hatte ein Alibi, das ihm von einem Journalisten gegeben wurde.

Da waren vielleicht andere im Spiel, die er noch nicht auf der Rechnung hatte. Wieder dachte er an Kablonski, der vielleicht einen Mörder angestiftet hatte.

Und nun?

»Es gibt keinen perfekten Mord«, redete Böhnke laut vor sich hin, während er sinnierend durch den Garten in Huppenbroich stapfte. Und eine zweite Sache motivierte ihn, nicht zu resignieren. Wer hatte ihn von der Straße rammen wollen und warum? Standen der Mord und der Anschlag auf ihn im Zusammenhang oder hatte er es sogar mit zwei voneinander losgelösten Problemen zu tun?

»Ich habe keine Zeit, um krank zu sein«, redete der Pensionär mit sich. Er gähnte ausgiebig und entschloss sich, ins Bett zu fallen, ohne, wie es sonst in normalen Zeiten sein Ritual war, noch einmal den Fernseher zu aktivieren und in der Programmzeitschrift zu blättern.

18

Frisch und ausgeruht begann Böhnke den neuen Tag. Er zwang sich dazu, Gedanken an seine lebensbedrohende, wahrscheinlich sogar lebensbeendende Erkrankung ebenso wenig aufkommen zu lassen wie die wegen möglicher Attentate. Genieße den Tag, sagte er sich, als er sich mit Kaffeetasse und Zeitung bequem in der Gartenliege niederließ. Lass die Sonne scheinen und freue dich des Lebens.

In der Zeitung war die Sommerzeit unübersehbar. Es gab wenig Informatives, weil sich wenig ereignete. Auch Sümmerling hatte sich in die Sommerpause zurückgezogen, schmunzelte Böhnke. Der Vielschreiber, der üblicherweise fast tagtäglich im Blatt zu Wort kam, hatte zum wiederholten Male keinen Artikel geschrieben. Selbst das Schicksal von Puhlmann, dem vermeintlichen Mörder Müllender und die Mordanklage der Staatsanwaltschaft konnten den Schreiberling offenbar nicht dazu inspirieren, in die Tasten zu greifen. Genieße den Tag, wiederholte sich der Pensionär, als er den Lokalteil der AZ zur Seite legte und entspannt in die Sonne blinzelte.

Nur langsam wurde ihm bewusst, dass im Haus das Handy klingelte. Mit jedem Signal wurde das Gerät lauter, es musste schon eine gehörige Lautstärke entwickelt haben, ehe es der Kommissar durch die offenstehende Terrassentür hören konnte. Ohne Eile erhob er sich. Wer derart penetrant anrief, würde warten, bis jemand abnahm.

»Bist du gerade auf Verbrecherjagd oder lauerst du Maulwürfen auf?«, scherzte Grundler, als sich Böhnke endlich meldete. »Während du Faulpelz dir die Sonne auf den Balg brennen lässt, bin ich unermüdlich für dich im Einsatz.«

Mit Gleichmut nahm der Kommissar den Redeschwall seines jungen Freundes hin.

»Willst du denn gar nicht wissen, was ich mache?«, fragte Grundler schließlich.

»Du wirst es mir bestimmt sagen. Da bin ich mir ganz sicher«, feixte Böhnke. »Weshalb sonst solltest du mich so früh am Tag aus dem Müßiggang reißen?«

Grundlers Mitteilung war durchaus interessant, befand der Kommissar. Wegen Verhandlungen für einen Mandanten war der Anwalt am Vortag nach Hannover gefahren und hatte diese Tour zu einem Abstecher nach Langenhagen genutzt, dem Wohnort von Dahmen.

»Und weißt du was? Der ist gar nicht zu Hause«, sagte Grundler. Eine Nachbarin habe ihm berichtet, Dahmen sei schon vor zwei Wochen in sein Ferienhaus auf Norderney gefahren.

»Was willst du mir damit sagen?«, fragte Böhnke ein wenig verwundert.

»Ich will dir damit nur sagen, dass Willi Dahmen nicht in Langenhagen war, als du mit ihm telefoniert hast. Alles andere überlasse ich deiner Fantasie.«

Blödsinn, brummte Böhnke nach dem Telefonat. Aber wieso konnte er mit Dahmen telefonieren, wenn dieser gar nicht zu Hause gewesen war, fragte er sich, während er Dahmens Telefonnummer anwählte.

Die Erklärung war verblüffend einfach: »Rufumleitung«, sagte Dahmen erheitert. »Ich liege hier in einem Strandkorb und erholte mich blendend.« Er wolle und müsse jedoch jederzeit erreichbar sein für einige seiner Kunden, die seine Handynummer nicht kannten. »Für sie betreue ich einige Rennpferde auf der Galopprennbahn von Hannover. Da muss ich mich für etwaige Notfälle bereithalten.«

Ein wenig wunderte es den Kommissar schon, dass Dahmen nicht danach fragte, warum Böhnke nach seinem Urlaubsort fragte. Dahmen schien in bester Urlaubsstimmung und sich nicht allzu sehr Gedanken machen zu wollen.

»Was gibt es Neues von meinem angeblichen Klassenkameraden Meier?«, fragte er statt dessen.

Angeblich sei nicht richtig, bemerkte Böhnke. »Meier war tatsächlich in Ihrer Klasse. Hat er mir jedenfalls bestätigt. Er kann sich gut an Sie erinnern.«

Das sei wohl ein sehr einseitiges Erinnerungsvermögen, entgegnete der Tierarzt nachdenklich. »Ich weiß nichts mit dem Mann anzufangen.«

Mit dem Hinweis, er wolle Dahmen nicht länger im Urlaub stören, wollte Böhnke das unergiebige Telefonat beenden und bekam prompt die Erwiderung, die er erwartet hatte.

»Sie können mich selbstverständlich jederzeit anrufen, Herr Böhnke. Wenn es Ihnen hilft.«

Die Bereitschaft war zwar schön und gut. Aber was nützte sie ihm? Diejenigen, die ihm am wenigsten helfen konnten, boten ihm die größtmögliche Unterstützung an: Meier und Dahmen, uneigennützig und aus reiner Gefälligkeit.

Der Blick auf die Armbanduhr zeigte ihm, dass er noch vor der Mittagspause den Autoverleiher in Imgenbroich antreffen konnte. Schnell machte Böhnke sich auf den Weg, schilderte einem jungen Mann im blauen Kittel die fragwürdigen Symptome während der Fahrt und begab sich mit ihm auf eine Testfahrt. Es kam, wie es kommen musste: Ruckfrei fuhren sie ihre Strecke durch die Eifel.

»Das ist der typische Vorführeffekt«, tröstete ihn der Automechaniker lakonisch, als Böhnke, an der eigenen Erfahrung zweifelnd, den Wagen vor dem Büro parkte. Selbstverständlich würde er den Wagen austauschen, versicherte der junge Mann zuvorkommend und machte sich an den erforderlichen Papierkrieg.

»Linkshänder«, meinte Böhnke spontan, als er sah, wie der Angestellte mit links flott einen Berichtsbogen ausfüllte.

»Habe ich vom Vater jeerbt«, entgegnete der Angestellte schmunzelnd, seine Herkunft aus der Kölner Region sprachlich nicht verhehlend, »mich stört et nit. Sie etwa?«

»Um Himmels Willen. Natürlich nicht«, beschwichtigte Böhnke. »Es ist nur erstaunlich, wie viele Linkshänder es gibt. Das ist mir vor Jahren gar nicht so aufgefallen.«

Der Mechaniker lachte. »Früher wurden die Linkshänder ja auch zu Rechtshändern umerzogen.« Er legte Böhnke den Bogen zur Unterschrift vor. »Mein Vater wurde in der Schule noch jezwungen, mit rechts zu schreiben, dat ist vielleicht vierzich bis fuffzich Jahre her. Er hat mir erzählt, dat ihm früher im Unterricht die linke Hand auf dem Oberschenkel festjebunden wurde, damit er mit dem ›juten Händchen‹ schreibt.«

Was es alles gab, staunte Böhnke. »Und wie schreibt er jetzt?«

»Mit rechts. Er macht vieles mit rechts, aber manche Sachen auch mit links. Etwa umrühren oder Schnürsenkel binden oder mit dem Hammer schlagen. Andere Sachen macht er hinjejen mit rechts, etwa Tennis spielen oder eben schreiben.«

»Und wie würde er schießen?«

»Jute Frage«, antwortete der junge Mann. Er dachte nach. »Ich glaube, er würde et mit links tun.« Linkshänder seien da viel flexibler als Rechtshänder. Sie hätten gelernt, beide Hände zu benutzen.

»Oder kämen Sie als jeborener und erzogener Rechtshänder auf die Idee, einen Hammer in die linke Hand zu nehmen, um nen Nagel einzuschlajen?«

Nein, musste Böhnke eingestehen. Darüber habe er noch nicht nachgedacht.

Wieder lachte der junge Mann. »Da sehen Sie et: Wir Linkshänder sind wirklich flexibler, mit der Hand und mit dem Verstand.« Er zwinkerte vergnügt mit den Augen und reichte dem Pensionär die Schlüssel für einen anderen Golf. »Dat ist natürlich nicht ernst jemeint. Et jibt auch intellijente Rechtshänder.«

Bei seiner Suche nach dem Leihwagen auf dem Betriebshof stieß Böhnke auf den Mitarbeiter, der ihm den ersten Golf nach Huppenbroich gebracht hatte.

»Gut, dass ich Sie treffe«, meinte der Mann freundlich, »ich wollte Ihnen noch etwas sagen.«

»Was denn?« Wenig begeistert davon, aufgehalten zu werden, stellte Böhnke die mürrische Frage.

»Ich bin gestern in unserer Filiale in Daun gewesen«, berichtete der Mann unbeirrt, »und habe dort von einer merkwürdigen Begebenheit mit einem hellen Geländewagen gehört. Ich dachte, dass könnte Sie interessieren.«

»Ich liebe helle Geländewagen«, knurrte Böhnke ironisch. »Was ist damit?«

»Meine Kollegen haben mir gesagt, dass sie vor wenigen Tagen, da, als Sie den Unfall hatten, morgens einen Geländewagen für einen Tag vermietet haben«, berichtete der Mann bereitwillig. »Der Wagen war telefonisch bestellt worden. Als er abgeholt wurde, hat der Mann bar bezahlt. Am Abend hat er dann den Wagen verabredungsgemäß wieder abgeliefert und Schlüssel und Papiere in den Briefkasten geworfen. Das machen wir immer, wenn die Rückgabe nach Feierabend erfolgt.«

Der Bericht sei ja höchst interessant, schmeichelte Böhnke dem Mechaniker, »aber was hat das mit mir zu tun?«

»Ich weiß es nicht«, antwortete der Mann mit einem breiten Grinsen. »Ich habe nur gedacht, die Ausleihe könnte etwas mit Ihrem Crash zu tun haben. Deshalb habe ich mich nach dem Namen des Automieters erkundigt.«

»So?« Böhnke horchte auf. »Wie heißt er denn?«

»Müllender«, antwortete der Mechaniker. »Der Name stand jedenfalls auf dem Leihvertrag. Er heißt Paul Müllender.«

Nur für kurze Zeit ließ sich der Pensionär durch die Namensnennung irritieren. Schon auf der Fahrt zum Einkauf nach Simmerath hatte er seine Überlegungen abgeschlossen. Müllender konnte unmöglich der Automieter sein. Tatsächlich hatte wohl jemand ablenken und seinen wirklichen Namen verschweigen wollen. Dieser Unbekannte hatte sich perfide unter dem Namen Müllender den Geländewagen geliehen. Da warteten allerdings einige neue Fragen: Kannte der Mistkerl Müllender? Woher kannte er ihn?

Spontan hätte Böhnke auf Schmalhansel getippt.

Dennoch war Böhnke nach dem Fahrzeugwechsel nicht unzufrieden. Der Aufenthalt in der Verleihfirma hatte ihm viele neue Erkenntnisse gebracht, wenngleich er noch nicht wusste, ob sie für ihn überhaupt von Belang sein konnten.

Auf dem Parkplatz im neuen Zentrum von Simmerath abseits der Durchgangsstraße stellte er den Golf ab, musste dann aber feststellen, dass das Lebensmittelgeschäft wegen der Mittagspause noch geschlossen hatte. Kein Grund zum Ärger, sagte sich Böhnke. Er würde die Zeit nutzen, um bei einem kleinen Spaziergang durch den Ort nachzudenken. Der Blick auf das Hinweisschild zum benachbarten Krankenhaus ließ ihn für einen Moment melancholisch werden. Würde er darin seinen letzten Atemzug machen? Aber er schüttelte den Gedanken ab.

Böhnke lief gerne durch Wohngegenden, dabei konnte er ungeniert in Gärten oder Häuser blicken, ohne sofort als neugierig bezeichnet zu werden. Besonders die neuen, schmucken Häuser hinter dem kleinen, immer noch im Aufbau befindlichen Geschäftszentrum ließen ihn staunen. Hier mussten die armen Leute von Simmerath wohnen, dachte er sich amüsiert, die haben ihr gesamtes Vermögen für den Bau der prächtigen Villen aufbrauchen müssen. Neidisch war er nicht auf die frei stehenden, attraktiven Häuser in den großen, gepflegten Gärten. Jeder sollte so leben, wie es ihm genehm war, lautete seine Maxime, solange sich jeder an die Spielregeln hielt, die für alle gelten.

Der Beginn der Sommerferien war in der Wohngegend unverkennbar. Schon auf den ersten Blick erkannte der Kommissar die Häuser, deren Bewohner in den Urlaub gefahren waren, während andere Menschen gleichzeitig in die Eifel kamen, um hier ihren Urlaub zu verbringen. Die zur Mittagszeit heruntergelassenen Rollläden oder der nicht befüllte, aufgeklappte Mülleimer waren unverkennbare Anzeichen für das Leerstehen der Villen. Aber anscheinend machte sich niemand Sorgen um Einbrecher. Nach der Statistik waren die Eifelgemeinden eben diejenigen Gemeinden weit und breit im Lande mit der mit Abstand geringsten Kriminalitätsquote.

Walter-Schrader-Straße, las Böhnke auf dem Schild am Straßenrand. Walter-Schrader-Straße, das war doch die Straße, in der Meiers Schwester wohnte, erinnerte er sich. Walter-Schrader-Straße 26, hatte Meier gesagt.

Das zurückliegende Haus war zwar schon über 20 Jahre alt, aber dennoch in der attraktiven Gartenanlage einer der Blickfänge der Straße. Darin steckte viel Geld, dachte sich Böhnke. Meier und dessen Schwester mussten viel vom Vater geerbt beziehungsweise von der Mutter erhalten haben.

Kurz stutzte er. Es schien ihm, als habe er einen Schatten hinter der Milchglasscheibe der Eingangstür gesehen. Aber das konnte nicht sein. Das Haus war urlaubsbedingt leer, so, wie es Müller erklärt hatte und wie für den erfahrenen Kriminalisten erkennbar war. Wahrscheinlich hatte er eine Lichtspiegelung gesehen oder den Schattenwurf eines Vogels oder etwas Ähnliches.

In Huppenbroich wartete bei der Rückkehr eine weitere Überraschung auf Böhnke. Auf der Straße vor seinem Haus stand ein Geländewagen, eindeutig der von Schmalhansel. Kaum hatte der Kommissar den Golf auf dem Kiesweg abgestellt, stiegen Schmalhansel und ein zweiter Mann aus, den Böhnke unzweifelhaft als von den Driesch erkannte.

»Wir wollen mit Ihnen reden, Herr Böhnke«, sagte der WDR-Mann grußlos. Er kam sofort zur Sache. »Ich habe mit Schmalhansel gesprochen, jetzt will er Ihnen etwas sagen.«

»Und was?« Große Begeisterung zeigte der Kommissar nicht. Er packte seine Einkaufstüten und stapfte zur Haustür, ohne sich um seine Besucher zu kümmern.

»Ich habe Ihnen nichts getan«, sagte Schmalhansel schnell. Anscheinend wusste er nicht, wo er anfangen sollte und rang verlegen nach Worten. »Ich bin auf dem Weg nach Huppenbroich gewesen, um dort einen Freund zu besuchen, da schießen Sie auf einmal ohne Grund nach rechts zur Seite. Walter hat mir gesagt, Sie glauben, ich hätte Sie von der Straße drängen wollen. Aber das stimmt gar nicht.«

Kurz schüttelte Böhnke sich. Er schaute den grinsenden von den Driesch an, der anscheinend keine Hemmungen kannte, Behauptungen in die Welt zu setzten. Sie stimmten zwar, aber er hatte dem Journalisten nichts davon gesagt. Welch linkes Spiel trieb der Regionalkorrespondent mit ihm?

»So«, sagte er gedehnt. »Was meinen Sie denn?«

Schmalhansel zuckte unbeholfen mit den Schultern und sah fragend zu von den Driesch. »Vielleicht ist Ihnen schlecht geworden oder so. Ich habe Ihnen doch nur helfen wollen.«

»Ist schon gut«, meinte Böhnke. »So wird es wohl gewesen sein.« Er stellte seine Tüten vor der Haustür ab und suchte nach dem Schlüssel. Was sollte er mit

Schmalhansel und dem undurchsichtigen WDR-Reporter? Er entschloss sich, die Gesprächsführung zu übernehmen nach dem stets zutreffenden Motto: Wer fragt, bestimmt.

»Wie stehen Sie zu Müllender?«, fragte er unvermittelt.

Verunsichert schaute Schmalhansel erneut zu von den Driesch, der stumm nickte. Erst danach begann er zu reden: »Mit Müllender? Da habe ich nichts mit. Das ist eine Knastbekanntschaft.«

Im Prinzip wiederholte Schmalhansel, was Müllender bereits erklärt hatte: Man hatte sich ein paar Mal zu einem Kneipenbummel verabredet und dann aus den Augen verloren.

»Ich weiß noch nicht einmal, wo der Kerl jetzt wohnt«, behauptete Schmalhansel.

»Wissen Sie denn, ob Müllender irgendwann einmal den Namen Puhlmann erwähnt hat?«

Wieder wartete Schmalhansel lange mit einer Antwort, bis er von den Driesch angesehen hatte. »Nein. Diesen Namen hat Müllender nie genannt und ich kenne den Namen auch nicht. Ich habe den Namen erst gehört, nachdem der Mensch ermordet wurde.«

Von den Drieschs deutliches Räuspern ließ ihn aufhorchen, noch bevor Böhnke ungehalten einhaken konnte.

»Na, ja«, schränkte er ein, »ich kenne den Namen schon von früher. Der Schweinehund hat ja das Erbe meiner Frau verprasst.«

»Und deshalb wollten Sie sich an ihm rächen?« Böhnke betrachtete Schmalhansel böse, der sofort eingeschüchtert zu Boden blickte.

Anscheinend war er nicht der große, starke Kerl, den er abgeben wollte; er war ein Feigling, der sich hinter der Maske eines großen, starken Mannes ohne Angst versteckte. Mit einem Mal wurde Böhnke bewusst, dass von diesem Kerl eines bestimmt nicht ausging: eine Gefahr für ihn und sein Leben.

»Nein«, flüsterte Schmalhansel, »das habe ich vielleicht einmal in meiner Wut gesagt, aber ich hätte es nie getan.« Ein Angsthase mit großer Klappe, der seinen schwach ausgeprägten Verstand wahrscheinlich erst dann einschaltete, wenn er sich schon in ein Verbrechen hineingeritten hatte, und der sich vielleicht mit Schwächeren prügelte, mehr war Schmalhansel nicht.

»Sie denken wohl erst nach, nachdem Sie geredet haben, was?«, sagte Böhnke streng.

Für einen Augenblick flackerte es ungehalten in Schmalhansels Augen, dann war der Mann wieder verschüchtert. »So wird es sein.«

»Dann war Ihre Drohung im Gerichtssaal nach Ihrer letzten Verurteilung wohl auch nur das Produkt gedankenlosen Dummschwätzens?« Der Kommissar wollte prüfen, wie weit er gehen konnte, bis der Kerl aggressiv wurde.

Doch wieder blieb Schmalhansel ruhig. Wahrscheinlich war von den Drieschs Einfluss auf ihn so groß, dass er sich nicht traute, seine Wut zu zeigen oder gar auszuleben.

»Das war Scheiße«, gab Schmalhansel reumütig zu, und Böhnke war geneigt, ihm zu glauben.

Warum, um alles in der Welt, war von den Driesch mit diesem Menschen nur bei ihm aufgetaucht, fragte er sich.

»Hm, um Ihnen zu zeigen, dass Schmalhansel eigentlich ein harmloser Mensch ist«, antwortete der WDR-Mann, der anscheinend über hellseherische Fähigkeiten verfügte, mit einem freundlichen Lächeln. »Er hat nur immer die falschen Freunde gehabt.« Er sah mit nervös zuckenden Mundwinkeln Böhnke an.

»Streichen Sie Schmalhansel von der Liste Ihrer Verdächtigen. Müllender war garantiert ein Einzeltäter.«

Böhnke ließ diese Ansicht unkommentiert im Raum stehen. Wahrscheinlich war auch diese Behauptung nur eine Finte, um ihn zu einer entsprechenden Bemerkung zu bewegen, vermutete er. Ob von den Driesch der richtige Freund für Schmalhansel war, wollte er ebenso wenig hinterfragen wie die Annahme, von den Driesch setze sich nur deshalb für Schmalhansel ein, weil er sich davon einen journalistischen Vorteil erhoffte.

Bestimmend wies Böhnke die beiden Männer mit dem Hinweis auf seine hausmännischen Pflichten aus der Wohnung. Er hielt von den Driesch am Ärmel zurück, als Schmalhansel zum Wagen ging.

»Können Sie mir verraten, warum Schmalhansel Kreide gefressen hat und bereitwillig plauderte?«

Der WDR-Zappelphilipp lächelte hinterlistig: »Ich habe ihm gesagt, Sie könnten vielleicht dafür sorgen, dass seine Frau doch etwas erbt. Für Geld macht der alles, für mögliches Geld fast alles.«

Böhnke war erschöpft, aber durchaus zufrieden, als er es sich am späten Abend endlich auf dem Sofa bequem machen konnte. Der Tag war anstrengend gewesen und hatte viele Erkenntnisse gebracht. Die wichtigste war für ihn aber immer noch diejenige, die er am Vortag beim Arztbesuch mündlich und heute auch in der Post schriftlich erhalten hatte: Er war gesundheitlich viel besser dran als noch vor ein paar Wochen. Da konnten die Rechtshänder oder Linkshänder dieser Welt tun und lassen, was sie wollten, und da konnten WDR-Regionalkorrespondenten und Kleinkriminelle kungeln, wie es ihnen beliebte.

Mit einer großen inneren Gelassenheit und Freude griff der Pensionär zum letzten Mal an diesem Tag zu seinem Telefon.

19

Das ungestüme Dauerklingeln, das Böhnke vom Frühstückstisch hochscheuchte, verhieß nichts Gutes. Der im Türrahmen stehende von den Driesch versprühte nicht gerade Charme, als Böhnke öffnete. Im Gegenteil: Der Zappelphilipp funkelte ihn wütend an.

»So eine scheinheilige Kanaille wie Sie ist mir noch nicht über den Weg gelaufen!«, fauchte er. Er zitterte vor Wut und Erregung am ganzen Körper.

Für einen Augenblick war der Kommissar perplex, dann wusste er, was zu tun war: Kurzerhand knallte er die Haustür wieder zu. Hatte er es etwa nötig, sich von einem ungehobelten WDR-Journalisten beleidigen und stören zu lassen? Von den Driesch sollte sich gefälligst auf seine Kinderstube besinnen, wenn er mit Erwachsenen sprach.

Nur wenig später klingelte es erneut, dieses Mal geradezu zaghaft. Wie nicht anders erwartet, schaute Böhnke dem Regionalkorrespondenten ins Gesicht. Anscheinend hatte sich von den Driesch abreagiert.

»Was führt Sie zu mir?«, fragte Böhnke ausgesprochen höflich.

Von den Driesch atmete tief durch. Es bereitete ihm viel Mühe, die Selbstbeherrschung zu bewahren und das Zittern zu unterdrücken.

»Äh, was haben Sie mit Schmalhansel gemacht?«

Erstaunt blickte Böhnke ihn an. »Ich verstehe nicht …«

»Schmalhansel ist gestern Abend von der Polizei abgeholt worden«, unterbrach ihn der Journalist. »Man verdächtigt ihn, am Mord an Puhlmann beteiligt gewesen zu sein.« Wieder funkelte von den Driesch wütend. »Da können doch nur Sie dahinter stecken. Hm, Sie haben Schmalhansel bei der Kripo ans Messer geliefert.« Er ließ Böhnke nicht zu Wort kommen. »Wir standen gestern kaum vor seiner Haustür, da kassierte die Kripo ihn schon ein. Ich konnte noch nicht einmal protestieren.«

»Und Sie glauben allen Ernstes, ich hätte seine Festnahme veranlasst?«, fragte Böhnke streng. Das sei eine sehr böse Unterstellung, gegen die er sich verwahre. »Meinen Sie etwa, meine ehemaligen Kollegen drehen nur Däumchen und warten auf meine Hinweise? Sie werden wahrscheinlich bei ihren Ermittlungen auf Schmalhansel gestoßen sein und vermuten eine Mittäterschaft. Meine Kollegen sind ja nicht blöd«, behauptete Böhnke, der insgeheim SM von dieser Beurteilung ausschloss. Aber diese persönliche Bewertung ging von den Driesch nichts an.

»Sie können mir erzählen, was Sie wollen. Ich glaube es Ihnen nicht.« Von den Driesch schüttelte ungehalten seinen Kopf. »Das wird Konsequenzen haben«, schimpfte er.

Böhnke lächelte schwach. »Und welche?«

»Das werden Sie noch merken.« Brüsk drehte sich von den Driesch um und verschwand aus Böhnkes Blickwinkel.

Der Zappelphilipp werde sich schon wieder beruhigen, nahm der Pensionär an, er machte sich keine Gedanken über die Andeutung. So galt sein Griff zum Handy nicht der Verunsicherung wegen von den Drieschs Auftritts, sondern vielmehr der Sorge, Schmalhansel könnte in der Vernehmung mehr ausplaudern, als er musste. Es käme garantiert nicht gut bei den Kollegen an, wenn sie erführen, dass ihr ehemaliger Boss immer noch privat in der Mordangelegenheit herumschnüffelte.

Bereits kurz nach dem Anwählen hatte Böhnke den gewünschten Gesprächspartner in der Leitung.

»Du musst dich um Schmalhansel kümmern, Tobias«, sagte er bittend nach einer knappen Begrüßung. »Unsere Freunde aus dem PP haben ihn eingebuchtet.«

Grundler verstand schnell. »Null problemo. Ich bin schon unterwegs.« Schneller als er glauben würde, sei Schmalhansel wieder draußen, meinte der Anwalt optimistisch. »Dafür brauche ich nicht einmal zu zaubern.«

Mit der Bitte, er möge Schmalhansel am Nachmittag in der Kanzlei abholen, verabschiedete sich Grundler von Böhnke, dem es gut in seine Pläne passte, nach Aachen zu fahren. Manche Sachen gab es eben nicht in der Eifel zu kaufen. Und seine Liebste wollte er nach dem gestrigen medizinischen Befund auch gerne wiedersehen.

Böhnke glaubte seinem jungen Freund aufs Wort. Wenn Grundler davon sprach, Schmalhansel freizubekommen, dann würde er auch dafür sorgen. Wie er dessen Freilassung bewerkstelligen würde, war Grundlers Sache.

Er wird es mir erklären, sagte sich der Pensionär, als er sich auf den Weg in die Kaiserstadt machte.

Viel hätte nicht gefehlt, und er wäre dort nicht angekommen. Die Lokalnachrichten im WDR-Radio versetzten ihm einen Schock, der ihn vehement auf die Bremse treten ließ, wodurch er kurz hinter dem Ortsende von Roetgen fast einen heftigen Auffahrunfall provozierte. Der ihm auf der Himmelsleiter nachfolgende Autofahrer kam mit quietschenden Reifen nur Millimeter hinter Böhnkes Fahrzeug zum Stillstand und schimpfte wie ein Rohrspatz auf den Dämlack vor ihm.

Der WDR hatte unverblümt gemeldet, ein pensionierter Kriminalkommissar aus Aachen begebe sich mit eigentümlichen Ermittlungsmethoden auf Verbrecherjagd in Huppenbroich. Zu seinen Praktiken gehörten nicht nur der Einbruch in das Haus eines Verstorbenen, sondern auch die Belästigung von unbescholtenen Bürgern und die Denunzierung eines Unbeteiligten, der sich nunmehr in Haft befinde. Die Aussicht auf ein Honorar, das er für die Vermittlung des Erbes von Puhlmann erhalte, ließen ihn zu den fragwürdigen Mitteln greifen, behauptete eine Sprecherin. Der WDR werde den Fall verfolgen und weiter exklusiv berichten.

Böhnke spürte den Zorn in sich anwachsen. Es kostete ihm Mühe, sich wieder auf den Straßenverkehr zu konzentrieren, und er war froh, als er den Leihwagen endlich auf einem Parkplatz in der Nähe der Kanzlei abgestellt hatte.

Auf dem Weg zu Grundler glaubte er die Blicke alle Passanten auf sich gerichtet: Da ist der schwachsinnige Ex-Bulle, der Unschuldige denunziert, so würden sie denken. Alle wüssten garantiert über ihn Bescheid. Er kam sich vor, als trage er ein Brandzeichen auf der Stirn. Schnell huschte er in den Hauseingang und betrat die Kanzlei, immer noch verwirrt und erschrocken über die Berichterstattung.

Was würde Grundler dazu sagen?

Der Anwalt sagte nichts. Es hatte die Meldung überhaupt nicht gehört.

»Welcher Mensch hört sich denn schon nachmittags die Lokalnachrichten des WDR-Studios Aachen an?«, fragte er statt dessen beschwichtigend. »Niemand«, gab er sich selbst zur Antwort. Außerdem habe er Wichtigeres zu tun, als sich über unsinnige Nachrichten aufzuregen. Erstens krähe morgen kein Hahn mehr danach. »Und zweitens musst du mit Schmalhansel reden.« Grundler griff Böhnke an den Arm und führte ihn in sein nüchternes Büro.

Schmalhansel saß dort auf dem Besucherstuhl und staunte den Kommissar mit offenem Mund an.

»Jetzt kapiere ich«, meinte er mit erstaunlichem Denkvermögen, »Sie arbeiten zusammen. Haben Sie den Anwalt beauftragt, Herr Böhnke?«

Der Kommissar fragte nicht nach, wie Schmalhansel auf diese Frage kam. Er nickte bejahend. »Als ich heute

Morgen von Ihrer Festnahme erfuhr, galt mein erster Anruf Herrn Grundler.«

»Und der lässt prompt alles stehen und liegen und macht sich auf die Socken, um Sie aus dem Knast zu holen.« Ungefragt nahm der Anwalt den Gesprächsfaden auf. Es sei kein großes Problem gewesen, Schmalhansel frei zu bekommen, berichtete er.

»Zuerst habe ich meinen speziellen Freund bei der Staatsanwaltschaft, Staatsanwalt Salentin, angerufen und gegen die Festnahme gepöbelt. Dann habe ich SM gedroht, ich würde ihm die Hölle heiß machen, wenn er mit Schmalhansel ohne meine Anwesenheit spräche.« Grundler schmunzelte. »Sie hätten Schulze-Meyerdieck sehen müssen, wie der glotzte, als Salentin und ich gemeinsam in sein Büro stiefelten.« Er habe in Anwesenheit des Staatsanwaltes erklärt, fuhr Grundler amüsiert fort, dass Schmalhansel keinesfalls etwas mit dem Verbrechen zu tun haben könne, weswegen Müllender verdächtigt werde. »Ich habe selbstverständlich den WDR-Mann als wichtigsten Augenzeugen genannt. Das war natürlich, bevor er Sie attackiert hat.«

Der WDR habe ohnehin eine Falschmeldung gesendet. »Als die Nachricht das erste Mal über den Sender ging, war Schmalhansel gar nicht festgenommen.« Der Anwalt grinste frech. »Schmalhansel war auf mein Anraten bei der Kripo, um über seine Beziehung zu Müllender auszusagen, damit erst gar keine Missverständnisse aufkommen.« Da müsse der WDR etwas vollkommen falsch verstanden haben. Er überlege sogar, der WDR-Studioleitung eine Klage an den Hals zu hängen.

»Sie haben Freunde, Herr Schmalhansel«, brummte er, »vielleicht können Sie von den Driesch überreden, als Wiedergutmachung mein Honorar zu übernehmen.«

Nickend schluckte Schmalhansel. Ihm kamen die letzten Stunden wie ein schlechter Traum vor. Erst am Abend hatten ihn die Bullen gekrallt und in den Bau gesteckt, ohne ihm zu sagen, worum es ging. Am Morgen sollte er zu einer Vernehmung gebracht werden, wurde dann aber wieder eingeschlossen, bis endlich im Zimmer des arroganten Kommissars der Anwalt ihn rausgepaukt hatte und selbst der Staatsanwalt zu ihm hielt.

Verrückte Welt, dachte sich Schmalhansel.

Warum aber sein Freund von den Driesch an dem Durcheinander schuld sein sollte, war ihm nicht klar geworden. Von den Driesch würde ihm die Sache schon richtig erklären. Schweigend staunte er die beiden Männer an, den so lässig gekleideten jungen Anwalt, vor dem anscheinend im Polizeipräsidium die Bullen Manschetten hatten, und den älteren Bullen, der aussah wie ein gutmütiger Großvater, der aber unter den Kriminellen sehr gefürchtet war. Die beiden sind schon ein komisches Pärchen, dachte sich Schmalhansel.

Staunend blickte er zur Bürotür, in der eine Frau stand, der er auf der Straße mehr als nur einen Blick hinterhergeworfen hätte, groß, schlank, lange, blonde Haare, mit einer tollen Figur und einem sympathischen Lächeln, das sie allerdings ausschließlich diesem Paragrafenreiter schenkte.

»Tobias, draußen ist Sümmerling. Soll er warten oder kann er rein?«

Kurz tauschten Böhnke und Grundler Blicke, dann war die Antwort klar: »Er soll reinkommen.«

Was Grundler bezweckte, war Böhnke nicht klar, aber sein Freund würde schon einen Grund haben, dachte er sich.

»Was treibt Sie aus der muffigen Redaktion in die gastlichen Räume eines Rechtsanwaltes?«, begrüßte Grundler launig den kleinen Mann, der einen Moment lang perplex staunte.

»Ist hier Vollversammlung oder was?« Freundlich schüttelte der AZ-Reporter Grundler und Böhnke die Hand und stellte sich Schmalhansel vor.

Großes Interesse schien er nicht für den heruntergekommenen Mann zu haben, sein Gruß fiel sehr fahrig aus.

Endlich setzte er zur Antwort an. »Was mich hierhin treibt, wollen Sie wissen? Ich wollte Sie fragen, ob Sie mit mir zu Böhnke fahren wollten.« Er schmunzelte. »Aber das hat sich ja erledigt. Ich wollte mit Ihnen über die schwachsinnige Nachrichtenmeldung sprechen, die von den Driesch abgesetzt hat.« Argwöhnisch blinzelte er über den Rand seiner kleinen Nickelbrille.

»Da ist doch nichts dran, oder?« Zweifelnd betrachtete er den Kommissar.

Böhnke zog sich in die Rolle des Zuhörers zurück; sollte sich Grundler mit Sümmerling auseinandersetzen. »Ich höre auf den Rat meines Anwaltes und schweige zur Sache.« Lässig zeigte er auf Grundler. »Wenn einer etwas zu sagen hat, ist es dieser Herr.«

Das gelte im Übrigen auch für alle Fragen, die Sümmerling im Zusammenhang mit Schmalhansel zu stellen gedenke.

Schmalhansel schüttelte sich zum wiederholten Male an diesem Tag. Was wurde denn jetzt schon wieder gespielt?

Sümmerling machte aus seiner Verblüffung kein Hehl. »Sie sind das Objekt der Begierde?«, fragte er Schmalhansel, der verständnislos schluckte.

»Herr Schmalhansel ist das Opfer eines großen Irrtums«, ging Grundler schnell dazwischen. »Er hat Ihnen nichts zu sagen. Er ist nur hier, weil Herr Böhnke ihn mit in die Eifel zurücknehmen möchte.«

Die Antwort schien nicht im Sinne von Sümmerling. »Das kapiere ich nicht. Wieso behauptet der WDR so etwas? Warum ist Schmalhansel hier, was die Vermutung nahe legt, Sie haben ihn bei der Kripo rausgeboxt? Und was macht unser verehrter Herr Böhnke in dieser illustren Runde?

Grundler lachte auf. »Warum reden Sie immer um den heißen Brei herum? Fragen Sie doch gleich, ob der WDR recht hat mit der Meldung.« Er kam auf Sümmerling zu und legte ihm die Hand auf die Schulter. »Und ich antworte Ihnen: Alles, was der WDR behauptet hat, ist haltlos. Mehr gibt es nicht.« Streng blickte er Sümmerling an. »Das muss zu diesem Thema reichen. Es bleibt allenfalls die Frage, warum das WDR-Studio Aachen seinem Regionalkorrespondenten aus der Eifel derart auf den Leim geht.«

Das liege vielleicht daran, dass der Kerl beste Beziehungen zu den Redakteurinnen pflege, antwortete Sümmerling mit einem hämischen Grinsen und hob beschwichtigend die Hände. »Damit will ich aber nichts gesagt haben.«

20

In ihrer Diskussion kamen Böhnke und Grundler immer wieder zum selben Ergebnis: Sicher war für sie nur, dass weder Müllender noch Schmalhansel mit dem Mord in Verbindung standen. Müllender war kein Linkshänder, Schmalhansel hatte ein einwandfreies Alibi.

»Wer ist also der Täter?«, fragte Grundler zum wiederholten Male, während er sich mit geschlossenen Augen im Liegestuhl in Böhnkes Naturidyll von der Sonne bräunen ließ.

»Jemand«, so antwortete Böhnke ebenfalls wie mehrere Male zuvor, »der Müllender und Schmalhansel für seine Zwecke missbraucht und alles dafür getan hat, dass den beiden der Mord in die Schuhe geschoben wird. Dann«, so folgerte er, »musste dieser Unbekannte wissen, dass es eine Verbindung zwischen den Männern gibt. Wer kann davon wissen?«

»Gute Frage. Ersatzfrage«, kommentierte der Anwalt ruhig. »Kommen wir zum nächsten Punkt. Wir wissen, dass zwei Frauen Puhlmann ein Vermögen geschenkt haben. Ohne Gegenleistung, gewissermaßen aus Liebe. Mich stört nur, dass wir über diese Schenkungen nichts in den Unterlagen finden. Keine notarielle Beurkundung, kein Schriftstück, rein nichts.«

»Ist schon ungewöhnlich«, nahm Böhnke den Faden auf. »Jede noch so kleine Rechnung, jeden Vertrag, alle Vereinbarungen hat Puhlmann abgeheftet. Und ausgerechnet diese Unterlagen über die Schenkungen fehlen.«

»Wenn es denn überhaupt Unterlagen gibt«, fiel ihm der Anwalt ins Wort.

»Es muss aber Unterlagen geben«, erwiderte Böhnke. »Sonst hätten die Nachfahren von Erna Müller und Grete Meier doch die Schenkungen anfechten können. Ich glaube schon, dass bei den Summen, die da auf dem Spiel standen, die Schenkungen revidiert worden wären, wenn es nicht eindeutige Verträge gäbe.«

»Stimmt«, pflichtete Grundler dem Alten bei. »Aber wo sollen diese Unterlagen sein? Puhlmann hat kein Testament hinterlassen, in seinen Häusern gibt es keine Geheimfächer. Wenn man unterstellt, es gibt die Schenkungsurkunden, dann müssen sie irgendwo sein. Aber wo?« Grundler streckte sich. »Bei Notaren oder in Schließfächern bei Banken sind sie nicht. Das habe ich geklärt. Also ...«

»Also hat sie jemand an sich genommen«, fuhr Böhnke fort. »Entweder vor dem Mord an Puhlmann oder im Zusammenhang mit dem Mord an Puhlmann. Wobei ich von der zweiten Möglichkeit ausgehe.«

»Das würde aber bedeuten, dass der Mörder Puhlmann tötete und die Akten raubte. Oder tötete er Puhlmann, um die Akten zu rauben?«

»Fängst du schon wieder mit der Haarspalterei an?«, stöhnte Böhnke. »Lass uns doch erst die Fakten zusammenstellen.«

»Okay«, stimmte Grundler zu. »Fakt ist, dass Puhlmann von einem Linkshänder in seinem Ferienhaus in Huppenbroich erschossen wurde.«

»Fakt ist, dass die Pistole, auf deren Lauf sich Müllenders Fingerabdrücke befinden, im Haus gefunden wurde.

Die Packung mit den restlichen Kugeln haben die Kinder aus dem Teich gefischt.«

Jetzt war wieder der Anwalt am Zuge. »Fakt ist, dass Puhlmann zunächst mit der wesentlich älteren Grete Meier und danach mit der ebenfalls viel älteren Erna Müller liiert war. Beide Frauen haben ihm ihre Vermögen geschenkt. Fakt ist auch, dass die Schenkungsurkunden nicht in den Unterlagen vorhanden sind.«

»Bevor wir noch mehr an Fakten aufzählen«, bremste Böhnke, der sich ächzend aus seinem Liegestuhl erhob. »Erstens habe ich Durst und zweitens weiß ich nicht, wie es weitergehen soll.«

»Ganz einfach, mein alter Freund«, sagte Grundler auf dem Weg ins Haus. »Du musst weiter recherchieren. Was ist mit Grete Meier? Was ist mit Erna Müller? Glaube mir, da wirst du was findet, das uns weiterbringt.«

»Glauben heißt nicht wissen«, knurrte Böhnke. »Du stocherst genauso herum wie ich.« Er machte sich an der Mineralwasserflasche zu schaffen, während Grundler nach dem Handy in seiner Hosentasche griff, das zu klingeln begonnen hatte.

Einigermaßen perplex starrte der Anwalt nach dem kurzen Telefonat Böhnke kann. »Jetzt blicke ich nicht mehr durch. Sabine hat mir gerade mitgeteilt, dass im Amtsgericht ein Testament von Puhlmann aufgetaucht ist.«

»Und was steht drin?« Böhnke gab sich übertrieben lässig, obwohl es kräftig in ihm arbeitete.

»Weiß ich doch nicht«, antwortete Grundler spontan. »Komm, wir müssen nach Aachen.«

Grundler hatte es sehr eilig. Er nahm keine Rücksicht auf das Tempolimit in Roetgen, das üblicherweise durch zahlreiche Starenkästen überwacht wird. Aber er schien ein Glückskind zu sein. Trotz seiner ständig überhöhten Geschwindigkeit blitzte kein Gerät auf.

»Ein wesentlicher Fakt fällt mir bei deiner Raserei noch ein«, sagte Böhnke, nicht gerade begeistert vom Fahrstil des Jüngeren. »Der Versuch, mich mit einem Geländewagen von der Straße zu pusten.«

»Hat der was mit dem Fall zu tun?«, fragte Grundler und biss sich auf die Lippe. Diese Frage hätte er sich schenken können.

Denn Böhnkes Antwort kam prompt: »Hätte sonst irgendjemand den Geländewagen auf Müllenders Namen gemietet? Das kann doch nur derjenige sein, der von Müllenders Rolle in dieser Geschichte weiß.« Böhnke grübelte. »Und der weiß, dass ich ebenfalls daran beteiligt bin.«

»Wer soll das sein?« Grundler sah den Alten fragend an. »Wir haben doch mit niemandem darüber gesprochen? Mit Ausnahme der Polizei weiß doch keiner was von dir. Oder?«

»Stimmt.« Ganz sicher war sich Böhnke nicht. Vielleicht wusste noch jemand Bescheid. Immerhin hatte er schon mit einigen über die Geschichte gesprochen.

»Abhaken«, schlug der Anwalt vor. »Wir müssen einen neuen Ansatz finden. Dann wird sich alles irgendwie aufklären. Wirst du schon sehen.«

Schwungvoll bog er vom Adalbertsteinweg auf den Behördenparkplatz neben dem altehrwürdigen Gerichtsgebäude ab. »Dann lassen wir uns mal überraschen.«

Die Überraschung schlug nicht nur Böhnke auf den Magen. Auch Grundler hatte alle Mühe, das Vorliegen von Puhlmanns Testament zu verdauen.

»Sofern es sich tatsächlich um ein rechtsgültiges Testament handelt«, schränkte der Anwalt ein, als sie, in der Gerichtskantine sitzend, über das Papier diskutierten, das angeblich den letzten Willen des Maklers dokumentierte. Das auf edlem Büttenpapier handgeschriebene Testament bestand nur aus zwei Sätzen: Zum einen vererbte Puhlmann eine Million Euro in Geld oder in Sachwerten an die Tochter von Erna Müller, Bettina Schmalhansel. Zum anderen verfügte er die Gründung einer Dahmen-Puhlmann-Stiftung mit Sitz in Würselen zu Gunsten der Förderung der Jugend, die mit seinem Vermögen gespeist werden sollte.

Datum, Ort, Unterschrift, nichts fehlte, was zur Fehlerhaftigkeit des Testaments führen könnte.

»Und trotzdem«, sagte der Jurist nachdenklich, »da ist doch was faul. Datiert ist der Brief auf den Tag, bevor Puhlmann erschossen wurde. Der Poststempel des Aachener Briefzentrums gibt auch dieses Datum an. Das ist doch kein Zufall.«

Böhnke schwieg. Das Testament erleichterte nicht unbedingt die Aufklärung des Mordes. Hatte etwa Schmalhansel doch etwas damit zu tun? Immerhin war er dank seiner Frau einer der Begünstigten des Testaments. Und warum wollte Puhlmann die Stiftung eingerichtet wissen?

»Ich will erst einmal klären, ob dieses Testament rechtmäßig ist«, unterbrach Grundler Böhnkes Gedankengänge. »Solange das nicht klar ist, läuft nichts.«

»Dann willst du also auch nicht Frau Schmalhansel benachrichtigen?«

»Noch nicht«, antwortete der Anwalt. »Wenn ich ihr jetzt eine Million Euro in Aussicht stelle und ihr später sagen muss, dass alles nur ein Irrtum war, mache ich mehr kaputt, als wenn ich schweige. Außerdem«, er lächelte kurz, »wenn mich jetzt Bettina Schmalhansel oder ihr Mann auf das Testament ansprechen sollten ...« Er ließ die Folgerung im Raum stehen.

»Abflug«, kommandierte er, »wir haben noch genug zu tun. Ich muss noch ein wenig arbeiten und du musst endlich Licht in das Dunkel um Puhlmanns Tod bringen.«

Langsam erhob sich Böhnke. Das Geschehen nahm Ausmaße an, die die Arbeitskraft und die Arbeitswilligkeit eines kranken Pensionärs überschritten.

»Meinst du etwa, ich soll für dich arbeiten, damit der Herr Nachlassverwalter die gebratenen Tauben auf einem Silbertablett serviert bekommt? Wenn ich den Fall geklärt habe, bin ich kaputt.«

»Keine Sorge. Ich kümmere mich darum, dass du wieder auf die Beine kommst«, ließ Grundler keine Zweifel oder Beschwerden zu. »Ich spendiere dir eine Kur auf der Mettnau, wenn alles vorbei ist. Die machen dich dort fit wie nen Turnschuh.«

»Wenn ich nicht schon vorher gestorben bin«, murmelte der Alte vor sich hin. Wohin ihn Grundler schicken wollte, wusste er nicht. Von der Mettnau hatte er noch nichts gehört.

»Ich will nicht in Kur«, sagte er laut, »ich will meine Ruhe.«

»Die bekommst du doch auf der Mettnau, wenn alles vorbei ist«, entgegnete Grundler lässig. »Und nen Scheck obendrein.« Er lachte. »Dann musst du nur aufpassen, dass du deine Steuererklärung richtig ausfüllst.«

Das Lachen verging Grundler, als sie in der Kanzlei ankamen. Dort wartete schon der AZ-Reporter Sümmerling auf die beiden. »Ich hätte mir denken können, dass der eine nicht ohne den anderen auf Tour ist«, feixte er. »Ohne Böhnke kommen Sie wohl nicht weiter, Herr Rechtsanwalt?«

»Was wollen Sie?«, raunzte Grundler zurück. »Ich habe keine Zeit für dumme Sprüche.« Schnell machte er sich auf den Weg zu seinem Zimmer, wissend, dass ihm Böhnke und Sümmerling folgen würden.

»Und ich habe keine Zeit für Ausflüchte. Meine Redaktion wartet auf mich. Deshalb will ich eine deutliche Antwort: Stimmt es, dass Puhlmann ein Testament hinterlassen hat?«, fragte Sümmerling.

Der Anwalt erstarrte in seiner Bewegung, Böhnke schüttelte ungläubig den Kopf. Sie mussten sich verhört haben.

»Was meinen Sie?«, Böhnke hatte sich als Erster gefasst. »Wovon reden Sie?«

»Von Puhlmanns Testament«, antwortete der Journalist seelenruhig. Er ließ sich lässig in einen der Ledersessel in der Besucherecke fallen. »Das gibts doch, oder?«

»Wie kommen Sie denn darauf?«, fragte Böhnke mit aufgesetzter Souveränität. Er hatte Mühe, seine Verunsicherung zu überspielen und ruhig zu wirken.

Grundler hatte hinter seinem Schreibtisch Platz genommen und schaute interessiert Sümmerling an.

»In der Tat. Wie kommen Sie denn darauf? Wie Sie wahrscheinlich wissen, und wenn Sie es bisher nicht wussten, erfahren Sie es jetzt von mir, bin ich zum Nachlassverwalter von Puhlmanns Vermögen bestellt worden, und als Nachlassverwalter interessiert mich natürlich brennend Ihr vermeintliches Testament.«

Eine leichte Unsicherheit zeigte sich bei Sümmerling, der seine Augen zwischen dem Anwalt und dem Pensionär hin und her wandern ließ.

»Na ja«, er räusperte sich kurz, »heute Morgen habe ich in der Redaktion Post bekommen.« Er griff in seine Lederjacke. »Ist ne Kopie. Mehr war nicht in dem Umschlag.« Er reichte das Blatt Papier an Grundler, der einen kurzen Blick darauf warf, ehe er es an Böhnke weitergab.

Es handelte sich tatsächlich um eine Kopie des Testaments.

»Woher Sie dieses Schreiben haben, können Sie uns natürlich nicht sagen?«, fragte der Pensionär.

»Moment mal.« Der Journalist sah Böhnke und Grundler an. »Ich habe hier eine Frage. Und solange Sie mir meine Frage nicht beantwortet haben, meine Herren, sage ich Ihnen überhaupt nichts.« Er schaute mit blinkenden Augen durch seine Nickelbrille. »Ich bin im Prinzip auf der sicheren Seite. Was meinen Sie, was meine Leser morgen denken, wenn ich schreibe, ich besäße die Kopie des Testaments von Puhlmann und der Nachlassverwalter will sich dazu nicht äußern.«

Sümmerling wolle sie erpressen, wollte Böhnke aufbrausen. Er schaute zornig zu Grundler, der sich in seinem Sessel zurücklehnte und die Hände im Nacken verschränkte.

»Ich werde mich ja dazu äußern«, entgegnete er. »Nur ist es jetzt zu früh. Jedes Wort, das Sie schreiben, verhindert die Aufklärung des Mordes, da bin ich mir sicher. Abgesehen davon, dass Sie nur eine Kopie in den Händen halten, die ja eine gefälschte Vorlage hat.«

Der Journalist ging auf die zweite Bemerkung gar nicht ein. »Das alte Spiel«, stöhnte er. »Ich soll die Klappe halten, damit die Herren ihre Strippen ziehen können.«

»Und Sie wieder eine Exklusivgeschichte bekommen«, ergänzte Grundler.

»Schön wärs«, sagte Sümmerling zweifelnd. »Selbst wenn ich mich zurückhalte, wer garantiert mir denn, dass nicht ein anderer die Geschichte macht? Dieser Affenarsch vom WDR, der von den Driesch, der bringt doch alles.«

Grundler sprang heftig auf und zog damit die Aufmerksamkeit auf sich. »Wir machen Folgendes. Sollte sich von den Driesch wegen des vermeintlichen Testaments bei uns melden, sage ich Ihnen Bescheid. Dann können Sie ja immer noch entscheiden, ob Sie was veröffentlichen. Zum jetzigen Zeitpunkt würden Sie mir und noch mehr meinem Freund Böhnke schaden, wenn Sie etwas schreiben würden.«

Böhnke wusste zwar nicht, was Grundler direkt meinte, aber er ließ die Aussage im Raum stehen. Er war gespannt, was Grundler als Nächstes machen würde.

»Ich schenke Ihnen reinen Wein ein in einem Gespräch, das nie stattgefunden hat«, fuhr Grundler schnell fort. »Herr Böhnke ist mein Zeuge, dass ich das, was ich Ihnen jetzt sage, nie gesagt habe. Wenn Sie mich zitieren oder in einem Artikel erwähnen, hänge ich Ihnen einen Prozess an den Hals.«

Sümmerling schluckte kurz. »Machen Sie es nicht so spannend. Ich stehe doch auf Ihrer Seite.« Er steckte seinen Notizblock wieder zurück in seine Umhängetasche.

»Es stimmt also, es gibt ein Testament?«

In seiner Antwort bemühte sich der Anwalt, eine eindeutige Aussage zu vermeiden. »Sagen wir es so: Beim Amtsgericht Aachen ist ein Schreiben eingegangen, das eventuell die Merkmale erfüllen könnte, die für die Gültigkeit eines handschriftlichen Testaments Voraussetzung sind. Solange ich diese Merkmale nicht ausreichend geprüft habe, werde ich nicht von einem gültigen Testament sprechen können. Haben Sie mich verstanden?«

Einen Moment lang staunte Sümmerling den Anwalt mit offenem Mund an. Dann hatte er sich gefangen. »Sie haben also das Original des Testaments gesehen und haben Zweifel?«

»So ist es«, bestätigte Böhnke an Grundlers Stelle. »Wir haben ein Papier, das ein Testament sein könnte, das aber auch, und das ist für mich jetzt wichtiger, Hinweise auf den Mord liefern könnte. Aber es ist zu früh, darüber etwas zu sagen.«

»Sie könnten aber spekulieren«, gab Sümmerling zu bedenken.

»Das ist nicht mein Ding«, entgegnete Böhnke. »Ich will mich lieber an die Fakten halten.« Schmerzhaft erinnerte er sich an die Diskussion mit Grundler im Garten, bei der sie erkennen mussten, dass sie mit ihren Fakten nicht weit gekommen waren.

»Aber jetzt zu Ihnen«, fuhr er fort. »Was können Sie mir über die Kopie sagen?«

»Viel ist es nicht«, räumte der Journalist ein. »Sie ist wohl heute Morgen mit der Post in die Redaktion gekommen. Unsere Redaktionssekretärin hat den Umschlag geöffnet und mir die Kopie auf den Tisch gelegt. Ich habe natürlich sofort im Papierkorb nach dem Umschlag gesucht. Es kommt nur einer in Frage. Adresse in Maschinenschrift und sogar mit einem Absender. Sie kommen nicht drauf, mit welchem. Wetten? Um ein Essen im Knossos?«

»Sie langweilen mich«, stöhnte Grundler theatralisch. Auch Böhnke verspürte wenig Lust, sich länger hinhalten zu lassen. »Es ist die Adresse von Paul Müllender«, sagte der Jurist beinahe schon beiläufig.

Jetzt staunte Sümmerling. »Gewonnen. Aber wieso?«

»Weil Müllender für alle Übel dieser Welt herhalten muss, die Puhlmann widerfahren«, antwortete der Anwalt. »Kapieren Sie denn nicht, was hier gespielt wird?«, fragte er gereizt.

Was denn, hätte Böhnke gerne gefragt. Aber er wusste, dass sein junger Freund selbst die Antwort geben würde.

»Müllender soll Puhlmann erschossen haben, jetzt sitzt er in U-Haft. Obwohl er in der Soers einsitzt, schickt er Ihnen von seiner Privatadresse einen Brief. Da will doch einer nur für Unruhe sorgen.«

»Blickst du noch durch?« Fragend schaute Böhnke den Anwalt an. Sie hatten sich in einem neuen Café gegenüber dem Stadttheater in der Nähe der Kanzlei eingenistet, das ihr neuer Ort für Plaudereien geworden war, nachdem das ungewöhnliche, bunte Café Roncalli an der Theaterstraße den alltäglichen Geschäftsbetrieb eingestellt hatte, und versuchten bei einer Tasse Kaffee sowie Kuchen und Gebäck die Geschehnisse zu sortieren.

»Sollte ich durchblicken?« Grundler lächelte. »Ehrlich gesagt, nein. Aber das ist doch gar nicht schlimm. Wir müssen nur unser Spiel durchziehen. Irgendwann haben wir die Verknüpfungen und alles löst sich auf. Bis dahin müssen wir mitspielen und unsere eigenen Spielregeln aufstellen.« Er biss herzhaft in eine Nussecke.

»Das ist ja gerade der Trick. Wir lassen den Mörder hampeln, wie er will, und machen, was er will. Und wir spielen trotzdem unser eigenes Spiel.«

»Was gehört denn dazu?«, fragte Böhnke neugierig.

»Dazu gehört, dass wir uns nicht verrückt machen lassen. Dazu gehört, dass wir nach wie vor dafür sorgen, dass Müllender als Tatverdächtiger im Knast bleibt. Dazu gehört weiterhin, dass wir das Testament verschweigen. Denn es ist ja wohl offensichtlich, dass der anonyme Briefeschreiber etwas damit bezweckt, wenn er Sümmerling eine Kopie schickt. Der wird sich wundern, wenn es keine Reaktion gibt.«

Er habe genug an Aufregung für diesen Tag, meinte Böhnke, als er Grundler bat, ihn nach Huppenbroich zurückzubringen. In Aachen zu bleiben und bei seiner Liebsten zu nächtigen, danach stand ihm nicht der Sinn. Es gab zu viel zu erledigen.

Sie standen kaum vor der Wohnung, da schoss auch schon der WDR-Smart heran. Der Kies knirschte gewaltig, als von den Driesch abbremste. Schnell sprang er aus dem Wagen und schulterte eine kleine Kamera.

»Herr Böhnke, ich brauche Sie noch für die Abendsendung«, rief er wie selbstverständlich. »Was sagen Sie zum Testament von Puhlmann?« Kein Wort verlor er über die ärgerliche Nachricht, die er im Rundfunk verbreitet hatte.

Stumm staunte Grundler Böhnke an, Böhnke staunte ebenso stumm zurück. Gab es überhaupt noch einen Journalisten weit und breit, der nichts von dem Testament wusste?

»Mit wem wollen Sie denn überhaupt sprechen?«, fragte Grundler schließlich gereizt. »Wer sind Sie überhaupt?«

Sofort begann von den Drieschs unkontrolliertes Räuspern und Blinzeln. »Ich möchte mit Herrn Böhnke reden.«

»Damit Sie wieder Scheiße über mich unters Volk bringen können«, fauchte der Pensionär.

»Gerade nicht. Ist ja als eine Art Wiedergutmachung gedacht, wenn ich Sie jetzt frage, was mit dem Testament ist«, versuchte von den Driesch zu schmeicheln.

Böhnke war verunsichert. Der WDR-Mann mit der Kamera nervte ihn, nicht weniger irritierte ihn Grundler: Sein Freund ging einfach zur Seite und ließ ihn alleine vor von den Driesch stehen.

»Ich weiß nichts von einem Testament«, behauptete Böhnke in die laufende Kamera. Wieso kam er eigentlich dazu, auf Wunsch von von den Driesch zu reden? Dann verstand er plötzlich einiges.

»Haben Sie heute auch einen Brief von Müllender mit einer Kopie erhalten?«, fragte er den WDR-Mann, der mehrmals zuckte. »Dann wissen Sie ja wohl, dass dieser Brief nicht echt sein kann. Müllender sitzt bekanntlich ein. Trotzdem, wenn die Kopie tatsächlich eine Abschrift des Testamentes von Puhlmann ist, schaden Sie nur der Aufklärung des Mordes, wenn Sie darüber berichten. Aber wenn Sie wollen, bitte sehr.« Böhnke sah konzentriert in die Kamera. »Es gibt ein Testament, in dem Bettina Schmalhansel aus Mützenich eine Million Euro aus dem Vermögen des getöteten Maklers Werner F. Puhlmann erbt.« Er lächelte süffisant.

»Wenn Sie das senden, hängen morgen tausend Leute vor dem Haus von Schmalhansel. Wollen Sie das tatsächlich?«

»Oder wollen Sie lieber mit uns kooperieren?«, schob Grundler eine Frage nach. Er hatte sich wieder genähert und schwenkte in seiner Rechten demonstrativ den Autoschlüssel des Smarts.

»Geben Sie den Schlüssel her!«, forderte von den Driesch wütend.

Grundler lachte nur. »Glauben Sie im Ernst, Sie kommen hier heil vom Grundstück? Wir haben Sie erwischt, als Sie ins Haus von Herrn Böhnke einsteigen wollten. Die Strafanzeige ist Ihnen sicher. Also, kooperieren Sie mit uns?«

»Sie sind ein …«

»Na«, unterbrach ihn Grundler schnell, »wollen Sie jetzt auch noch eine Beleidigungsklage an den Hals kriegen?« Frech grinste er den Journalisten an.

»Nicht so hastig. Ihr jungen Leute seid immer so drastisch«, meldete sich Böhnke beschwichtigend. Grundler hatte schon recht. Jeder musste sein Spiel spielen beziehungsweise im Spiel seine Rolle finden.

»Herr von den Driesch, Sie wollen doch sicherlich seriös berichten, stimmts?«

»Natürlich.«

»Gut. Und Sie wollen doch sicherlich nicht Bettina Schmalhansel schaden. Oder?«

Von den Driesch nickte zustimmend.

»Um so besser. Deshalb schlage ich Ihnen Folgendes vor: Sie vergessen alles, was bisher hier geschehen ist und löschen zunächst Ihre Aufnahmen. Okay?«

Wieder nickte von den Driesch und fingerte an der Kamera herum. »Gelöscht«, meldete er Vollzug.

»Dann reden wir jetzt miteinander in einem Gespräch, das niemals stattgefunden hat, und Herr Grundler ist mein Zeuge, dass es niemals stattgefunden hat«, Böhnke hörte sich reden wie Grundler mit Sümmerling geredet hatte. Von exklusiver Berichterstattung sprach er, von Zusammenarbeit und gegenseitiger Information.

Auch von den Driesch hatte am Morgen die Kopie des Testaments erhalten, wie er bestätigte. Er habe noch nicht mit Bettina Schmalhansel über das vermeintliche Millionenerbe gesprochen, meinte er zu Grundlers Erleichterung.

»Dann halten Sie bitte die Klappe, bis die Geschichte vorbei ist«, bat er. Der Anwalt sah von den Driesch streng ins Gesicht. »Ich kann mich auf Sie verlassen?«

Der WDR-Mann nickte mehrmals hektisch. »Versprochen.«

»Prima. Und ich verspreche Ihnen, dass Frau Schmalhansel nicht zu kurz kommt, wenn es um die Erbschaft geht.«

»Was ist denn?«, von den Driesch schluckte, »was ist denn, wenn Bettina oder ihr Mann etwas mit dem Mord an Puhlmann zu tun haben?«

»Dann hat sie Pech gehabt, wenn sie Täterin oder Mittäterin ist«, antwortete Grundler sachlich. »Aber so weit sind wir ja noch nicht.«

21

Am Abend gab sich Böhnke wieder seiner neuen Lieblingsbeschäftigung hin, wie er die Durchsicht der Akten von Puhlmann bezeichnete. Da mussten halt die Gebrauchsanweisungen warten, bis er mehr Zeit hatte.

Immer wieder hatte ihm Grundler in den letzten Tagen neue Berge von Ordnern und Schnellheftern zustellen lassen. Immer größer wurde der Stapel der noch nicht gesichteten Papiere. Wonach suchte er eigentlich? Was fand er eigentlich? Wo sollte er anfangen?

»Du musst Prioritäten setzen«, hatte ihm Grundler wenig hilfreich empfohlen. Denn beide wussten nicht, welche Prioritäten es gab. Grundler hatte ihn ohne Antwort sitzen gelassen, als er danach fragte.

Einen neuen Ansatz gab es zweifelsohne, wenn der Kommissar unterstellte, dass Puhlmanns Testament echt war. Es gab zwei Begünstigte durch den Tod des Maklers: Bettina Schmalhansel und die zu gründende Stiftung in Würselen. Fragwürdig war allerdings der Zeitpunkt des Testaments. Warum Puhlmann es erst am Tag vor seinem Ableben aufsetzte, war ein Rätsel. Konnte es sein, dass er nicht ganz freiwillig seinen letzten Willen erklärt hatte? Wenn er diese Frage bejahte, musste er weiter fragen, wer Puhlmann warum zu diesem Testament gezwungen hatte? In beiden Fällen, ob freiwillig oder gezwungen, blieb es aber bei den Namen Schmalhansel und Dahmen-Puhlmann-Stiftung. Warum Bettina Schmalhansel, fragte sich Böhnke. Weil Bettina Schmalhansel die Tochter von Erna Müller war? Oder weil Schmalhansel die Frau eines ehemaligen Gefängniskumpels von Müllender war? Das aber würde wiederum bedeuten, dass Müllender und Schmalhansel irgendwie doch unter einer Decke steckten. Dagegen sprach die Gründung einer Stiftung. Es gab keinen Grund, warum die tumben Kleinganoven Müllender und Schmalhansel auf die Idee kommen sollten, den Großteil von Puhlmanns Vermögen in eine Stiftung zu stecken. Davon hatten sie keinen Vorteil.

»Dann gehe ich also davon aus, dass Bettina Schmalhansel erben sollte, weil ihre Mutter mit Puhlmann liiert war«, sagte Böhnke laut zu sich. Er würde, so nahm er sich vor, bei der weiteren Durchsuchung der Akten sein Augenmerk verstärkt auf Erna Müller richten, ohne Müllender aus dem Blick zu verlieren. Müller, Müllender, Schmalhansel, drei Namen, auf die er vielleicht bei seinem Aktenstudium stoßen würde. Und ein vierter Name gesellte sich hinzu: der des Maklers Dahmen. Vielleicht fanden sich ja in Puhlmanns Unterlagen Hinweise auf die Stiftung.

Warum sollte er lange suchen? Entschlossen griff Böhnke zum Telefon und wählte Dahmens Nummer. Es klingelte mehrfach, dann wurde zu Böhnkes Erleichterung abgehoben. Im Hintergrund hörte der Pensionär noch die Melodie eines Tatort-Krimis, als der Tiermediziner sich meldete. Er habe es sich gerade in seiner Ferienwohnung gemütlich gemacht, sagte Dahmen, keineswegs verstört oder ungehalten wegen Böhnkes Anruf.

»Wenn ich Ihnen behilflich sein kann, können Sie sich jederzeit an mich wenden«, gab er sich entgegenkommend. »Sekunde«, bat er, »ich schalte den Ton vom Fernseher ab.«

Böhnke hielt sich nicht lange mit Höflichkeitsfloskeln auf. »Wissen Sie etwas über die Verträge, die Ihr Vater damals bei der Firmenübernahme mit Puhlmann abgeschlossen hat?«, fragte er mit wenig Hoffnung. Aber kurze Fragen waren immer noch besser als langes Suchen.

»Beim besten Willen nicht. Das Geschehen um die Firma meines Vaters habe ich doch nicht mitbekommen. Da weiß ich wirklich nichts.«

»Dann wissen Sie auch nichts von einer eventuellen Stiftung, die Ihr Vater einmal ins Leben rufen wollte?«

»Wie, bitte?«, entgegnete Dahmen erstaunt. »Stiftung? Davon höre ich jetzt zum ersten Mal. Was soll das?«

Es sei nur so eine Überlegung gewesen, wich Böhnke einer klaren Antwort aus. »Es hätte ja sein können, dass Ihr Vater und Puhlmann damals ausgemacht hatten, dass es irgendwann einmal eine, sagen wir, Dahmen-Puhlmann-Stiftung geben sollte.«

Der Tiermediziner lachte. »Ist das etwa Ihr Ernst? Nein«, er wiederholte sich, »davon höre ich jetzt zum ersten Mal.«

Böhnke wollte sich mit einer Entschuldigung aus dem Telefonat verabschiedet, doch hielt ihn Dahmen davon ab. »Haben Sie noch etwas gehört von Puhlmann? Ist der Mörder gefunden?«

Die Polizei habe einen Tatverdächtigen festgesetzt, antwortete Böhnke ausweichend. »Aber er streitet alles ab.«

»Dann müssen sie ihn laufen lassen?«

»So könnte es sein. Ewig können Sie einen mutmaßlichen Mörder nicht festhalten, wenn Sie nichts gegen ihn in der Hand haben. Aber ich weiß es nicht, ich habe mit der Aufklärung nichts zu tun. Ich kümmere mich um das Vermögen von Puhlmann beziehungsweise um mögliche Erben.«

»Ich will ja nicht neugierig sein. Aber wie viel Geld hatte der denn angehäuft und was geschieht damit?«, fragte Dahmen interessiert.

»Wenn ich den Nachlassverwalter richtig verstanden habe, dürften es wohl eher zehn als fünf Millionen Euro sein«, antwortete Böhnke. Er war selbst erstaunt gewesen, als er anhand der Einkommenssteuererklärungen und Grundbuchauszügen die Vermögenswerte von Puhlmann erfahren hatte.

»Rund acht Millionen Euro«, Dahmen pfiff anerkennend durch die Zähne. »Da hat sich Werner ja richtig was Schönes zur Seite gelegt. Wer erbt das denn?«

Das sei ja das Problem, antwortete Böhnke. »Bis jetzt habe ich keine Erben gefunden.« Auch in der Familie Puhlmanns schien es keine Nachfolger zu geben, die an zweiter oder dritter Stelle in der Erbschaftsfolge stehen könnten.

»Puhlmann war nicht verheiratet, lebte nicht in einer eheähnlichen Beziehung, weil es diese bis zu seinem Ableben noch nicht gab, und hat auch keine Tanten, Onkel, Neffen oder Kusinen oder was auch immer. Er ist ein Mann ohne familiäre Vergangenheit.«

»Und ohne familiäre Zukunft«, fügte Dahmen hinzu. »Da wird sich Vater Staat wohl freuen können. Oder?«

Böhnke blieb die Antwort schuldig, bevor er sich schleunigst verabschiedete.

Es blieb ihm doch nichts anderes übrig, als die Akten zu durchforsten, die die Beziehung zwischen dem Makler Dahmen und Puhlmann zum Inhalt hatten, stöhnte Böhnke und machte sich ans Werk. Aber er entdeckte nichts, was über das hinausging, was er schon wusste. Puhlmann hatte Dahmens Nachfolge angetreten und den Geschäftssitz von Würselen nach Aachen verlagert.

Unter den alten abgelaufenen, gekündigten oder aufgehobenen Mietverträgen fand er zwar die Vereinbarung zwischen Puhlmann und Müllender, mehr aber auch nicht.

Wenn da nicht die Quittung über die 10.000 Euro wäre und die Fingerabdrücke auf der Mordwaffe, dann hätte er gar nichts, musste sich Böhnke eingestehen.

Kurzerhand griff er wieder zum Telefon. Wenn er sich schon die Nacht um die Ohren schlug, sollte es seinem Auftraggeber nicht besser gehen.

»Weißt du noch was über Müllender?«, fragte er Grundler, nachdem er in aller Ausführlichkeit von seinem Gespräch mit Dahmen und von seiner wenig ergiebigen Aktendurchsuchung berichtet hatte.

»Ich weiß nur eine Neuigkeit«, antwortete der Anwalt. »Müllender soll wohl morgen entlassen werden. Ich soll ihn auf ausdrücklichen Wunsch von SM im Präsidium in Empfang nehmen.«

»Was ist denn mit dem los?«, entfuhr es Böhnke unvermittelt. »Will der sich bei dir einschleimen?«

»Keine Ahnung. Ich lass mich überraschen«, antwortete Grundler lapidar.

Böhnke kam eine Idee. »Nimm doch den Schmalhansel mit. Dann kannst du gleich testen, wie die beiden reagieren, wenn sie sich sehen. Vielleicht haben die ja doch etwas mit dem Mord und dem Testament zu tun? Ich glaube nicht, dass sie sich verstellen können.«

»Commissario, deine Tricks werden immer mieser«, kommentierte Grundler. »Aber vielleicht ist deine Idee gar nicht so schlecht. Und wenn sie nur bestätigt, dass die beiden nichts damit zu tun haben. Ich bitte Schmalhansel einfach, sich mit mir am PP zu treffen, dann kann er Müllender gleich mitnehmen.«

»Und du heftest dich an ihre Fersen.«

»Commissario, was denkst du nur von mir?«

Böhnke widmete sich erneut den Akten. Ein Name blieb noch: Erna Müller. Die Frau spielte in den geschäftlichen Unterlagen von Puhlmann keine Rolle. Lediglich zwei Mal wurde sie genannt. Bei einer Urlaubsreise nach Teneriffa wurde sie von Puhlmann auf der Buchung als Mitreisende erwähnt. Außerdem hatte er die Quittung über die Kosten ihrer Beerdigung abgeheftet. Wenigstens etwas, dachte sich Böhnke, er hat wenigstens die Kosten für die Beerdigung übernommen und sie nicht auf Bettina Schmalhansel abgewälzt.

Nach einem letzten Blick in die Tageszeitung, verbunden mit seiner Macke, sich das Fernsehprogramm durchzulesen, um zu wissen, was er am Abend alles versäumt hatte, beendete der Pensionär sein Tagwerk. Im Bett liegend hatte er das Gefühl, einen großen Schritt weitergekommen zu sein. Irgendetwas hatte er bemerkt, eine Kleinigkeit. Vielleicht war er ja dem Mörder näher, als dieser glaubte.

22

Es war nicht die erste Kleinigkeit, wie Böhnke während seines morgendlichen Spaziergangs durch den ruhigen Ort rekapitulierend feststellte. Der Mörder von Puhlmann bekam Konturen, es gab einige Indizien, die gut zueinander passten. Vielleicht ..., er wollte den Gedanken noch nicht zu Ende führen; es gab noch zu viele Fallstricke. Er müsste einmal Müllenders Wohnung untersuchen dürfen, da würde er vielleicht das nächste Puzzlesteinchen finden. Nach Müllenders Freilassung dürfte sein Vorhaben mit Grundlers Unterstützung kein Problem sein. Nach seiner Einschätzung dürfte der von SM Inhaftierte jetzt auf freiem Fuße sein. Am Nachmittag würde er den kleinen Ganoven in Vaalserquartier besuchen.

Voller Tatendrang machte Böhnke sich auf den Rückweg und erwischte sich dabei, dass er sich leicht und locker fühlte, ohne Schmerzen, ohne Atemnot. Ich habe keine Zeit, krank zu sein, dachte er sich, ich habe eine spannende und interessante Aufgabe. Und er musste sich dabei eingestehen, dass sein Verdächtigter Kablonski immer mehr aus dem Kreis der möglichen Verbrecher verschwand.

Seine Zufriedenheit wich schlagartig, als er den WDR-Smart vor seinem Haus sah. Von den Driesch und Bettina Schmalhansel kletterten heraus. Sie machten nicht gerade einen begeisterten Eindruck, die Frau schien geweint zu haben.

»Was ist denn hier los?«, fragte Böhnke.

»Hm, das frage ich mich auch«, schnaubte der Journalist und räusperte sich heftig. »Das ist ja wohl das Letzte.« Sein Zittern erreichte ein ungeahntes Ausmaß. »Ihr Freund Grundler bittet Herrn Schmalhansel, ihn zum Polizeipräsidium zu begleiten. Und wissen Sie, was da passiert: Da wird Bettinas Mann festgenommen. Man hat ihn eingesperrt, weil er am Mord beteiligt gewesen sein soll.«

»Und wie? Er war doch nachweislich mit Ihnen unterwegs.«

»Das schert die Kripo nicht«, fluchte von den Driesch. Er zog Böhnke zur Seite, während Bettina Schmalhansel in den Garten ging, und flüsterte: »Die haben wohl auch eine Kopie von Puhlmanns Testament erhalten und glauben jetzt, dass Schmalhansel mit dem Mord zu tun hat, weil seine Frau eine Million erben soll. Er habe mit Müllender gemeinsame Sache gemacht.«

»So ein Blödsinn«, kommentierte Böhnke.

»Das sagen Sie«, bremste ihn von den Driesch ungehalten, »die Polizei sieht das leider anders.«

»Quatsch.« Da musste etwas anders dahinter stecken, dachte sich Böhnke. SM war zwar nicht sein Freund, aber dumm war der bestimmt nicht. Die Festnahme von Schmalhansel war wahrscheinlich nur ein Vorwand, um etwas anderes zu bezwecken. Vielleicht wollte SM den tatsächlichen Mörder in trügerischer Sicherheit wähnen. Einen anderen Grund erkannte Böhnke nicht, während er hinter der Frau herlief.

»Äh, und jetzt?«, unterbrach ihn von den Driesch laut in den Gedankengängen. »Wie geht es weiter?«

»Da müssen Sie meinen Freund Grundler fragen, der war dabei, nicht ich.«

»Das ist der richtige Rechtsverdreher«, schimpfte von den Driesch, während Bettina Schmalhansel nach wie vor stumm neben ihm stand. »Der guckt doch nur, wie er das meiste Geld aus der ganzen Geschichte rausschlagen kann.« Er funkelte Böhnke wütend an.

»Komm«, sagte er dann zu der verunsicherten Frau. »Lass uns wieder fahren.«

»Moment«, bremste Böhnke. Ihm kam eine Idee, nachdem er sich den Besuch bei Müllender abschminken musste.

»Kann ich mich einmal bei Ihnen umsehen, Frau Schmalhansel. Haben Sie vielleicht Dinge, die mit Müllender und Ihrem Mann zusammenhängen?«

»Ich weiß nicht.« Die verstörte Frau stierte Böhnke an. »Ich glaube nicht. Der ist doch noch nie bei uns gewesen.«

Der Smart hatte kaum das Grundstück verlassen, da meldete sich das Telefon. Das wird Tobias sein, dachte sich Böhnke und behielt recht.

»Ich weiß schon Bescheid. Du hast Schmalhansel SM auf dem Silbertablett serviert und der hat sofort zugegriffen«, sagte er, bevor der Anwalt loslegen konnte. »Von den Driesch hat mich schon informiert.«

Doch ließ sich Grundler nicht abhalten, lang und breit das Geschehene aus seiner Sicht zu schildern. Böhnke hörte nicht konzentriert zu, er hatte den Briefträger vernommen, der unüberhörbar Post in den Kasten geworfen hatte. Umständlich, das Handy ans Ohr geklemmt, holte Böhnke einen Briefumschlag hervor, auf dem der Zeitungsverlag Aachen als Absender genannt war.

»Ich finde es nicht einmal schlimm, dass die Jungs jetzt auch noch Schmalhansel eingebuchtet haben. Damit sind wir wenigstens sicher, dass er und Müllender keinen Scheiß anrichten können«, hörte Böhnke den Anwalt pragmatisch sagen. »Ich glaube übrigens, dass die Verhaftung ne Finte von SM ist. Der ist sauer, dass er nach mir von dem Testament erfahren hat und hofft außerdem, die wahren Täter zu fangen«, sagte Grundler zu Böhnkes Genugtuung. »Soll mir nur recht sein. Mich interessiert einzig und allein, warum und von wem SM heute die Kopie bekommen hat.«

»Wenn du mich fragst, würde ich sagen, vom Mörder, der auch das Testament kennt«, fiel ihm Böhnke ins Wort. Diese Frage hatte er sich schon längst gestellt und eine Antwort gefunden.

»Mag ja sein«, räumte Grundler ein, »aber warum macht er das?«

»Ist doch klar«, sagte Böhnke. »Der Mörder spielt mit uns Katz und Maus und will uns zeigen, dass er uns überlegen ist. Das ist doch typisch für jemanden, der weiß, dass er unerkannt bleiben muss, um nicht bestraft zu werden, der aber zugleich danach heischt, dass sein Tun entsprechend beachtet wird. Ist doch ein uraltes Prinzip.« Ob dies der alleinige Grund war, ließ er offen.

Er möge ihn nicht weiter stören, fuhr Böhnke fort, »ich habe zu arbeiten.«

»Du und arbeiten? Dass ich nicht lachen«, lästerte Grundler. »Ehe du den Mörder findest, habe ich das Vermögen von Puhlmann schon längst verprasst.«

Böhnke nahm die Frotzelei mit Gelassenheit hin. Er würde Licht ins Dunkel rund um Puhlmann bringen. Was Grundler mit dem Vermögen und den möglichen Erbschaften machte, sollte nicht seine Sorge sein, dachte er sich, als er den Briefumschlag öffnete. Ungeschickt, wie er sich anstellte, fiel ihm der Inhalt prompt auf den Küchenboden.

Etliche Kopien von Zeitungsartikeln, die sich mit dem ehemaligen Makler Dahmen beschäftigten, hatte ihm Sümmerling zugeschickt, wie er endlich bemerkte, als er das Anschreiben gefunden hatte. »Mein guter, alter Kollege aus Alsdorf hat es sich nicht nehmen lassen, mir alle Artikel zukommen zu lassen, die es über Dahmen gibt«, hatte Sümmerling geschrieben. »Vielleicht helfen sie Ihnen bei Ihren Ermittlungen weiter.«

Selbstverständlich ließ es Sümmerling bei allen freundschaftlichen Grüßen nicht unausgeschrieben, dass er doch der Erste sei, der von Böhnke informiert werden sollte, falls sich etwas tue.

Aber was sollte sich tun, fragte sich Böhnke, während er die Papierbögen aufklaubte. Anscheinend hatte Sümmerlings Kollege die Artikel aus den Zeitungen ausgeschnitten, datiert und aufgeklebt, bisweilen waren an den Rändern der Ausschnitte noch andere Texte zu lesen. Die zeitliche Reihenfolge war durcheinander geraten, wie Böhnke schnell erkannte, als er die Zettel durchblätterte. Meine Lektüre für den Liegestuhl, sagte er sich und machte sich auf den Weg in den Garten. Er wunderte sich ein wenig über sich selbst. Früher hätte er einen großen Bogen um jeden Sonnenstrahl gemacht. Winter, Schnee, das war sein Metier gewesen. Aber das war einmal. Mit zunehmendem Alter konnte er gar nicht genug bekommen von der natürlichen Wärmequelle.

Er setzte sich in die schon hoch stehende, pralle Sonne, nicht ohne die Kappe zu vergessen, die er auf Anraten seiner Lebensgefährtin aufzusetzen hatte. »Ein Stich reicht, wenn du noch einen Sonnenstich hinzubekommst, bist du fällig für die Klapsmühle, Commissario«, hatte sie mitleidlos gelästert, als sich Böhnke im letzten Jahr die blanke, ungeschützte Stirn verbrannt hatte, weil er über Mittag eingeschlafen war.

Seitdem war die Kappe ein Muss.

Die meisten Artikel legte er nach einem kurzen Überfliegen beiseite. Offenbar war über jeden Ersten Spatenstich auf einem von Dahmen gemakelten Grundstück berichtet worden. Er hatte wohl das Geschick, die richtigen Grundstücke zu erwerben und in den Jahren des Baubooms mit viel Gewinn zu veräußern. Im Laufe der Jahre ähnelten sich die Texte und die Bilder immer mehr. Interessanter waren die persönlicheren Berichte über Dahmen, über seinen 50. Geburtstag, über sein Firmenjubiläum und schließlich ein Interview zu seinem 60. Geburtstag, wenige Monate, bevor er unerwartet das Geschäft an Puhlmann abtrat. Auf diesen Inhaberwechsel deutete in dem Interview nichts hin, im Gegenteil, Dahmen berichtete der Zeitung zu Folge von weiteren Projekten, seinen Zukunftsplänen und seinem großen Traum: Nach dem Ende seiner beruflichen Tätigkeit würde er gerne eine Stiftung gründen, um der Stadt Würselen das zurückzugeben, das sie ihm zu Lebzeiten gegeben habe. Jetzt würde sein Wunsch ein Vierteljahrhundert später vielleicht doch noch in Erfüllung gehen, sagte sich Böhnke, als er sich einem Bild neben dem Artikel zuwandte. »Im Kreise seiner Familie fühlt sich der Makler am wohlsten«, hatte der Fotograf getextet. Das Bild zeigte Dahmen mit einer gleichaltrigen Frau und einem Jugendlichen an einem Gartentisch bei Kaffee und Kuchen. Das musste der Sohn, der Tierarzt, sein, folgerte Böhnke.

Der Knabe war ihm eine Erklärung schuldig!

Der Pensionär wollte bereits die Blätter ablegen, um es sich zu einem Nickerchen gemütlich zu machen, da fiel sein Blick noch auf eine allein stehende Überschrift am Rande eines Artikels über einen weiteren Ersten Spatenstich. »Oliver Meier schwer verletzt«, las er.

Ob es sich dabei um den nach Amerika verzogenen Oliver Meier handelte? Böhnke rückte sich in eine bequeme Liegeposition, schloss die Augen und machte sich seine Gedanken.

Er musste eingeschlafen sein. Nach seinem Hungergefühl zu urteilen, war es bereits weit nach Mittag. Doch Böhnke hatte keine Zeit für ein vernünftiges Essen. Er ließ es bei einer Tasse Gemüsebrühe und einem Spiegelei auf einem angehärteten Stück Graubrot bewenden. Er hatte sich eine Menge vorgenommen, so viel fiel ihm ein, während er an dem überschaubaren Mahl kaute.

Er würde die öffentliche Telefonzelle vorne an der Straße für einige Zeit in Beschlag nehmen müssen. Noch vor wenigen Jahren hatte es dort eines der markanten gelben Häuschen gegeben, in denen man vor Wind und Regen geschützt telefonieren konnte. Nachdem aber die Telekom diese schlanke, magentafarbene Konstruktion als öffentliches Telefon anbot, war ihm der Spaß am Telefonieren fast schon vergangen. Vor dem Wetter ungeschützt und stets der Gefahr ausgesetzt, dass das Telefonat von anderen mitgehört werden konnte, hatte der Pensionär das Telefonieren auf offener Straße eingeschränkt. Doch jetzt schien es ihm sinnvoller als das Nutzen des Mobiltelefons. Das würde wahrscheinlich viel teurer.

Seinem Plan folgend rief er als Ersten Sümmerling an und bedankte sich für die Post. Er könne noch mehr für ihn tun, sagte er schnell, nachdem Sümmerling seine Aktion als Selbstverständlichkeit abtat. »Ich mache doch alles, was Sie wollen, Herr Kommissar.«

»Sie können mir freundlicherweise noch einen Zeitungsartikel heraussuchen. Der Titel lautet ›Oliver Meier verletzt‹«. Er nannte das Erscheinungsdatum und beendete das Telefonat schnell mit dem Hinweis, in ein bis zwei Stunden würde er sich wieder bei ihm in der Redaktion melden.

Danach war Dahmen an der Reihe. Umständlich suchte Böhnke nach dessen Rufnummer im Verzeichnis seines Handys und fluchte einmal mehr über diese moderne Technik, bei der man ausschließlich vom Tippen der richtigen Tasten abhängig war.

Es dauerte lange, bis sich der Tierarzt meldete und es dauerte noch länger, bevor Böhnke kapierte, dass er nicht mit dem Mann, sondern nur mit dessen Anrufbeantworter verbunden war.

»Schade, dass Sie nicht da sind«, sagte Böhnke ins Gerät, »ich muss mit Ihnen reden. Es ist dringend. Ich melde mich in wenigen Minuten noch einmal bei Ihnen. Es handelt sich um ... « Verdammt, ihm gingen wie so oft bei dem einseitigen Gespräch mit einem Anrufbeantworter die Sätze aus. »Ich möchte Sie sprechen wegen der ...« Weiter kam Böhnke nicht. Das Tuten in der Leitung machte ihm deutlich, dass seine Sprechzeit abgelaufen war.

Als Nächsten hatte er Oliver Meier auf seiner Liste stehen. Doch blieb Böhnke schon an der Hotelrezeption hängen. Meier sei am Morgen in Richtung Köln aufgebrochen, man wisse es deshalb, weil man für ihn in Köln für die Nacht ein Hotelzimmer reserviert hatte, sagte ihm die freundliche Angestellte. Am nächsten Mittag wolle Meier nach Roetgen zurückkommen.

Da will man mal was tun und dann darf man nicht, brummte Böhnke unzufrieden vor sich hin. Er hatte sich von seinem Tatendrang mehr Erfolg erhofft. Auch sein zweiter Anruf bei Dahmen war wieder beim Anrufbeantworter gelandet. Jetzt befand er sich in einer Warteschleife und musste hoffen, später zum Ziel zu kommen.

Frühestens in einer Stunde würde er Sümmerling anrufen können. Warten war angesagt. Nein, sagte sich Böhnke energisch, es wird nicht gewartet, es wird gearbeitet. Er wunderte sich, wie schnell er die wenigen Meter zu seinem Garten zurückgelegt hatte. Mit Stift und Schreibblick ausgestattet nahm er im Liegestuhl Platz und notierte die Fakten, die sich angesammelt hatten. Es war schon erstaunlich, was Böhnke zusammentrug, er erinnerte sich an Begebenheiten, die er zum damaligen Zeitpunkt als unbeachtlich angesehen hatte, die aber durchaus doch von Belang sein konnten, wenn, ja, wenn sich die eine oder andere mögliche Konstruktion bewahrheiten würde.

Es sind die Kleinigkeiten, über die sogar die größten Verbrecher stolpern, sagte er sich. Kleinigkeiten, die so unvorhersehbar eintreten, dass man gar nicht gezielt darauf reagieren kann, Zufälle, die nicht auszuschließen sind und die das Kartenhaus zum Einsturz bringen können wie ein plötzlicher, unerwarteter Windstoß.

Zufall? Kleinigkeit? Unbedeutsame Randnotiz? Böhnke wollte noch nicht einschätzen, welchen Wert die Information hatte, mit der von den Driesch und Bettina Schmalhansel ihn wenige Minuten später überraschten.

»Irgendwann bekomm ich Taxigeld oder Informationshonorar«, knurrte der Zappelphilipp. »Oder ich bekomme die Exklusivrechte, wenn Sie den Fall geklärt haben, nicht wahr, Herr Kommissar?«

»Seien Sie froh, dass ich Sie nicht beim WDR anscheiße wegen Ihres Schwachsinnsberichts«, konterte Böhnke. »Den Mist, den Sie da verzapft haben, können Sie gar nicht wieder gutmachen.«

Er solle nicht so nachtragend sein, murrte von den Driesch zitternd. Das Leben gehe doch weiter.

Böhnke achtete nicht mehr auf ihn, sondern wandte sich der scheuen Frau zu. Er hatte eine Vermutung.

»Was haben Sie denn für mich? Hat es etwas mit Ihrem Mann und Müllender zu tun?«

Bettina Schmalhansel nickte kurz. »Ich habe eben noch einmal alle Fotoalben nachgeguckt und habe da was gefunden. Ein Bild von meinem Mann und dem Müllender. Ist wohl schon ein paar Monate her oder so. Ich weiß es nicht genau. Ich habe es noch nie gesehen.«

Ob Sie es dabei habe, fragte Böhnke.

Aber sie verneinte. »Das ist eingeklebt und ich wollte es nicht rausreißen. Das Foto zeigt die beiden Männer auf dem Parkplatz von Relais Königsstein, das kann ich ganz genau erkennen«, antwortete die Frau. »Sie stehen da vor dem Geländewagen meines Mannes.« Sie schwieg und schaute zu Boden.

»Äh, können Sie mit der Auskunft etwas anfangen?«, mischte sich von den Driesch räuspernd ein.

»Nein«, sagte Böhnke gelassen. «Oder glauben Sie, dass die beiden da einen Mord verabredet haben?«

Er hatte gelogen, ihm passte diese Information durchaus in eine seiner Konstruktionen. Aber das ging den WDR-Mann nichts an.

Er habe noch zu arbeiten, meinte Böhnke. Er verspürte wenig Lust, mit den beiden Besuchern über Dinge zu plaudern, die entweder belanglos waren wie das Wetter oder die sie nichts angingen wie seine Ermittlungen.

»Ich muss noch einige Telefonate führen«, entschuldigte er sich und machte damit deutlich, dass sie zu gehen hätten.

Auf dem Weg zum Smart rempelte von den Driesch

ihn an. »Wenn Sie mir nicht bald sagen, was los ist, dann sage ich Bettina was übers Testament. Dann wirds richtig lustig«, flüsterte er und grinste frech. »Bis Samstag lasse ich Sie noch gewähren, dann will ich alles wissen.«

Zornig sah Böhnke den beiden nach, als er an der angeblichen Telefonzelle stand. Auf ein Neues, munterte er sich auf und wählte Dahmens Nummer. Diesmal klappte die Verbindung.

»Gut, dass Sie mich anrufen«, fing Dahmen sofort an, bevor Böhnke überhaupt sein Anliegen loswerden konnte. »Wegen der Stiftung, da habe ich Ihnen das letzte Mal was Falsches gesagt. Ich habe es mir noch einmal durch den Kopf gehen lassen.« Dahmen ließ Böhnke nicht zu Wort kommen. »Mein Vater hat damals, kurz bevor er die Firma an Puhlmann übergeben hat, mal was von einer Stiftung gesagt, glaube ich. Absolut sicher bin ich aber nicht. Ist ja auch schon ein paar Jahre her. Aber wenn ich so richtig überlege, glaube ich, dass da was dran ist. Aber das war wohl bloß eine fixe Idee. Wir haben darüber nie wirklich gesprochen. Na ja«, Dahmen lachte. »Sehen Sie, jetzt hätte ich fast schon eine Falschaussage gemacht. Ist das schlimm?«

Böhnke lachte zurück. »Nein. Natürlich nicht.«

»Was wollen Sie denn von mir?«, fragte Dahmen.

»Das, was Sie mir gerade gesagt haben«, antwortete Böhnke. »Ich habe nämlich heute Morgen zufälligerweise erfahren, dass Ihr Vater wohl eine Stiftung beabsichtigt hatte.«

»Woher wissen Sie das?«

Böhnke lachte wieder. »Das sind so die großen Geheimnisse eines kleinen Pensionärs. Jeder von uns hat doch so seine Geheimnisse. Oder?«

»Wenn Sies so sehen«, entgegnete Dahmen. »Dann behalten Sie mal Ihre und ich meine Geheimnisse. So wichtig ist die Sache mit der Stiftung ja wohl nicht.«

»Richtig«, bestätigte Böhnke und beendete das Telefonat. Es war an der Zeit, Sümmerling in der AZ-Redaktion anzurufen.

»Sie sind ein Störenfried«, nöhlte der Journalist. »Kaum reiche ich Ihnen hilfsbereit den kleinen Finger, grapschen Sie schon nach der ganzen Hand. Was meinen Sie, was hier los ist? Und ich missbrauche meine Arbeitszeit, um für Sie einen uralten Artikel aus dem Archiv herauszukramen.«

»Ist doch Saure-Gurken-Zeit, da haben Sie doch ohnehin nichts zu tun«, fiel ihm Böhnke ins Wort. »Da können Sie doch stolz und froh sein, wenn Sie mir und damit der Allgemeinheit einen Dienst erweisen.«

»Ha, ha«, knurrte Sümmerling, »soll ich Ihnen den Artikel durchs Telefon diktieren oder reichts, wenn ich ihn vorlese?«

»Ob ich den Artikel brauche, kann ich Ihnen sagen, wenn Sie ihn mir vorgelesen haben«, brummte Böhnke, »nun schießen Sie endlich los.«

Der Artikel war relativ dürftig. Oliver Meier hatte wenige Wochen nach dem Abitur bei einem Handballspiel einen schweren Sportunfall gehabt. Damit, so behauptete der Schreiber der Zeilen, sei die Karriere eines begnadeten Sportlers abrupt beendet worden.

»Reicht Ihnen das?«, fragte Sümmerling.

»Im Moment ja.«

»Aber mir reichts nicht, weils mir langsam reicht«, sagte der Journalist unzufrieden. »Warum interessiert Sie ein uralter Artikel über einen längst vergessenen Handballspieler?«

»Nur so«, gab Böhnke ausweichend zur Antwort. »Es hat mich halt interessiert, weil dieser Artikel neben einem von Dahmen stand.«

Sümmerling hörte der Begründung gar nicht konzentriert zu. »Was ist eigentlich Stand der Dinge?«, fragte er vielmehr. »Gibts nen Mörder?«

»Es gibt nichts«, antwortete Böhnke. »Jedenfalls nichts, das in eine seriöse Zeitung gehört.«

Sümmerling hustete. »Ich schreibe doch nicht alles, was ich weiß, solange es nicht wasserdicht ist. Das müssten Sie doch genau wissen. Also? Sagen Sie mir jetzt, was Sache ist?«

»Nein, dazu ist es noch zu früh.«

»Na gut.« Sümmerling hob die Stimme. »Wenn Sie mir nichts sagen, sehe ich mich genötigt, die Geschichte mit dem Testament aufzublasen. Aber ich bin ja nicht so«, gab er sich versöhnlich, »ich gebe Ihnen bis Samstag Zeit, sich Ihre Gedanken zu machen. Dann will ich Butter bei die Fische. Sie haben Glück, dass ich gleich für ein paar Tage an die See fahre und erst am Freitag wiederkomme. Also bis dann.«

Das hatte ihm noch gefehlt. Er jonglierte mit Fakten, Tatsachen, Vermutungen und Konstruktionen und hatte zwei Journalisten am Bein hängen, die ihn bedrängten. Aber, so tröstete Böhnke sich, zunächst ließen sie ihn ja noch in Ruhe.

»Keine Panik«, meinte auch Grundler, als er ihn abends informierte. »Mache in aller Ruhe weiter und dann sehen wir, was passiert. Wenns dir recht ist, machen wir am Samstag ein kleines Familienfest in Huppenbroich, du, deine bessere Hälfte, Sabine, meine Wenigkeit und die beiden Pressefuzzis. Die werden wir dann bearbeiten, wie wir es brauchen. Was hältst du davon?«

Böhnke bat um Bedenkzeit. So spontan, in wenigen Tagen ein Fest, darauf musste er sich erst einstellen. Und er musste seine Partnerin fragen, ob sie damit einverstanden war, dass sich in ihrem Ökogarten ihr fremde Menschen tummelten.

23

»Mach, was du für richtig hältst, Commissario«, war die Antwort seiner Liebsten beim abendlichen Telefonat. »Aber auf mich wirst du leider verzichten müssen, weil ich am Wochenende Apothekendienst habe. Wir haben heute Nachmittag getauscht.«

Die nächste Absage per Telefon gabs am nächsten Morgen. Da entschuldigte Grundler seine Sekretärin und Freundin. »Sabine muss unbedingt zu ihrem Erbonkel Horst nach Düsseldorf. Du weißt, bei Geld hört jede Freundschaft auf.« Er lachte: »Dann machen wir halt einen reinen Herrenabend. Ist doch auch lustig.«

So kanns weitergehen, brummte Böhnke auf dem Weg zum Briefkasten vor sich hin. Er hatte das Klappern beim

Einwurf der Post gehört. Das war so ein Mechanismus, der sich im Laufe des Lebens einschleift. Gewisse Geräusche oder Verhaltensmuster ergaben sich zwangsläufig, hatte Böhnke festgestellt. Und darauf, so dachte er sich, würde er auch bei der Klärung des Mordfalles bauen können. Verbrecher können einfach nicht anders, irgendwann einmal kommen sie aus ihrer Deckung, und wenn es nur darum geht, den Anderen zu zeigen, wie geschickt man das Verbrechen begangen hat.

»Ich kriege dich, du Mörder«, sagte Böhnke laut, bevor er die Haustür öffnete. Vielleicht war der Postbote noch in der Nähe und bereit, mit ihm zu plaudern. Irgendwie war ihm heute danach. Merkwürdig, dachte er sich, so gerne er Einzelgänger war, so sehr wünschte er sich im Moment doch einen Gesprächspartner. Obs mit der verfluchten Krankheit zusammenhing? Mit dem Wissen, dass bald keine Gespräche mehr sein würden, wenn er in der Kiste lag? Oder sollte er sich doch lieber verbrennen lassen und seine Asche auf einer Streuobstwiese verstreuen lassen?

Doch hatte sich der Postbote schon wieder abgewandt. Böhnke sah nur noch die Rückpartie des gelben Opels. Jeder hat Wichtigeres zu tun, als ihm Gesellschaft zu leisten, sagte Böhnke ohne Bedauern. Wenn noch mehr absagten, würde auch das gesellige Beisammensein ausfallen. Früher wäre er noch nicht einmal unzufrieden mit dem Ausfall gewesen. Aber die beiden Journalisten würden ihm nicht die Freude machen und am Samstag nichts von ihm hören wollen. Es würde noch ein Stück Arbeit bereiten, sie nicht nur einzuladen, sondern ihnen auch noch zu sagen, dass ein zweiter Journalist kommen würde.

Doch blieb für diese knifflige Situation noch Zeit. Interessiert riss Böhnke den einfachen, weißen Umschlag auf, auf dem seine Adresse und ein ihm unbekannter Absender aus Nideggen angegeben waren. Der Inhalt des Briefes ließ ihn sofort an der Identität des Absenders zweifeln.

»Wissen Sie eigentlich, dass Grete Meier von Puhlmann vergiftet wurde?«, las er zunächst verwundert, dann aufgeregt, dann in gewisser Weise triumphierend. Der Mörder hatte wahrscheinlich den nächsten Hinweis auf seine Person loswerden müssen. Es lebt sich halt auch für einen Verbrecher nicht gut im Dunkeln.

Ein Blick in die Tageszeitung vom Vortag bestätigte Böhnkes Vermutung: Der Absender hatte den Namen eines Verstorbenen aus einer Todesanzeige missbraucht. Auch der zweite Hinweis, den der Briefumschlag ihm gab, war aufschlussreich: Der Brief war im Briefverteilzentrum für die Eifel abgestempelt worden.

»Ich kriege dich, du arrogantes Arschloch«, gab der Pensionär sich zuversichtlich. Ein wenig wunderte er sich über seine Ausdrucksweise. Derartige Beschreibungen hatte er während seiner Dienstzeit nie gebraucht.

Das Klingeln an der Haustür ließ ihn den Gedanken nicht fortführen. Insgeheim tippte er auf drei, vier Personen, die ihn zu dieser Zeit vielleicht unangemeldet besuchen könnten: Grundler, eventuell der WDR-Mann, den er Zappelphilipp getauft hatte, weil er sich dessen Namen einfach nicht merken konnte, Sümmerling oder die Nachbarn.

Mit dem Typen, dem er öffnete, hätte er niemals gerechnet. Wenn er gewusst hätte, dass der vor ihm stehen würde, hätte er mit Sicherheit das Klingeln ignoriert. Aber so war es zu spät für den Rückzug.

»Morgen, Böhnke«, grüßte ihn ausgerechnet sein Nachfolger Schulze-Meyerdieck jovial und zugleich mit einer Hochnäsigkeit, die bei Böhnke Aggression aufsteigen ließ.

»Was wollen Sie?«, fragte er knapp. »Ich habe zu tun.«

»Ich will Ihnen doch nur helfen bei Ihrer Arbeit als Hilfskraft des Nachlassverwalters Grundler«, antwortete der westfälische Kommissar mit übertriebener Freundlichkeit, »damit auch Sie die Sache vom Tisch kriegen.« Unaufgefordert trat Schulze-Meyerdieck, der anscheinend allein nach Huppenbroich gekommen war, ins Haus und steuerte kurzerhand das Wohnzimmer an. Er ließ sich in den Sessel fallen und grinste Böhnke hämisch an. »Der Mord ist geklärt. Wir haben Müllender und Schmalhansel überführt.«

Der Alte schaute stumm seinen ungebetenen Gast an.

»Wollen Sie nicht wissen, was wir ermittelt haben?«, fragte Schulze-Meyerdieck vermeintlich kollegial. »Ich sags Ihnen gerne. Wie Sie wissen, haben wir Müllenders Fingerabdrücke auf der Tatwaffe gefunden. Zwar nur auf dem Lauf, aber das rührt daher, dass er die Waffe am Lauf gepackt und Schmalhansel gegeben hat. Na ja, und dann gibt es ja noch die anderen Indizien wie den Briefumschlag und das Geld. Wie Sie sicherlich auch schon von Ihrem jungen Juristenfreund wissen, kennen sich Müllender und Schmalhansel. Sie haben sich Puhlmann geschnappt, ihn nach Huppenbroich gebracht, dort hat ihn Schmalhansel erschossen. Er ist, wie Sie wissen, Linkshänder.«

Böhnke schluckte, SM war wohl doch blöd oder, vom Ehrgeiz zerfressen, auf einen Erfolg um jeden Preis aus.

»Schmalhansel hat uns ein Alibi geliefert. Aber das ist getürkt. Er war zwar mit dem WDR in Schalkenmehren, aber er ist in der Nacht vor dem Mord nach Aachen zurückgefahren. Er sollte dort Material im Studio holen und am nächsten Tag zurückkommen. Sein vermeintlicher Zeuge von den Driesch, der das Alibi bestätigen könnte, hat von diesem Auftrag gar nichts mitbekommen. Der hat sich schon am frühen Abend betrunken ins Bett gelegt, bevor Schmalhansel zurück nach Aachen musste.« Der Kommissar rieb sich zufrieden die Hände.

»Dass Frau Schmalhansel ihrem Mann ein Alibi gibt, ist ja wohl selbstverständlich. Sie sollte ja richtig erben. Aber das Erbe kann Sie sich abschminken. Wir können wohl annehmen, Puhlmann hat das Testament unter Zwang von Müllender und Schmalhansel verfasst. Ich glaube nicht, dass die Frau eines Mörders von einem erzwungenen Testament des Opfers profitieren wird. Vielleicht hat sie ja den Plan mit ausgeheckt. Aber das kriege ich garantiert auch noch raus.«

Ob das alles so stimmte, wie es sich SM passend machte, überlegte sich Böhnke, der gar nicht daran dachte, mit dem Kommissar eine Diskussion anzufangen.

»Das wars?«, fragte er kurz angebunden.

»Im Prinzip ja.« Schulze-Meyerdieck erhob sich. »Ich will Sie auch nicht weiter bei Ihrer anstrengenden Arbeit stören. Bevor Sie mich fragen, die beiden Tatverdächtigen streiten die Tat nicht einmal ab. Sie schweigen einfach. Ist aber schon ein Fortschritt für uns. Vorher haben Sie immer widersprochen. Die klopfe ich langsam weich.« Er streckte Böhnke die Hand entgegen, doch sah der Alte über den Abschiedsgruß hinweg.

»Na ja, wenn Sie nicht wollen, lassen Sies sein«, gab sich Schulze-Meyerdieck unbeeindruckt. Wieder grinste er hochnäsig. »Jetzt können Sie mir die Geschichte glauben oder auch nicht. Vielleicht war ja alles ganz anders. Oder?«

Sollte das eine Finte sein oder meinte SM es ernst? Für einen Moment war Böhnke verunsichert. Spielte auch der Pferdeschwanz etwa mit ihm, wollte er ihn austricksen oder etwas von ihm erfahren?

»So wird es wohl gewesen sein«, sagte er leise und machte seinem Nachfolger unmissverständlich deutlich, das Haus schnellstens zu verlassen. Er würde sich eher die Zunge abbeißen, als SM auf den anonymen Brief hinzuweisen.

»Kommen Sie gut nach Aachen zurück.«

Böhnke ging aufgewühlt ins Haus zurück.

SM nervte ihn nur. »So wird es garantiert nicht gewesen sein«, redete er laut mit sich. Aber wusste das vielleicht auch SM? Dann hatte dessen Besuch einzig den Zweck gehabt, ihn zu necken.

Wieder klingelte es an der Haustür und wieder machte Böhnke auf, was er sofort bereute.

»Übrigens wollte ich Ihnen noch sagen, warum ich heute hier in der Provinz war. Wir haben selbstverständlich auch Frau Schmalhansel vorläufig festgenommen. Ich wollte Ihnen außerdem noch mitteilen, dass wir großzügigerweise in Absprache mit der Staatsanwaltschaft und dem Polizeipräsidenten das Verfahren gegen Sie wegen des Diebstahls eines gebrauchten Taschenbuches eingestellt haben. Da kommt also nichts mehr auf Sie zu.« Höhnisch lachend drehte sich Schulze-Meyerdieck ab.

»Arschloch«, entfuhr es Böhnke verärgert, der bemerkte, dass sein Wortschatz an Beleidigungen sehr eingeschränkt war.

Der Besuch von SM machte ihm mehr zu schaffen, als er nach außen zugeben würde. Sein Atem ging flach, das Herz raste, der Kreislauf spielte verrückt, die Müdigkeit kroch in ihm herauf, die Muskeln schmerzten wieder. Nur mit Mühe schaffte er es bis zum Sofa. Schweißgebadet versuchte er, zur Ruhe zu kommen. Das war eine der Attacken, auf die ihn sein Hausarzt hingewiesen hatte. Irgendwann einmal würde er sie nicht überleben. Er konnte nichts dagegen tun. Er konnte nur ruhen. Seine Hoffnung, es ginge ihm besser als vor einigen Monaten, hatte sich in Sekunden in nichts aufgelöst. Er war dem Tod wieder ein Stück nähergekommen.

Und schuld daran war dieses Arschloch SM.

Ein ganz anderer Zeitgenosse war Oliver Meier. Böhnke fand seine Notiz, ihn anzurufen und zu befragen, als er am Nachmittag endlich seine innere Ruhe gefunden hatte und seine Papiere ordnete. Jede Unklarheit, die er ausräumen konnte, würde ihm den Weg zu Puhlmanns Mörder ebnen. Und zu diesen Unklarheiten gehörte auch der Sportunfall eines Oliver Meier vor rund 30 Jahren in Alsdorf.

»Stimmt. Das bin ich gewesen«, bestätigte Meier spontan beim Telefonat. »Aber wissen Sie, wie lange das schon her ist? Da habe ich seit ewigen Zeiten nicht mehr dran gedacht.« Es sei bei einem Meisterschaftsspiel gewesen, jemand habe ihm bei einem Sprungwurf in den Arm gegriffen, er sei auf die linke Schulter geprallt und habe sie sehr schwer verletzt.

»Daran bin ich in Amerika mehrmals operiert worden. Fast zwei Jahre konnte ich den Arm nicht richtig bewegen. Auch jetzt merke ich noch ab und zu ein Ziehen.«

»Aber die sportliche Karriere war auf einem Schlag dahin?«

»So kann man es sehen. Aber wenn ich an andere Sportverletzten denken wie den Handballer Deckarm, dann ist mein Pech noch nicht einmal halb so schlimm. Wie gesagt, das ist alles schon so ewig lange her.«

»Es war ja auch nur die linke Schulter«, meinte Böhnke nahezu tröstend.

»Eben, es war ja nur die linke. Mit rechts konnte ich alles machen.«

Spontan kam Böhnke ein Gedanke. »Wie wärs? Hätten Sie nicht Lust auf einen gemütlichen Abend bei mir? Wir machen mit mehreren Männern am Samstag ein kleines Grillfest.«

»Gerne«, reagierte Meier schnell. »Wie Sie wissen, bin ich gestern bis eben in Köln gewesen. Da war es stinktrocken und nur businessmäßig. Ich freue mich wirklich.« Er lachte. »Aber ich komme nur, wenn Sie auch Eifeler Spezialitäten haben. Gibt es da nicht eine kleine Bierbrauerei in Monschau?«

Böhnke musste passen. So weit war sein Interesse an den alkoholischen Besonderheiten der Region noch nicht angewachsen. Er wusste zwar, dass es in Aachen einmal eine Brauerei namens Degraa gegeben hatte, schließlich erinnerten noch einige Gaststätten an diese Firma. Damit war sein Kenntnisstand aber auch schon erschöpft.

»Ich weiß nur, dass hier in der Ecke Elz hergestellt wird«, sagte er ausweichend. Aber er werde sich schlau machen.

»Vielleicht können Sie ja auch noch ein paar Senfspezialitäten fürs Fleisch besorgen«, fuhr Meier fort. Dann erklang wieder sein herzerfrischendes Lachen. »Entschuldigen Sie; ich bin schon unverschämt. Aber ich möchte mich erkenntlich zeigen. Wenn es Ihnen recht ist, bezahle ich das Grillgut. Sie kaufens und ich gebe Ihnen am Abend das Geld. Okay?«

Warum eigentlich nicht?

»Einverstanden.« Böhnke stockte kurz, was Meier sofort bemerkte.

»Was ist?«, fragte er.

»Es passt eigentlich nicht in unser so lockeres Gespräch und trübt vielleicht Ihre Stimmung. Aber ich habe eine Frage zu Ihrer Mutter. Haben Sie vielleicht mal etwas gehört, dass bei Ihrem Ableben etwas nicht in Ordnung war?« Böhnke ärgerte sich über seine holprige Wortwahl, aber ihm fiel nichts Besseres ein; zu groß war der Themenwechsel gewesen.

»Was meinen Sie?« Meier sprach weiter, bevor Böhnke erklären konnte. »Ich habe doch nur aus Amerika von ihrem Tod gehört. Meine Schwester war hier, aber die hat nie etwas gesagt. Nein, da war wohl die Lebensuhr abgelaufen.« Den Totenschein habe wahrscheinlich noch seine Schwester, ergänzte er. »Da müssten Sie dann nach ihrem Urlaub mit ihr sprechen, wenn es für Sie wichtig ist.«

So wichtig sei es auch nicht, entgegnete Böhnke, der hoffte, dass sein Gesprächspartner nicht die Frage stellte, die er nicht hören wollte.

Aber Meier stellte sie: »Wie kommen Sie überhaupt auf die Idee, meine Mutter sei, wie sagt man auf richtig Deutsch, nicht eines natürlichen Todes gestorben?«

Das sei nur eine fixe Idee, antwortete Böhnke ausweichend. Im Dorf habe er mal was gehört, aber er wisse noch nicht einmal mehr, von wem.

»Ich mache mir deswegen keine unruhige Nacht, und Sie sollten sich auch keine machen, Herr Böhnke«, meinte Meier ungetrübt zum Abschied. Er werde übrigens in den nächsten Tagen in Roetgen bleiben, »falls es Sie interessiert.«

Bereits am Geräusch auf dem Kies erkannte Böhnke wenige Minuten später seinen nächsten Besucher. Es konnte nur jemand sein, den er schon in die Reihe seiner möglichen Besucher am Morgen aufgenommen hatte und dessen Erscheinen nach dem ärgerlichen Auftritt von SM noch wahrscheinlicher geworden war.

»Äh, was sagen Sie denn zu diesen Schwachsinns-Polypen aus Aachen?«, schimpfte von den Driesch, kaum hatte er Böhnke flüchtig begrüßt. Der Alte tat ahnungslos und hörte schweigend dem Bericht des WDR-Mannes vom Auftritt der Polizei in Mützenich zu.

»Ist natürlich Schwachsinn gewesen«, räumte von den Driesch zähneknirschend ein, »dass ich dem Schmalhansel ein Alibi gegeben habe, obwohl ich geschlafen habe. Aber ich habe geglaubt, es sei wie immer. Wir hängen in der Kneipe, bis einer nach dem anderen von der

Bank ins Bett kippt. Woher soll ich denn wissen, dass die Kollegen den Schmalhansel noch durch die Nacht nach Aachen jagen?«

Ob er jetzt Sanktionen zu erwarten habe wegen seiner Falschaussage?

»Solange Sie nicht von der Bank ins Auto, sondern ins Bett kippen, solange dürfte Ihnen nichts passieren«, schmunzelte Böhnke.

»Ihr Schicksal interessiert mich allerdings weniger als das der Eheleute Schmalhansel. Die haben ja wohl schlechte Karten, was?«, lockte er von den Driesch.

»Hm, ist doch Scheiße«, entgegnete der Journalist räuspernd. Offenbar war er heute mit einem eingeschränkten Wortschatz unterwegs, dachte sich Böhnke. »Ehrlich, ist doch wirklich Scheiße. Die Bettina kommt doch gar nicht auf so ne Schwachsinns-Idee, jemanden umzubringen. Und ihr Kerl ist doch zu doof für ein Verbrechen. Oder glauben Sie etwa, der kann mit ner Pistole umgehen? Was mit dem anderen Typen ist, weiß ich nicht. Aber die Schmalhansels haben garantiert nichts mit dem Mord zu tun.«

»Dann würden Sie für sie Ihre Hand ins Feuer legen?«

»Ja«, sagte von den Driesch schnell. Er grinste. »Ich bin ein Spezialist, wenn es darum geht, sich die Finger zu verbrennen.«

Jetzt lachte Böhnke: »Apropos verbrennen, am Samstagabend wird bei mir im Garten gegrillt. Sie wollen doch was von mir und dem Rechtsanwalt Grundler hören. Da verbinden wir das Angenehme mit dem Nützlichen.«

Fände er gar nicht gut, wenn der Grundler dabei wäre, knurrte von den Driesch. »Da ist man sich nicht sicher, ob der einem nicht einen Strick aus dem dreht, was man sagt und hört.«

»Ich habe ihn eingeladen, denn er arbeitet mit mir zusammen.« Böhnke schaute von den Driesch entschlossen an. »Wahrscheinlich kann ich Ihnen dann sogar schon sagen, wer der Mörder von Puhlmann ist. Aber dafür ist es wichtig, dass Sie noch die Klappe halten.«

»Äh, das glaube ich Ihnen nicht«, entfuhr es von den Driesch. »Oder denken Sie etwa, Schmalhansel war es doch?«

Abwehrend hob Böhnke die Hände. »Wer weiß? Lassen Sie sich überraschen.« Er drängte von den Driesch zum Ausgang. Er hatte Hunger und wollte außerdem mit seiner Partnerin sprechen. Von Männern hatte er heute genug.

»Übrigens, noch etwas. Der Sümmerling von der Aachener Zeitung, der kommt am Samstag auch.« Schnell sprach er weiter. »Der hat den selben Wissensstand wie Sie und sich auch verpflichtet, bis zum Wochenende zu schweigen«, log er drauf los. »Dann kann keiner von Ihnen sagen, ich hätte den anderen bevorteilt.«

Von den Driesch erstarrte in der Bewegung, bevor sein heftiges Zittern und Räuspern einsetzte. »Diese journalistische Schlammschleuder bewegt ihren Hintern in die Eifel?« Er machte aus seiner Antipathie kein Hehl.

Das Beleidigungspotential von von den Driesch war wohl doch deutlich größer als sein eigenes, dachte sich Böhnke erheitert, als von den Driesch noch einige andere abfällige Bemerkungen losgelassen hatte, die jede für sich den Strafbestand einer Beleidigung erfüllte. »Bei dem kriege ich die Krätze, wenn ich nur an ihn denke, dieser Schreibtisch-Proll«, war da noch die geringste Beschimpfung.

Das konnte ja heiter werden am Samstag. Ob Sümmerling auch so allergisch auf von den Driesch reagierte wie der WDR-Mann auf den AZ-Reporter? Die Antwort würde er frühestens am Freitag erhalten, wenn er Sümmerling einlud.

Gänzlich ohne Beleidigungen kam Grundler aus, der während des Abendbrots bei Böhnke anrief. Mit seinem Bericht vom Tage mit den Besuchen von Schulze-Meyerdieck und von den Driesch, der Einladung von Meier und dem anonymen Brief war Böhnke schnell durch. Grundler hatte zwar zugehört, aber Böhnke spürte, dass sein Freund selbst berichten wollte.

»Ich war bei Müllender. Der ist fertig mit der Welt«, sagte der Anwalt. »Nach wie vor beteuert er seine Unschuld, er kann sich einfach nicht erklären, wie die Pistole nach Huppenbroich gekommen ist. Er räumt zwar ein, die Pistole im Auftrag von Puhlmann gekauft und dafür Geld bekommen zu haben, aber er hätte niemals mit der Waffe geschossen.«

»Du glaubst ihm?« Böhnke schlürfte an seiner heißen Brühe und biss in sein Leberwurstbrot.

»Ja«, antwortete Grundler, »der Müllender ist zu dumm, um einen Mord zu begehen.« Er stöhnte kurz. »Es gibt so viele Anhaltspunkte dafür, dass Müllender nicht der Mörder ist. Da muss SM etwas anderes verfolgen, als ihn festzunageln. Der will wahrscheinlich den tatsächlichen Täter in trügerischer Sicherheit wiegen.«

»Er hat doch schon den Täter oder Mittäter: Schmalhansel«, hielt Böhnke kauend dagegen. Er würde nicht auf seine Mahlzeit verzichten, nur weil Grundler zur unpassenden Zeit anrief. »Den hat er doch heute auch eingebuchtet.«

»Ich weiß. Aber ich glaube, auch das ist ein Ablenkungsmanöver. Es soll mich nicht kümmern. Solange Müllender und Schmalhansel in der Soers sitzen, solange stören sie uns nicht. Das tut denen ganz gut, wieder Knastluft zu schnuppern. Die sind ja nicht ohne.« Grundler lachte kurz. »Müllender hat mir auch gestanden, dass er und Schmalhansel in der letzten Zeit einige kleine Brüche gemacht haben. Insofern sitzt er ja zu Recht. Aber mit Mord, damit hätten beide nichts zu tun.«

»Und was ist mit der Frau von Schmalhansel?«

»Die haben die Jungs wieder laufen lassen.« Es bestehe kein Haftgrund, die Frau werde wohl nicht wegen der schweren Delikte verdächtigt.

»Wenn aber SM nur ablenken will, was bezweckt er? Wen hat er im Verdacht? Weiß er etwa mehr als wir?«, fragte Böhnke nachdenklich.

Das wäre ja nicht schlimm, entgegnete Grundler. Immerhin würde die Kripo hoffentlich erfolgreich ermitteln.

»Aber ich glaube nicht, dass er mehr in der Hand hält als wir. Ich glaube sogar, dass wir beziehungsweise du dem Mörder näher bist als SM. Wie ich dich kenne, hast du ihm nichts von dem Brief gesagt. Oder irre ich mich?«

Böhnke hustete, er hatte sich an der Brühe verschluckt. »Dumme Frage. Der kriegt von mir nichts, dieses Arschloch.« Er erschrak selbst über seine ungehobelte und eingeschränkte Ausdrucksweise und war froh, dass Grundler geflissentlich darüber hinweghörte.

»Mich interessiert«, dachte Grundler laut nach, »wer schreibt diesen Brief? Aber noch mehr interessiert mich, warum schreibt der Unbekannte ausgerechnet zum jetzigen Zeitpunkt diesen Brief?«

»Wenn ichs weiß, sage ich es dir«, antwortete Böhnke. »Ich habe nur Vermutungen, keine Fakten.« Seiner Theorie, der Mörder wolle seine Tat als perfekt gewürdigt wissen, wollte Grundler nicht widersprechen, aber er wollte ihr auch nicht unbedingt folgen.

So antwortete er mit einem ausweichenden »So könnte es sein.«

Für Böhnke war das Telefonat damit beendet. Aus seiner Sicht gab es nichts mehr zu sagen. Die ungesunde Attacke nach dem Besuch von SM verschwieg er. Schnell legte er nach dem Abschiedsgruß auf und wählte sofort die Nummer seiner Partnerin.

Grundler sagte er schon viel, aber nicht alles. Nur vor ihr hatte er keine Geheimnisse, sie sollte und musste wissen, was mit ihm war. Aber helfen konnte sie ihm auch nicht.

»Wenn du jetzt sogar schon in Huppenbroich keine Ruhe findest und deine Anfälle bekommst, dann ist dir nicht mehr zu helfen«, sagte sie mit aufgesetzter Sachlichkeit. Was sie damit meinte, war Böhnke klar. Es würde nichts bringen, wenn er zu ihr nach Aachen ziehen würde. Dort war es hektischer, dort war er den ganzen Tag auf sich gestellt und wurde ständig an seine berufliche Vergangenheit erinnert. Nein, es war schon richtig, dass er nach Huppenbroich gezogen war, falsch war nur, dass er sich hier wieder vom Verbrechen anziehen ließ.

»Es ist ja nicht das Verbrechen«, widersprach er, »es ist dieser SM, der mich heute fertig gemacht hat.«

»Aber dieser SM kommt nur, weil es ein Verbrechen gibt«, konterte sie. »Ich kann dir nur raten, die Finger von den Sachen zu lassen.«

»Mache ich, versprochen. Spätestens am Samstag ist Schluss. Dann ist auch dieses Verbrechen geklärt.«

»Bestimmt, Rudolph-Günther?«

»Bestimmt«, sagte Böhnke im Brustton der Überzeugung, ohne überzeugt zu sein.

»Und dann?«

»Dann ruhe ich mich aus und hoffe, dass ich noch die Kur antreten kann, die mir Tobias spendieren will.«

Das müsse sie ja wohl nicht verstehen, meinte die Apothekerin, aber sie wolle sich nicht in die verqueren Gedankengänge einer Männerfreundschaft einmischen.

Ob diese Bemerkung auch eine Beleidigung war? Böhnke dachte kurz darüber nach, als er sich ins Bett legte. Doch dann kehrten seine Gedanken zurück zu dem Mord und zu der Erkenntnis, dass es verdammt viele Einzelteile gab, die zusammengefügt durchaus ein schlüssiges Ergebnis brachten.

Eindeutig war für ihn, dass zwei Männer mit Sicherheit als Mörder ausschieden: der alibilose Müllender und der Linkshänder Schmalhansel.

24

Dieser Grillabend für Herren würde sein erster, aber garantiert auch sein letzter sein. Das stand für Böhnke fest, nachdem er sich einen Einkaufszettel und einen Organisationsplan zusammengeschustert hatte. Der Einkaufszettel hatte einen Umfang angenommen, den er nicht für möglich gehalten hätte. Was musste er auch alles besorgen! Im Nachhinein nötigte es ihm Respekt ab, wenn er an seine Liebste dachte, die ihm in den letzten Jahren das Einkaufen oder die Organisation kleinerer Feiern immer abgenommen hatte. Da wurde ein Großeinkauf für eine mehrköpfige Familie ja zur logistischen Meisterleistung, wenn er seinen Haushalt mit dem einer Großfamilie vergleichen müsste. Es war doch weiter aus der Alltagswelt weg gewesen, als er geglaubt hatte.

Monschauer Senf musste es sein, Eifeler Magenbitter, Bier aus der Region, Aachener Mineralwasser, verschiedene Sorten Fleisch, Salate, Saucen, Brot. Wie viel? Welche Mengen? Was aß ein Mensch? Was trank er? Als Autofahrer? Fragen über Fragen. »Da bleibe ich lieber bei meinen Mordfällen, die sind auch nicht anstrengender als der Einkauf für ein Grillfest und die Durchführung«, redete er sich ein.

Sein Marschplan stand fest. Zunächst würde er in Imgenbroich sein Glück versuchen, beschloss er für sich, als er in den Wagen stieg. Was er dort nicht finden konnte, würde er dann hoffentlich in Simmerath finden. Zur Not würde er danach auch noch nach Roetgen fahren.

Ob Puhlmann auch einkaufen gegangen war? Oder hatte er sich seine Bestellungen ins Haus liefern lassen? Oder hatte er seine Lebensgefährtinnen für sich haushalten lassen? Wahrscheinlich, so überlegte Böhnke auf der langsamen Fahrt, hatte Puhlmann selbst keinen Handschlag getan. Warum ihm ausgerechnet bei diesem Gedanken ein Schauer über den Rücken lief, konnte er sich nicht erklären.

Noch in Gedanken versunken, parkte er seinen Wagen in Imgenbroich und rempelte rücklings seinen Nachbarn an, als er die Tür verschloss.

»Wohl nicht ganz bei der Sache, was?«, hörte er eine ruhige Stimme. »Einen schönen Tach, Herr Kommissar.« Mit einem herzlichen Lachen im Gesicht streckte ihm ein Polizist die Hand entgegen. Es war, wie Böhnke schnell erkannte, einer der beiden Kollegen aus Simmerath, die ihn an Puhlmanns Haus erwischt hatten.

»In der Tat«, bestätigte Böhnke freundlich. »Ich bin auf der Suche nach Eifeler Spezialitäten. Wissen Sie, wos hier Bier, Senf oder Elz gibt?«

»Am besten direkt beim Hersteller in Monschau. Jedenfalls Bier und Senf. Elz können Sie hier in Imschenbroich kaufen«, antwortete der Polizist bereitwillig. Er sprach den Ortsnamen so aus, wie alle. An das Imschenbroich statt des Imgenbroich hatte sich Böhnke auch erst gewöhnen müssen. »Aber Sie können es auch bestellen, dann kriegen Sies gebracht. Da brauchen Sie heute nicht noch die Tour zur Senfmühle oder zur Brauerei machen.« Er stoppte kurz.

»Wissen Sie was? Ich muss ohnehin noch runter nach Monschau. Da kann ich Ihnen gerne Fässer oder Kästen und Senf mitbringen.« Der Polizist lachte wieder. »Lieferung frei Haus. Einverstanden?«

»Gerne.« Böhnke verspürte keine Hemmungen, das ehrlich gemeinte Angebot anzunehmen. Es war schon erschreckend, wie wenig Aufmerksamkeit er in all den Jahren, in denen er schon nach Huppenbroich gekommen war, dem Alltag oder dem alltäglichen Einkauf gewidmet hatte. Im Prinzip hatte er sich um nichts zu kümmern brauchen. War er so weit von der normalen Welt weg gewesen, hatte er nur in einer Welt des Verbrechens gelebt? Der Kommissar schenkte sich die Antwort, orderte die zwei Fässchen Bier, bat um eine kleine Auswahl der Senfsorten und drückte dem hilfsbereiten Kollegen auch noch eine Flasche Elz auf den Auftrag. »Nein, zwei, bitte.« Eine Flasche würde er dem Dorfsheriff für den Freundschaftsdienst schenken.

»Sonst noch was?«, fragte der Polizist schmunzelnd.

»Nein, nein, das reicht vollkommen.« Böhnke wandte sich wieder dem Türschloss zu. »Das Grillfleisch besorge ich mir bei meinem Metzger in Simmerath.« Wenigstens den kannte er. Dort musste er samstags manchmal etwas abholen, wenn ihn seine Liebste nebenan zu den Frühstücksbrötchen beim Bäcker scheuchte.

»Noch etwas.« Der Kommissar drehte sich wieder dem Kollegen zu. »Ich habe da so ein merkwürdiges Gerücht gehört.« Er hoffte, allgemein genug zu bleiben, um nicht eine Quelle für seine Behauptung nennen zu müssen.

»Bei dem Tod von Frau Meier vor knapp zehn 10 Jahren soll nicht alles mit rechten Dingen zugegangen sein.

Sie wissen, die Frau, mit der Puhlmann damals zusammengelebt hat.« Verwunderlich war für Böhnke, dass ihm weder der Makler, noch dessen Lebensgefährtinnen jemals aufgefallen waren. Wahrscheinlich hatten sie sich in Huppenbroich in der Öffentlichkeit zurückgehalten. Auch waren sie nie Thema irgendwelchen Dorftratsches gewesen, an dem Böhnke sich ohnehin nicht beteiligt hatte.

»Herr Böhnke, Herr Böhnke, was sind schon Gerüchte? Die wachsen in dieser Ecke, in der nicht viel passiert, wie Pilze aus dem Boden«, antwortete der Polizist kopfschüttelnd. »Wenn ich nur nach Gerüchten gehen würde, gäbe es in der Eifel keine Familien mehr und wäre die Hälfte der Bevölkerung umgebracht worden.« Er grinste den Kommissar an.

»Es wird zu viel getratscht, um sich darum zu kümmern. Aber ich werde mal nachdenken. Vielleicht hab ich ja doch etwas für Sie. Wenn ich Ihnen das Zeug bringe, weiß ich bestimmt was.«

Die Fahrt nach Simmerath hätte sich Böhnke schenken können. Am Vormittag sei das Geschäft wegen einer Hochzeitsfeier geschlossen, erst am Nachmittag würde die Fleischerei wieder die Kunden bedienen.

Die erzwungene Pause kam Böhnke gar nicht so ungelegen. Er fühlte sich plötzlich wieder müde und war froh, als er sich in seinen Liegestuhl legen und die wärmende Sonne spüren konnte.

Er musste eingeschlafen sein, sonst hätte er seinen Besucher wahrscheinlich früher gehört und erkannt. Es dauerte einige Momente, ehe Böhnke den Polizisten in seinem Garten wahrnahm.

»Wohin mit Ihren Sachen, Herr Kommissar?«

Mühsam erhob sich Böhnke und reckte sich gähnend. »Alles in die Küche.« Er machte sich auf den Weg, seinem Berufskollegen den Weg zu zeigen. »Stellen Sies ruhig auf dem Tisch ab.«

»Fässchen gabs keine mehr, da habe ich Ihnen drei Kästen mitgebracht. Wird wohl reichen, oder?« Der Polizist setzte sich schnaufend. Bei der sommerlichen Temperatur war er bei der Schlepperei ins Schwitzen geraten.

»Davon können Sie wahrscheinlich am Montag einen für sich mitnehmen«, antwortete Böhnke und schob die Flasche Elz über den Tisch. »Die ist für Sie.«

Nach dem üblichen Geplänkel mit der vermeintlichen Ablehnung und dem höflichen Aufdrängen folgte Böhnke der Empfehlung des Polizisten, er könne den Magenbitter ja am Montag in die Polizeistation nach Simmerath bringen.

Von sich aus kam er auf das Thema zu sprechen, das Böhnke auf dem Parkplatz angesprochen hatte.

»Das mit dem Gerücht, Sie wissen, wegen Frau Meier, das ist schon so alt, wie sie tot ist. Das ist jetzt nur wieder aufgekommen. Es wurde immer gemunkelt, da wäre was nicht in Ordnung gewesen. Aber es gab damals keine Anzeichen oder gar einen Ansatz für Ermittlungen.« Er zuckte mit den Schultern. »So ist das halt mit Gerüchten. Sie kommen und gehen und werden irgendwann einmal vielleicht wieder zum Leben erweckt.«

»Na ja«, räumte Böhnke ein. »Jetzt nach dem Tod von Puhlmann ist ja wohl klar, dass man wieder an die Vergangenheit denkt.«

Der Polizist blinzelte ihn an. »Wieso Puhlmann? Das hängt doch nicht mit dem zusammen oder nicht in erster Linie. Das hat mit dem Tod von Doktor Stickelmann zu tun.«

»Aha?« Böhnke staunte seinen Gesprächspartner an. »Und wer ist Doktor Stickelmann?«

»Können Sie nicht kennen. War Hausarzt in Simmerath, hat sich dann vor ein paar Jahren zur Ruhe gesetzt.«

»Und ist jetzt gestorben.«

»So ist es. Er hat Selbstmord begangen, haben Sie nichts davon gehört? Ist doch das Thema gewesen vor ein paar Tagen. Ich weiß noch ganz genau, das war am Tag vor dem Mord an Puhlmann, da hat sich Stickelmann in seinem Haus mit Zyankali umgebracht. War wohl unheilbar krank, vermuten wir.« Der Polizist wunderte sich. »Stand doch in der Zeitung, dass der gestorben war. Und ein paar riesengroße Todesanzeigen. Haben Sie es nicht gelesen?«

»Nein«, bekannte Böhnke. In seiner Zeitung hatte es nicht gestanden. War vielleicht doch ein Fehler, die Aachener Ausgabe und nicht die Eifeler Ausgabe der AZ zu lesen. Er kam schnell auf sein Thema zurück.

»Was könnte denn Stickelmann mit dem Ableben von Frau Meier zu tun haben?«

»Das Übliche«, antwortete der Polizist gelassen. »Sie war Patientin bei ihm und er hat den Totenschein ausgestellt. Aber das ist ja nun das Letzte, was ein Arzt für seine Patientin tun kann, oder nicht?«

In der Tat, das war das Letzte und nichts Ungewöhnliches. Dennoch, eine Ungereimtheit blieb bei Böhnke haften. Stickelmann, den Namen hatte er irgendwo gelesen.

Er hatte es plötzlich eilig, den Polizisten aus der Wohnung zu bugsieren. Hastig durchwühlte er Puhlmanns Unterlagen. Schneller als erhofft, wurde er fündig: Stickelmann wohnte in dem Haus in Roetgen, das Puhlmann von Grete Meier übernommen hatte. Vor sechs Jahren, anscheinend nach seiner Pensionierung, hatte Stickelmann das Haus bezogen. Offenbar ohne Mietvertrag. Jedenfalls fand Böhnke keine Unterlagen über Mieteinnahmen, was ihn zu dem Schluss führte, Stickelmann habe das Haus unentgeltlich bewohnen dürfen und nur die Nebenkosten beglichen.

Ob da doch etwas an dem Gerücht dran war? Oder war es nur ein Zufall, dass der Arzt in einem Haus lebte und starb, das zuerst seiner Patientin und danach ihrem Partner gehörte?

Viel Zeit nahm sich Böhnke nicht, seine Gedanken zu ordnen und seinen vielen Notizen einige weitere hinzuzufügen. Er musste sich beeilen, wenn er in Simmerath noch Fleisch erhalten wollte.

Die Welt ist ein Dorf, stellte der Kommissar erheitert fest, als er die Metzgerei betrat. Der Kunde vor ihm schien es anscheinend auf dauerhaften Kontakt mit ihm angelegt zu haben.

»Welche Ermittlungen führen Sie denn hier in dieses Geschäft?«, fragte er schmunzelnd den hilfsbereiten Polizisten.

Der Kollege lachte herzlich. »Ermittlungen ist gut.

Der Hunger treibt mich hier her. Der Hunger und der Appetit auf Frikadellen. Die sind hier besonders gut.«

Seine Einkäufe hatte Böhnke nach den Empfehlungen des Kollegen schnell getätigt. Gemeinsam traten sie auf den Markt, auf dem der Partner der Simmerather Polizeistation im Streifenwagen wartete.

»Woher haben Sie das Gerücht?«, fragte dieser unvermittelt und gab damit unmissverständlich zu verstehen, dass es zwischen den beiden Streifenkollegen keine Dienstgeheimnisse gab.

»Habe ich bei uns in der Kneipe munkeln gehört«, antwortete Böhnke schnell, um glaubhaft zu wirken. »Hat keiner richtig drüber geredet. War nur so ne Bemerkung, auf die keiner reagierte.«

»Nur ein pensionierter Kommissar«, schmunzelte der Polizist. »Da hören Sie wohl Flöhe husten, wo gar keine sind.«

Böhnke nahm ihm die Bemerkung nicht krumm. Hinter jedem Busch hockte ein Verbrecher, jeder Autofahrer war ein Verkehrssünder. Damit musste ein Polizist auskommen.

»Gibt es denn auch etwas Konkretes bei Puhlmann?« Der Polizist fragte interessiert weiter.

»Nicht dass ich wüsste.« Böhnke gab sich bedeckt. »Da müssen Sie schon Schulze-Meierdieck fragen, der ermittelt.«

»Und Sie?«

Böhnke hob beschwichtigend die Arme. »Ich ermittle nicht wegen des Mordes. Ich bin nur der Assistent des Erbschaftsverwalters.«

»Und nebenher gehen Sie auf Mörderjagd.«

Auch diese Bemerkung nahm der Kommissar nicht übel. »Wissen Sie was?« Er verstaute das folienverschweißte, in der Kühlbox gelagerte Fleisch im Kofferraum. »Ich gehe nicht auf Mörderjagd, ich gehe jetzt ein wenig durch Simmerath spazieren.«

»Konkretes Ziel?«

»Ja«, sagte Böhnke spontan und deutete auf die Straße, die ins Neubaugebiet führt. »Da stehen ein paar nette Häuschen, ganz nach meinem Geschmack, wenn es mir in der Ferienwohnung zu klein wird.« Er grinste. »Vielleicht verkauft mir ja die Schwester von Oliver Meier ihr Häuschen.«

»Glaub ich nicht«, antwortete der Polizist ungerührt. »Die Hütte ist unverkäuflich. Da haben schon andere nachgefragt.« Jetzt lachte er.

»Aber passen Sie auf, wenn Sie da vorbeigehen, damit Sie nicht überfahren werden. Heute Morgen ist da ein Idiot mit einem Mercedes aus der Ausfahrt geprescht, als wäre der Teufel hinter ihm her. Der ist mir fast über die Hacken gebrettert.«

Sofort wurde Böhnke hellhörig. »Nummernschild?«

Der Polizist wandte sich. Die Frage schien ihm unangenehm. »Ich glaube, ich habe nur DN erkannt«, sagte er nach einigem Zögern, um schnell hinzuzufügen: »Hat aber nicht viel zu sagen, da inzwischen die Leihwagen von Sixt alle ein Dürener Kennzeichen haben.« Er schaute Böhnke an. »Warum interessiert Sie das überhaupt?«

»Nur so.« Böhnke rettete sich mit einem abwegigen Scherz. »War bestimmt einer, der was von Puhlmann erben will und glaubte, das Haus gehöre ihm. Der ist dann schleunigst abgehauen, als er Sie sah.«

War Oliver Meiers Schwester etwa aus dem Urlaub zurück?

Der Kommissar verabschiedete sich schnell und machte sich auf den Weg in die Straße. Ein Fremder an oder in der leer stehenden Villa, das passte in sein Puzzle und passte doch nicht.

Nach wenigen Minuten war er allein auf der leeren Wohnstraße, die immer noch von der Ferienruhe geprägt war. Aber mit Böhnkes Ruhe war es vorbei, als er vor dem Haus einen markanten Sportwagen sah. Er kannte nur einen, der so einen Flitzer fuhr: Oliver Meier.

Der Mann trat sportlich beschwingt aus der Einfahrt und stutzte kurz, als er den Kommissar erkannte. Dann näherte er sich strahlend.

»Schön, Sie zu sehen, Herr Böhnke. Wenigstens ein Mensch in dieser gottverlassenen Gegend. Was machen Sie denn hier?«

Böhnkes Antwort war kurz. »Ich mache einen Spaziergang.«

»Sie habens gut«, Meier lachte hell, »Sie können die Zeit genießen. Ich bin nur unterwegs und habe wohl irgendwie die zeitliche Orientierung verloren.« Er zeigte das Schlüsselbund in seiner Hand. »Ich wollte meiner Schwester die Schlüssel zurückbringen und habe mich glatt um einen Tag vertan. Kann man nichts machen. Dann muss ich halt morgen wiederkommen.«

Freundlich reichte er die Hand zum Abschied, die Böhnke gern ergriff.

»Übrigens«, fragte der Alte langsam, »kennen Sie einen Doktor Stickelmann?«

»Kenne ich nicht«, antwortete Meier spontan, ohne die Hand loszulassen. »Oder?« Er dachte nach. »Doch, da war doch was.« Es fiel ihm ein: »Der Name Stickelmann stand auf dem Türschild des Hauses meiner Mutter. Ich meine natürlich, des ehemaligen Hauses. Da habe ich ihn gelesen.« Er schien doch Zweifel zu haben. »Stimmt das?«

»Sie haben recht«, bestätigte Böhnke. »Stickelmann bewohnte das Haus.«

»Und was ist so wichtig an diesem Stickelmann?«

»Er hat in dem Haus vor ein paar Tagen Selbstmord begangen.«

»Aha.« Meier blieb ungerührt. »Dafür kann ich bestimmt nichts.« Er schaute Böhnke offen ins Gesicht. »Oder glauben Sie vielleicht, ich hätte da nachgeholfen?«, scherzte er.

»Dann wärs ja ein Mord gewesen«, entfuhr es Böhnke.

»Eben. Und damit will ich nun wirklich absolut nichts zu tun haben.« Endlich ließ Meier Böhnkes Hand los. »Ich muss weg. Wir sehen uns ja am Samstag bei Ihnen. Ich freue mich drauf.«

»Eine Frage noch«, bat der Kommissar. »Waren Sie eben im Haus? War jemand da drin?«

Zweimal verneinte Meier. »Ist doch unverkennbar, dass hier zurzeit niemand wohnt. Warum soll ich da rein?« Die Schlüssel habe er nur für Notfälle. »Den hatte meine Schwester im Hotel für mich hinterlegt. Aber ich habe ihn ja nicht gebraucht.«

Kurz winkte er zum Abschied. Sekunden später schoss der Wagen davon und verschwand an der nächsten Straßenkreuzung nach links. Das Fahrzeug hatte ein Aachener Kennzeichen, wie Böhnke intuitiv registrierte.

Es gibt Unfälle, aber keine Zufälle, sagte sich Böhnke. Damit ergab sich für ihn ein neuer Denkansatz: Es war kein Zufall, dass er Meier vor dem Haus traf, es war auch kein Zufall, dass der Polizist am Morgen einen Autofahrer sah, der aus der Einfahrt gekommen war. Kannten sich Meier und der Autofahrer oder nicht? Das war die Frage, die er sich stellte und auf die er eine Antwort finden würde. Er musste eine Antwort finden, um seine Vermutung bestätigen zu können. Eine Vermutung, die ihn vielleicht dem Mörder von Puhlmann ein kleines Stück näher bringen konnte.

Und wo konnte er die Antwort besser und schneller finden als in dem Haus? Böhnke hatte keine Gewissensbisse, als er schnell über die Einfahrt auf das Grundstück trat und an der Garage entlang in den Garten gelangte. Auf der Rückseite des Hauses fand er die Außentreppe des Kellers. Die Kellertür war, wie er vermutet hatte, nur mit einer einfachen Holztür mit einem Fensterchen verschlossen. Das war mal wieder typisch für die deutschen Häuslebauer. An allen sichtbaren Stellen wurde gründlich und ordentlich gearbeitet. Aber die dunklen und versteckten Ecken, die wurden vernachlässigt.

Böhnke zauderte nicht. Er fühlte sich geleitet, als er die Scheibe einschlug, durch die Öffnung langte und den Schlüssel zu packen bekam, der innen im Türschloss steckte. So leicht wurde es möglichen Einbrechern gemacht. Aber davon gab es ja in der Eifel nicht sonderlich viele, wie bekanntlich die Statistik besagte.

Schnell machte er sich auf den Weg durch den sauberen, aufgeräumten Keller in den Wohnbereich. Die Stille in dem großen Haus ließ die in ihm aufkeimende Unruhe wieder abklingen. Er war allein in der Villa, niemand würde ihn stören, niemand würde erfahren, dass er es war, der durch die Kellertür eingebrochen war. Und er würde ja auch nichts stehlen, nahm er sich vor, als er die Räume inspizierte. Die Rollläden vor den Fenstern der Schlafräume ließen nur wenig Licht hinein, es reichte Böhnke aber, um festzustellen, dass sie unbenutzt waren, das Elternschlafzimmer und die beiden Kinderzimmer für einen Jungen und für ein Mädchen zeigten eine durch nichts gestörte Ordnung. Ein weiteres Zimmer, nach Böhnkes Einschätzung ein Arbeitszimmer, hatte ebenfalls seit Tagen keinen Benutzer mehr gehabt. Das danebenliegende Gästezimmer störte die Harmonie. Im Gegensatz zu den anderen Zimmern war das Bett abgezogen. Wo war aber die Bettwäsche? Im Waschkeller hatte Böhnke keine Schmutzwäsche gefunden. Eine mögliche Schlussfolgerung hatte er schnell gezogen. Eine Bestätigung dafür fand er wenig später im Wohnzimmer, als er auf dem kleinen Couchtisch eine aktuelle Fernsehzeitung fand. Die aufgeschlagenen Seiten gaben das Fernsehprogramm von vor ein paar Tagen an. Eine sehr interessante Beobachtung, befand Böhnke, als er sich auf den weiteren Weg durch die Villa machte. Das Telefon auf einem Garderobentischchen zog ihn ebenso an wie der daneben liegende 100-Euro-Schein, der offenbar druckfrisch aus einem Geldautomaten gezogen worden war. Er lag auf einem Notizblatt, auf dem Böhnke neugierig las: Fürs Telefon. O.

»Noch irgendwelche Fragen?«, sagte Böhnke laut zu sich und gab sich auch die Antwort, während er den Kugelschreiber aus seiner Jackentasche zog: »Nein.« Vorsichtig nahm er den Hörer des Telefons ab, wartete auf das Freizeichen und tippte dann mit der Kugelschreiberspitze auf die Wahlwiederholungstaste. Erfolglos, das Display zeigte keine Rufnummer an. Als Böhnke sich die Liste der zuletzt gewählten Nummern ansehen wollte, wurde seine Vermutung bestätigt: Jemand hatte die Liste gelöscht.

Etwas länger brauchte Böhnke, bis er die Funktion gefunden hatte, die ihm die Nummern der Anrufer lieferte.

»Bingo«, sagte er zufrieden, als ihm eine Liste von 10 Nummern angezeigt wurde. Nur die letzte interessierte ihn, die anderen neun Anrufer waren auf eine Zeit datiert, in der die Hausbewohner noch nicht in die Ferien gefahren waren. Die letzte Nummer stammte vom Vortag, eine sehr lange Nummer, die Böhnke nicht einordnen konnte. Wahrscheinlich war sie im Ausland registriert, wie die beiden Nullen andeuteten. Da hatte entweder einer gepennt oder war gestört worden in seinem Bemühen, die Dateien im Telefonspeicher zu tilgen. Böhnke wars einerlei. Er notierte sich die Zahlenreihe, legte den Hörer wieder auf und ging nachdenklich ins Wohnzimmer.

Was passte in sein Puzzle? Was musste er neu sortieren? Im Prinzip war alles sonnenklar, aber es fehlten ihm noch Verbindungsstücke, von Beweisen ganz zu schweigen. Er ließ sich in einen Sessel fallen und stierte auf den Fernseher. Das rote Lämpchen glimmte, das Gerät war nicht ausgeschaltet, sondern in Betrieb. Komisch für eine

Familie, die in Urlaub ist, dachte sich Böhnke und handelte prompt. Der Druck auf die Fernbedienung brachte sofort Bild und Ton mit dem Programm der ARD. Erfreut stellte Böhnke fest, dass er das Fernsehgerät vor sich hatte, das auch bei seiner Partnerin stand. Die Funktionen kannte er bestens, ihn interessierte nur eins: die zuletzt gewählten zehn Programme. Die dritten aus Deutschland fand er alle, ebenso die anderen öffentlich-rechtlichen und zwei Privatsender. Als Sender vor der ARD hatte der Betrachter den Belgischen Rundfunk BRT 2 ausgewählt.

Böhnke hatte keine Zweifel mehr. In diesem Haus war in den letzten Tagen jemand gewesen, dachte er sich, während er sich konzentriert mit geschlossenen Augen in den Sessel zurücklehnte. Wer hatte hier gehaust und warum? Meier? Das lag auf der Hand, war aber auszuschließen. Entweder war er unterwegs oder wohnte im Hotel in Simmerath. Und wie hätte er für eine Reflexion im Milchglas der Eingangstür sorgen können, wenn er nachweislich nicht im Haus gewesen war? Also musste es jemand anders gewesen sein. Aber wer?

Langsam nahm der Unbekannte Konturen an. Die Figur, die Böhnke zeichnete, passte gut in seine mögliche Geschichte.

»Das kann ja wohl nicht wahr sein.« Eine laute Stimme schreckte Böhnke auf. »Ein Kommissar als Serientäter.«

Der Alte brauchte einige Momente, um sich zu fassen. Endlich erkannte er die beiden Simmerather Streifenpolizisten, die kopfschüttelnd und verständnislos vor ihm standen.

»Wie kommen Sie denn hierher?«, fragte er. Aber er hätte sich die Antwort denken können: stille Alarmierung.

Es sei wohl nicht an der Zeit, dass er Fragen stellte, er habe Antworten zu geben, entgegnete der jüngere Polizist. »Können Sie mir mal verraten, warum Sie in ein Haus einbrechen und sich vor laufendem Fernseher in einen Sessel zum Schlafen legen?«

Das sei eine lange Geschichte, antwortete Böhnke. Zu lange, um sie jetzt zu erzählen, und zu kompliziert, um sie ohne Gegenwart seines Anwaltes Grundler zu berichten.

»Wie Sie wahrscheinlich gesehen haben, habe ich nichts entwendet. Der Geldschein liegt noch in der Garderobe, meine Taschen sind leer. Also, was haben Sie mir vorzuwerfen? Einen Einbruch. Vielleicht. Vielleicht aber auch nicht. Das soll Grundler für mich klären.« Der Kommissar sah die beiden Polizisten offen an. »Wollen Sie mich etwa verhaften?«

Der ältere Kollege rieb sich das Kinn. »Wir müssen Sie auf jeden Fall mit zur Wache nehmen. Dort können wir uns weiter unterhalten.«

»Und was passiert mit dem Haus? Die Kellertür ist kaputt, da kann ja jeder rein«, fragte der Junge.

»Ich mache Ihnen einen Vorschlag.« Böhnke sah klarer. »Wir fahren zur Wache. Sie rufen den Ermittlungsdienst an und lassen das Haus durchsuchen. Ich glaube schon, dass Sie einige interessante Spuren finden.«

»Und was, Herr Böhnke?« Der Jüngere zeigte sich wenig angetan von diesem Vorschlag.

»Eine Telefonnummer, einen Geldschein und ein erstaunliches Fernsehprogramm.«

»Das ist doch nicht Ihr Ernst«, entfuhr es dem Polizisten. »Was soll das?«

»Das kann ich Ihnen später alles erklären, wenn Sie mir jetzt keine Knüppel zwischen die Beine werfen«, antwortete Böhnke. »Ich brauche nicht mehr lange und Sie können eventuell einen Mord aufklären.« Oder auch nicht. Aber diese Möglichkeit behielt er für sich. Er musste sich aus dieser in mehrfacher Hinsicht heiklen Situation manövrieren. Zum einen brauchte niemand zu wissen, dass er in die Villa eingestiegen war, zum anderen musste er die beiden Polizisten motivieren, ihm bei seiner Recherche zu helfen und zum dritten musste er der Mordkommission zumindest die Chance geben, ein Verbrechen aufzuklären. Bei allem Groll auf SM war Böhnke immer noch der Mann, der sich auf der richtigen Seite des Gesetzes wähnte und der sein Leben lang Verbrecher jagen würde.

»Stellen Sie sich vor, es heißt demnächst, die beiden Streifenpolizisten aus Simmerath hätten den Mord an Puhlmann aufgeklärt«, lockte er. »Was Besseres kann Ihnen nicht mehr passieren. Dann haben Sie hier im Dorf für alle Zeit Ruhe vor Verbrechern.«

»Ich weiß nicht, welcher Teufel mich reitet«, ließ sich der ältere Kollege vernehmen. »Aber ich meine, wir sollten so verfahren.« Er griff zum Funkgerät und bat darum, wegen eines Einbruchs die Spurensuche zu alarmieren. »Ist ja nicht irgendein Einbruch, ist ja ein Einbruch in das Haus einer angesehenen, nicht gerade armen Familie«, erläuterte er Böhnke. Der Kommissar solle im Streifenwagen warten, bis die Kollegen kämen, bat er. »Es kommt bestimmt nicht gut an, wenn Sie mit uns gesehen werden. Wenn die Jungs Sie erkennen, sind bald die Gerüchte im Umlauf.« Er sah seinen Kollegen an. »Einverstanden?«

Der Jüngere grinste verlegen. »Was tun wir nicht alles für Ruhm und Ehre? Außerdem hat Böhnke ja nichts mitgehen lassen. Oder?«

Abwehrend hob Böhnke die Hände. »Keine Beute gemacht, weil ich keine Beute machen wollte.«

»Also«, so folgerte der Polizist, »kriegt Böhnke allenfalls eine Ermahnung. Der Anwalt wird eine beginnende Verwirrtheit ins Spiel bringen und der Richter wird darauf eingehen, um Böhnke zu schonen. Wir haben also nichts zu verlieren. Nicht wahr, Herr Kommissar?«

Der Alte schluckte seinen bissigen Kommentar hinunter. Von wegen Verwirrtheit.

»Wenn Sie meinen, wirds wohl so kommen«, antwortete er stattdessen.

Erstaunlich schnell kamen die Experten der Spurensicherung. Anscheinend war in den Sommerferien nicht allzu viel los. Schnell verabschiedeten sich die beiden Simmerather Kollegen und fuhren mit Böhnke zur Wache. Er müsse verstehen, dass sie vorsichtshalber für sich ein Protokoll anfertigen würden, erläuterte der Jüngere. »Wenns schief geht, müssen wir uns absichern. Dann sind Sie doch noch dran.«

»Ich mache alles mit«, beschwichtige Böhnke, »ich schreibe Ihnen auch ein Eingeständnis, dass Sie mich schlafend in dem Haus vorgefunden haben. Aber nur für Sie und nicht für die offiziellen Akten. Und nur unter der Bedingung, dass Sie das Papier vernichten, wenn der Fall abgeschlossen ist.«

Er atmete tief durch, es hatte ihn schon Überwindung gekostet, ein Geständnis schriftlich zu fixieren. Aber er musste die beiden versöhnlich stimmen, sie für seine Ziele einspannen können.

»Wie ist das eigentlich mit der stillen Alarmierung. Ist die dauerhaft oder wird sie immer wieder aktiviert?«

Der jüngere Polizist ließ sich Zeit mit einer Antwort. Er hantierte an seinem Rechner und lehnte sich zurück, als er das Ergebnis seiner Bemühungen las. »Also: Die Anlage in Ihrem Einbruchsobjekt ist heute Morgen aktiviert worden. Interessanterweise gab es vor knapp vier Wochen eine Aktivierung, die aber vor knapp zwei Wochen aufgehoben und dann mehrmals wieder eingerichtet wurde.«

»Das bedeutet aber, dass jemand in dem Haus war, der Ahnung von der Anlage hatte. Vielleicht die Putzfrau?«, fragte Böhnke.

»Nein, die haben keine Putzfrau, da putzt die Frau des Hauses noch persönlich, obwohl sie es nicht nötig hätte«, antwortete der Polizist. »Ich kenne mich bestens aus, mein Sohn ist mit dem Jungen der Familie seit Kindergartenzeiten befreundet. Die haben jetzt Abitur gemacht.« Er nickte nachdenklich. »Da hat sich offensichtlich jemand mehrmals aufgehalten. Jemand, der Bescheid wusste, der ein und aus ging und der nichts gestohlen hat.«

Wieder steckte Böhnke den Seitenhieb kommentarlos ein. »Ist Ihnen das Ein- und Ausschalten denn nicht aufgefallen?«, fragte er. »Das ist doch verwunderlich, zumal die Familie seit fast vier Wochen weg ist.«

Der ältere Kollege meldete sich zu Wort. »Da hätten wir viel zu tun, wenn wir alle Alarmanlagen in Simmerath und den umliegenden Dörfern ständig auf unserem Rechner überprüfen müssten, ob, wann, wie oft und warum sie eingeschaltet und wieder ausgeschaltet werden. Das sind viel zu viele. Wir reagieren verständlicherweise nur dann, wenn eine Anlage anspringt.« Er lächelte milde.

»So wie heute, als ein gewisser Kommissar Böhnke meinte, in dem Haus fernsehen zu müssen. Nun machen Sie, dass Sie nach Hause kommen«, schlug er vor, »sonst wird Ihr Fleisch noch schlecht.«

25

Lange zögerte Böhnke am Abend, dann entschloss er sich doch, Grundler über seine Erlebnisse zu informieren. Die Fakten waren zu wichtig, um sie vor dem Anwalt zu verschweigen.

»Du willst wohl unbedingt in den Bau«, lästerte der Anwalt amüsiert, nachdem er Böhnke lange und aufmerksam zugehört hatte, »aber da kommst du nicht rein.«

Böhnkes Vermutung, die sich immer mehr erhärtete, fand er durchaus interessant.

»Aber dann ergibt sich für uns und besonders für mich ein ganz neues Problem. Was soll bloß mit Puhlmanns Vermögen geschehen?« Der Anwalt atmete tief durch.

»Da wird mir bis Samstag noch etwas einfallen müssen.« Er dachte kurz nach, bevor er die nächste Frage stellte. »Was wirst du als Nächstes tun?«

Böhnke hatte sich ein Vorgehen ausgeheckt, das er Grundler nur in groben Zügen schilderte. Manchmal war es sogar für einen Freund zu dessen Schutz besser, wenn er nicht alles wusste. Mit der Erwartung, am nächsten Morgen wahrscheinlich die nächsten und vielleicht entscheidenden Bausteine zu erhalten, machte er es sich zur Nachtruhe bequem und schlief, zum ersten Mal seit langer Zeit, schnell ein und ungestört bis zum Morgen durch.

Langsam kam er sich zu blöd vor, für jedes Telefonat auf die Straße zu gehen und an die ungeschützte Telefonsäule der Telekom zu treten. Da rief er lieber vom Handy aus bei der Aachener Zeitung an. Er war mit seinem Anruf einen Tag zu früh in der Lokalredaktion.

Sümmerling sei noch nicht im Hause, er befände sich noch im Urlaub, erläuterte ihm eine höfliche Sekretärin, die allerdings mit großer Bestimmtheit seine Bitte ablehnte, die Privatnummer des Journalisten zu nennen.

»Wenn wir jede Privatnummer rausrücken würden, hätten die Kollegen gar keine Ruhe mehr«, sagte sie mit dem zusätzlichen Hinweis, Sümmerling habe eine Geheimnummer, die weder im Telefonbuch noch über die Telefonauskunft zu erhalten sei.

Den geringfügigen Rückschlag steckte Böhnke problemlos weg. Da musste er halt den Umweg über Grundler gehen, beziehungsweise über dessen Sekretärin Sabine.

»Selbstverständlich bekommen Sie die Nummer«, sagte sie bereitwillig. »Der hat schon so viele Informationen von uns bekommen, da kann er Ihnen auch mal helfen.«

Sümmerling schien weniger begeistert, als Böhnke ihn wenige Minuten später anrief. »Wissen Sie eigentlich, wie spät es ist? Es ist noch mitten in der Nacht.«

10 Uhr morgens war wohl Journalistennacht, schmunzelte Böhnke.

»Ich bin gestern Abend eben erst aus dem Urlaub zurückgekommen, denke an nichts Schlimmes und werde von Ihnen geschockt. Das ist ja wie ein Albtraum.«

Der Schock werde noch größer werden, warnte Böhnke vor: »Ich möchte Sie für morgen Nachmittag zu einem kleinen Fest nach Huppenbroich einladen. Dann werde ich Sie ausführlich informieren, wie ich versprochen habe. Aber ich habe nicht nur Sie, sondern auch Ihren WDR-Kollegen eingeladen. Das war unvermeidlich. Wie heißt der noch mal? Von der ...«

»Was? Von den Driesch?«, schrie Sümmerling fast schon hysterisch ins Telefon. »Der aue Makroar! Diesen geistigen Tiefflieger muten Sie mir zu? Das ist doch die letzte Schnarchtüte. Das kann doch nicht Ihr Ernst sein, Herr Böhnke. Ich komme nicht«, sagte er voller Entrüstung. »Wenn dieser Waldschrat bei Ihnen Hausrecht hat, bleibe ich weg. Das tue ich mir nicht an. Wissen Sie, warum der bei den elektronischen Medien gelandet ist? Der hat in seinen Zeitungsartikeln so viele Rechtschreibfehler gehabt, der hätte als Musterbeispiel für einen vom deutschen Bildungssystem geschädigten Germanistikstudenten gelten können. Der ist zum WDR gegangen, weil man da seine Schreibe nicht lesen, sondern nur hören muss.«

Das konnte ja heiter werden, dachte sich Böhnke. Zwei Journalisten, die sich offensichtlich liebten wie Feuer und Wasser.

»Na, gut«, er versuchte sich als Diplomat, »ich sage Ihnen erst mal, was ich von Ihnen will und dann können Sie ja immer noch entscheiden, ob Sie meine Einladung annehmen oder nicht. Einverstanden?«

»Schießen Sie los«, knurrte Sümmerling ins Telefon. Seine Erregung ebbte schon wieder ab, stieg jedoch sofort wieder an, als Böhnke ihm seine Ermittlungen und Erlebnisse wegen des Mordes an Puhlmann schilderte.

»Sie sehen, ich spiele mit offenen Karten mit Ihnen. Aber jetzt brauche ich Ihre Hilfe, Herr Sümmerling.« Der Kommissar nannte ihm das Kennzeichen des Wagens, mit dem Oliver Meier in Simmerath fortgefahren war.

»Ist doch kein Problem, herauszufinden, wem der Wagen gehört«, sagte Sümmerling lässig. »Das könnten Sie doch auch.«

»Geht nicht in diesem Falle«, entgegnete Böhnke. »Oder glauben Sie, meine ehemaligen Kollegen rücken mir Informationen raus, ohne wissen zu wollen, warum ich sie haben möchte?«

»Okay. Wenn das alles ist.«

»Nein. Das ist nur eine leichte Übung, damit Sie warm werden. Ich habe hier noch eine ellenlange Telefonnummer, die Sie sich bitte notieren. Finden Sie heraus, wem sie gehört.«

»Warum rufen Sie denn die Nummer nicht an?«, fragte der Journalist. »Das ist doch am einfachsten.«

So einfach war das nicht, wie Böhnke bei seinen Versuchen festgestellt hatte. »The person you are calling is temporarily not available«, hatte er immer wieder gehört. Anscheinend verspürte der Inhaber des Telefonanschlusses wenig Lust, sich zu melden.

»Vielleicht haben Sie mehr Glück als ich«, meinte er zu Sümmerling.

»Null Problemo«, sagte der Journalist zuversichtlich, »ich rufe Sie heute Abend an, wenn ich alle Informationen habe.« Er stöhnte theatralisch. »Meinen letzten Urlaubstag hatte ich mir wirklich anders vorgestellt. Jetzt bin ich zum Handlanger eines pensionierten Kriminalkommissars degradiert worden.« Er wollte sich verabschieden.

»Wollen Sie denn nicht meine Handynummer?«, fragte Böhnke erstaunt.

Sümmerling lachte schallend. »Herr Böhnke, Sie sind mir ein Herzchen, von moderner Telekommunikationstechnik wohl keinen blassen Schimmer, was? Die habe ich doch schon längst notiert. Steht doch bei mir auf dem Display. Sie haben an Ihrem Gerät die Rufnummerunterdrückung nicht eingeschaltet.«

Was sollte er dazu sagen? Da war ein kurzes Schweigen besser, dachte sich Böhnke, der dann doch noch das aus seiner Sicht Beste aus der Situation machte.

»Habe ich nicht eingeschaltet, damit Sie sehen, dass ich Ihnen vertraue. Sie helfen mir, ich helfe Ihnen und gemeinsam lösen wir einen Mordfall.«

»Von dem dann auch noch der Rundfunkfuzzi profitiert.« Sümmerling wollte einfach das letzte Wort haben, und Böhnke ließ es ihm.

Das nächste Telefonat stand an.

Nach kurzer Suche fand er in einer Schublade des Garderobenschränkchens das richtige, wenn auch nicht aktuelle Telefonbuch. Die Rufnummer, die er anwählte, stimmte jedenfalls noch.

»Schmalhansel«, meldete sich eine müde, weibliche Stimme, die auch nicht wacher wurde, als Böhnke sich vorstellte.

»Was wollen Sie von mir?«, fragte die Frau ohne tatsächliches Interesse.

Ihnen helfen, eine Erbschaft zu machen, hätte Böhnke am liebsten gesagt, aber er verkniff sich diese Antwort. »Ich brauche von Ihnen eine Information«, sagte er unsicher. »Ich bin auf der Suche nach dem Totenschein Ihrer Mutter.« In Puhlmanns Unterlagen hatte er keinen gefunden, der Weg über das Standesamt war ihm zu mühsam und an einem Freitag kurz vor dem Verwaltungsfeierabend um zwölf wenig erfolgversprechend.

Die Frau lachte bitter auf. »Das ist das Letzte, was mir von meiner Mutter geblieben ist, und den wollen Sie jetzt auch noch. Den geb ich nicht her.«

»Nein, nein«, beschwichtigte der Kommissar, »Sie können ihn gerne behalten. Ich will doch nur wissen, wer ihn ausgestellt hat.«

»Wer schon? Es gab doch nur einen Arzt hier in der Ecke, dieser Quacksalber von Stickelmann.«

»Wieso Quacksalber?« Quasi als Zugabe zu der von ihm erhofften und sogar fast schon erwarteten Antwort erhielt er vielleicht noch weitere Informationen.

»Na, eine Leuchte schien der nicht zu sein. Der war doch Hausarzt für uns alle und hat immer nur Pfefferminztee und Kamillenwickel verschrieben. Und wenns ganz schlimm war mit einer Entzündung oder so, hat er uns gesagt, wir sollten die Stellen mit Weißkohl bedecken.« Stickelmann hätte es nie zu Reichtum gebracht und hätte sein Haus mit der Praxis in Simmerath verkaufen müssen, weil er pleite gewesen war, berichtete sie ungeniert weiter.

Ob diese Behauptung stimmte oder nicht, wollte Böhnke offen lassen, als er das Telefonat mit belanglosen Floskeln beendete. Sie spielte für ihn keine Rolle. Er hatte die für ihn wichtige Information, die er an der richtigen Stelle in sein Puzzle einfügen musste: Stickelmann hatte den Totenschein für Grete Meier und Erna Müller ausgestellt. Nach dem Tod von Erna Müller war er mietfrei in das Haus von Puhlmann, dem ehemaligen Eigentum von Grete Meier eingezogen. Einen Tag vor dem Mord an Puhlmann hatte er Selbstmord begangen.

»Passt gut«, sagte er laut vor sich hin. Im Prinzip hatte er den Mord und seine Umstände rekonstruiert, sah er einmal vom tatsächlichen Anlass ab, warum Puhlmann ausgerechnet jetzt ermordet worden war. Und es fehlten ihm letztendlich die Beweise, die auch ein Gericht überzeugen würden.

Nur ein Problem hatte er noch nicht gelöst: dass der Täter ein Linkshänder gewesen sein muss, dieser Fakt passte nirgends; noch jedenfalls passte er nirgends.

Der kleine Gartengrill war durchgerostet, die Grillkohle fehlte ebenso wie ein Grillanzünder, wie der Blick in den kleinen Schuppen am hinteren Ende des Ökogartens erkennen ließ. Den Mittagsschlaf musste sich Böhnke schenken. Ohne Begeisterung machte er sich auf den Weg in den Verbrauchermarkt am Ortsrand von Simmerath, um die notwendigen Utensilien zu kaufen. Schlaf wäre ihm lieber als ein Einkauf gewesen, aber er wollte sich nicht das Gespött seiner Gäste anhören, wenn er ihnen zumutete, selbst die fehlenden Sachen mitzubringen. Das würde wirklich sein letztes Grillfest sein, entschied Böhnke für sich.

Erst Minuten später wurde ihm die Bedeutung seines Gedankens bewusst, vielleicht war es ja in der Tat sein letztes Grillfest. Wer weiß, vielleicht war er schon bald tot. Es verunsicherte ihn auf unerklärliche Weise, warum er bisweilen so intensiv an den schon bald prognostizierten Tod dachte und sich dagegen manchmal keinerlei Gedanken darüber machte.

»Et kütt wie et kütt«, sagte er für die neben ihm stehenden Kunden in der Schlange vor der Kasse überraschend und unverständlich. Wieder so ein verrückter Kölner, der das Wochenende in seiner Eifeler Zweitwohnung verbringt, dachte sich wohl so mancher; dachte sich jedenfalls Böhnke, während er langsam seinen Einkaufswagen nach vorne schob.

Einen verrückten Kölner vermutete Böhnke nicht, als er bei seiner Rückkehr den WDR-Smart mit dem Kölner Nummernschild in der Hauszufahrt vorfand. Verrückt war der Fahrer wahrscheinlich schon ein wenig, aber garantiert kein Kölner.

»Wo kommen Sie eigentlich her?«, fragte er den jungen Regionalkorrespondenten, den er im Liegestuhl dösend im Garten vorfand.

»Von Mützenich. Oder meinen Sie, wo ich geboren und aufgewachsen bin? Dann muss ich Wassenberg sagen. Aber das Kaff kennen Sie wahrscheinlich nicht.«

Böhnke ging nicht auf die Bemerkung ein. Selbstverständlich kannte er Wassenberg; zwar nicht direkt wegen eigener Ermittlungen, sondern wegen Nachforschungen, die sein Freund Grundler bei einem Mord an einem Schriftsteller vor Jahren einmal angestellt hatte. Aber das hatte Walter nicht zu interessieren. »Jedenfalls stammen Sie nicht aus Köln, und das reicht mir«, entgegnete Böhnke.

»Wenns weiter nichts ist.« Von den Driesch verschränkte die Arme hinter dem Kopf. »Hier lässt es sich aushalten. Ist besser als arbeiten. Wann kommen Sie denn wieder zur Ruhe? Oder haben Sie etwa die Mörderjagd abgebrochen?«

Böhnke stand nicht der Sinn nach dummen Sprüchen oder Frotzeleien. »Was wollen Sie hier, Herr …?« Wieder fiel ihm der Name nicht ein.

»Hm, von den Driesch, heiße ich. Walter von den Driesch. Ich kann nichts für meinen Namen, den hat mir meine Mutter ins Familienstammbuch schmieren lassen.« Von den Driesch blinzelte und schirmte seine Augen mit der Hand vor den Sonnenstrahlen ab. »Ich heiße von den Driesch und will mit Ihnen über den Mord sprechen.«

»Warum mit mir und nicht mit Schulze-Meyerdieck? Der ist der zuständige Ermittler.«

»Der Typ ist ein Kotzbrocken. Äh, den kann ich einfach nicht ab. Der hat mich eben am Telefon abgebügelt, als sei ich ein an ansteckendem Gesichtskrebs leidender Aussätziger.«

»Was wollte er denn?«

Ohne Beleidigung oder flapsige Bemerkung kam bei von den Driesch anscheinend kein einziger Satz über die Lippen »Die Schnarchtüte wollte tatsächlich von mir wissen, ob ich wisse, wo sich ein gewisser Oliver Meier aufhalte.«

»Und was haben Sie ihm gesagt?« Böhnke spürte die Aufregung in sich aufziehen.

»Ich kenne keinen Oliver Meier, habe ich ihm geantwortet. Ich bin doch kein Handlanger für diesen westfälischen Waldschrat. Als ich dann wissen wollte, warum er mich nach dem Kerl fragt, sagt doch dieser Bullenpenner allen Ernstes, das ginge mich nichts an.«

»Und jetzt?« Zwei unterschiedliche Gedanken schossen Böhnke gleichzeitig durch den Kopf. SM hatte wohl einige Schlüsse aus den Spuren gezogen, die seine Ermittler in der Villa in Simmerath gefunden hatten. War SM vielleicht doch schon weiter bei der Aufklärung des Verbrechens, als er und Grundler vermuteten? Hatte er andere Spuren, die er verfolgte und die sie nicht kannten? Und dann lag von den Driesch vor ihm. Warum war er nun tatsächlich gekommen? Um ihm zu erzählen, dass SM ihn angerufen hatte? Mehr nicht?

»Und jetzt will ich von Ihnen wissen, was Sie über Oliver Meier wissen, Herr Kommissar«, antwortete der Journalist gelassen und unterbrach damit Böhnkes Gedankengänge. »Sie sagen mir, was Sie wissen, und ich sage Ihnen, was ich herausgefunden habe.«

»Umgekehrt«, knurrte Böhnke. »Erst Sie, dann ich.«

»Okay.« Zu Böhnkes Erstaunen gab sich von den Driesch mit dieser Regelung zufrieden. »Erst ich, dann

Sie.« Er richtete sich auf und hievte sich umständlich aus dem Liegestuhl. »Das Ding ist auch nichts für alte Männer«, sagte er und reckte sich.

»Also«, er stellte sich vor Böhnke auf, der den neuen Grill im Schuppen verstauen wollte. »Von meinen Kollegen in Aachen habe ich erfahren, dass Puhlmann am späten Sonntagnachmittag Besuch von zwei Männern erhalten hat. Woher die ihre Information habe, weiß ich nicht. Ich gehe aber davon aus, dass sie stimmt.« Er grinste hämisch. »Nachdem mir dieser Penner Schulze-Meyerdieck so quer kam, habe ich mal von mir aus nachgeforscht wegen diesem Oliver Meier. Der kann doch eigentlich nur, so habe ich mir gedacht, der Sohn von Grete Meier sein, der Vorgängerin von Bettinas Mutter bei Puhlmann.« Von den Driesch musste auflachen, als er in Böhnkes verblüfftes Gesicht sah. »Meinen Sie denn etwa, beim WDR arbeiten doofe Analphabeten oder Pisa-geschädigte Mathematik-Versager? Ich brauchte doch nur eins und eins zusammenzuzählen. Bettina hat mir doch oft genug von Puhlmann und seinen Liebschaften erzählt. Ihre Mutter hat ihr von Grete Meier berichtet. Daher wusste ich auch, dass Oliver Meier nicht mehr in Deutschland wohnte. Wenn also, so habe ich mir überlegt, da Oliver Meier hier in der Ecke sein sollte, obwohl er nicht hier wohnt, dann muss er ja wohl hierher gekommen sein. Oder?«

Böhnke ersparte sich eine Antwort.

»Und siehe da. Wie gut, dass es den Rundfunk gibt und nette Kollegen, die einem netten Kollegen wie mir immer gerne weiterhelfen.« Triumphierend schaute von den Driesch den Alten an. »Ein Mann namens Oliver

Meier ist an einem Sonntagmorgen aus New York kommend in Frankfurt gelandet.«

»Schön.« Böhnke tat gelangweilt. »Und diese Recherche soll mich vom Hocker reißen. Das weiß doch SM längst.« Er bluffte. »Und ich auch.«

»Glaube ich nicht«, entgegnete von den Driesch ruhig. »Und wenn«, er zuckte mit den Schultern, »ist das auch egal. Ich habe Zeit bis Samstagabend. Ich habe Ihnen ja versprochen, erst dann etwas zu bringen.« Er lachte wieder und blieb zu Böhnkes Erstaunen ruhig. Das nervöse Zittern hatte er abgelegt.

»Dann wissen Sie natürlich auch, dass Ihr Oliver Meier sich am Montagmittag, so gegen zwölf, in einem Hotel in Simmerath ein Zimmer genommen hat?«

»Selbstverständlich«, bestätigte Böhnke ruhig. »Ich habe dort schon mit ihm gesprochen.« Er sah keinen Grund, den WDR-Mann darüber aufzuklären, dass das nur zur Hälfte stimmte. Die Uhrzeit von Meiers Ankunft in Simmerath war ihm ebenso wenig bekannt gewesen wie seine Landung in Frankfurt. »Sie sehen also, Sie haben mir nichts Neues gesagt.«

Von den Drieschs Gesichtsausdruck ließ nicht erkennen, ob er Böhnkes Worten glaubte.

»Und was haben Sie für mich?«

Der Kommissar entschied sich für eine sehr abgespeckte Schilderung seines Besuchs in Simmerath. Er habe dort Meier zufällig vor dem Haus seiner Schwester angetroffen, kurz mit ihm geplaudert und ihn dann für das Grillfest eingeladen.

»Sie haben doch nichts dagegen, Herr von den Driesch, oder?«

Der Journalist staunte kurz mit offenem Mund. »Kommt der denn wirklich?«

»Warum sollte er nicht kommen?« Böhnke schmunzelte kurz. »Der hat doch nichts zu verlieren. Der kann uns vielleicht ein paar zusätzliche Informationen liefern. Oder glauben Sie etwa, dass er ein Mörder ist?«

»Kann nicht sein, der ist kein Linkshänder, behaupte ich mal«, antwortete von den Driesch.

»Richtig behauptet«, bestätigte Böhnke. Er lachte. »Außerdem muss er kommen. Er schuldet mir noch das Geld für das Grillgut.«

»Der wird bestimmt kommen«, meinte von den Driesch. »Der hat garantiert nichts Besseres vor, als mit drei reizenden Männern und einem AZ-Heini zu essen und zu trinken.« Auch er musste lachen. »Wussten Sie eigentlich, dass Meier für Montag seinen Rückflug von Frankfurt nach New York gebucht hat? Das hat das Hotel gestern für ihn geregelt.«

Jetzt war es an Böhnke, mit offenem Mund zu staunen.

»Wussten Sie eigentlich, dass Puhlmann am Sonntagabend vor seinem Tod Besuch von zwei Männern erhalten hat?« Triumph schwang in der Stimme von Sümmerling mit, als er Böhnke beim abendlichen Telefonat die rhetorische Frage stellte.

»Haben Sie eigentlich auch Neuigkeiten für mich?«, fragte der Alte schmunzelnd zurück. »Das ist doch eine olle Kamelle.« Er pokerte hoch.

»Woher wissen Sie das denn schon wieder?« Sümmerling war perplex. »Diese Information wird doch im

Polizeipräsidium auf Teufel komm raus geheim gehalten. Haben Sie etwa doch noch Ihre Leute dort?«

Böhnke wusste die passende Antwort, um von diesem Thema weg zu kommen: »Nennen Sie mir Ihre Informanten, dann nenne ich auch meine.«

»Schon gut.« Der Journalist hakte die Frage ab. Der Informantenschutz war ihm da wichtiger als eine Angabe von Böhnke, die er im Prinzip schon hatte. »Also, was kann ich Ihnen bieten, was Ihnen noch neu ist? Am besten sagen Sie mir, was Sie schon alles wissen.«

Für wie blöd hielt Sümmerling ihn? Böhnke lachte laut in den Hörer. »Informieren Sie mich darüber, was Sie wissen, dann werde ich Ihnen sagen, ob ich von Ihnen einen neuen Dauerlutscher oder nur olle Kamellen bekommen habe. Schießen Sie endlich los! Was ist mit dem Auto?«

»Das Auto ist von einer exklusiven Verleihfirma in Aachen. Meier hat dort am Montag gegen 16 Uhr telefonisch den Wagen bis zum Sonntag gemietet. Er will die Kiste am Frankfurter Flughafen abstellen und die Schlüssel dem dortigen Agenten der Verleihfirma aushändigen. Daraus schließe ich messerscharf, dass Meier am Sonntag nach Hause in die Staaten zurückfliegen will. Wussten Sie das?«

»Selbstverständlich wusste ich das«, antwortete Böhnke. Bezogen auf den letzten Teil der Informationen sagte er nicht einmal die Unwahrheit. Aber auf diese Feinheiten wollte er nicht unbedingt eingehen. »Haben Sie mir wirklich nichts Neues zu verkaufen?«

Sümmerling schien zu schmollen. »Wenn Sie das alles wissen, dann wissen Sie wohl auch über die Telefonnummer Bescheid. Oder?«

»Nein«, bekannte Böhnke offen. »Da müssen Sie mir helfen.«

Laut lachte der Journalist auf. »Das ich das noch erleben darf. Das leichteste aller Probleme bekommt der Superschnüffler im Ruhestand nicht heraus. Schauen Sie mal auf die Tasten Ihres Handys.«

»Geht nicht«, knurrte Böhnke. Den Superschnüffler hatte er noch verkraftet, der Ruhestand verärgerte ihn. »Ich telefoniere doch.«

»Na gut, Herr Kommissar. Wenn Sie gleich nach unserem Gespräch mal auf die Tasten Ihres Handys schauen, werden Sie erkennen, dass das Alphabet den Zahlen zugeordnet ist, beginnend mit a, b und c bei der Zwei und endend mit w, x, y und z bei der Neun. Die letzten Ziffern der Nummer sechs, fünf, vier, acht, drei, sieben, sechs, drei, vier, drei und sieben stehen für … Na, klickts bei Ihnen?«

»Und ob es klickt.« Darauf hätte er in der Tat selbst kommen können. »Die Zahlen stehen für Oliver Meier und die Zahlen davor für seine Telefongesellschaft.«

»Und für die Landesvorwahl von Mexiko«, ergänzte der AZ-Journalist.

»Das heißt also, dass Oliver Meier einen in Mexiko angemeldeten Handyanschluss hat«, sagte Böhnke laut. »Warum aber in Mexiko und nicht in Amerika?«

»Das können Sie ihn ja fragen, wenn Sie ihn sehen«, schlug Sümmerling lässig vor. »Übrigens hat er das Gerät immer noch ausgeschaltet.«

»Die Frage überlasse ich Ihnen«, sagte Böhnke. »Morgen ist Meier unser Gast.«

Wo war er da hineingeraten? Böhnke wusste nicht mehr, welche Rolle er überhaupt spielte. Da recherchierten zwei Journalisten unabhängig von- und gegeneinander, da ermittelte die Polizei, und verfolgte eventuell ganz andere Spuren als er, und schließlich er selbst ... Und was machte er?

»Ich weiß gar nicht, was du willst«, hielt ihm Grundler beruhigend entgegen. »Wir haben nur einen Auftrag, wir müssen den Nachlass von Puhlmann unters Volk bringen. Ob wir dabei einen Mord aufklären oder nicht, ist doch für uns zweitrangig. Das ist nicht mehr dein Job, das ist der von SM.«

»Und du? Willst du etwa den Mord nicht aufklären?«

Der Anwalt blieb die Antwort nicht lange schuldig. »In erster Linie will ich nicht, dass Unschuldige wegen des Mordes belangt werden. Deshalb werde ich mich um Müllender als dessen Strafverteidiger und um Schmalhansel kümmern. Die hole ich spätestens am Montag aus dem Knast. SM muss den Mord aufklären, nicht wir. Dafür wird er vom Steuerzahler bezahlt. Wenn wir ihn unterstützen können, tun wir es. Ansonsten mische ich mich nicht in die Angelegenheiten des KK 11 ein. Da sollen die Jungs vom Mordderzenat alleine fertig werden.« Grundler atmete durch. »Mal schaun, was dein Fest morgen bringt. Ich bin auf Meier gespannt. Der wird uns vielleicht weiterhelfen. Wenn ich ihm schmackhaft machen kann, dass er und seine Schwester vielleicht doch noch etwas erben könnten, weil seine Mutter in einem quasi eheähnlichen Verhältnis mit Puhlmann gelebt hat, erzählt er vielleicht etwas.«

26

Wie Böhnke nicht anders erwartet hatte, ließ sich Sümmerling am frühen Nachmittag von Grundler abholen und steuerte den Porsche nach Huppenbroich.

»Für die Rückfahrt ist Herr Grundler zuständig«, meinte er bei der Begrüßung zufrieden. »Der Herr Anwalt trinkt ja eh nur Mineralwasser.« Kurz verdüsterte sich Sümmerlings Miene. »Verpestet der Penner von den Driesch etwa schon die Luft?«

»Noch nicht«, antwortete Böhnke. Das konnte ja heiter werden, dachte er sich. »Und Meier fehlt ebenfalls noch. Ist ja noch früh. Ihr seid ja fast zwei Stunden vor der Zeit da.«

»Der Meier ist noch im Hotel. Ich hab seinen Wagen auf dem Parkplatz gesehen«, sagte Sümmerling. »Wir hätten ihn ja gerne mitgebracht, aber für drei Leute ist in diesem rasenden Schrotthaufen kein Platz«, lästerte er. Er schaute sich im Garten um. »Ist ja richtig gemütlich hier. Aber wenn ich daran denke, dass dieser Taugenichts vom Rundfunk hier auch noch auftaucht, ist es mit der Gemütlichkeit vorbei.«

»Am besten verpisst du dich gleich wieder«, meldete sich eine Stimme am Eingangstürchen. Unbemerkt war der WDR-Mann in den Garten getreten. »Du bist doch sowieso fehl am Platze, alter Mann.«

Sümmerling drehte sich langsam um. »Halt die Klappe, du Jungspund. Sonst kriegst du eine vor die Nuss und deine glorreiche Karriere ist schon wieder beendet, bevor sie angefangen hat.«

Ehe sich Böhnke beschwichtigend in den Dialog einmischen konnte, hatten die beiden Journalisten sich auch schon umarmt.

»Hallo, mein junger Freund«, sagte Sümmerling herzlich und von den Driesch entgegnete nicht minder freundlich: »Na, alter Mann, was macht die Kunst?«

Vergnügt schauten die beiden den verdutzten Böhnke an.

»Wissen Sie denn nicht, dass wir beide die besten Freunde sind?«, fragte Sümmerling belustigt. »Von den Driesch ist quasi mein Ziehkind. Alles, was er kann, hat er von mir gelernt.«

Ob er darauf stolz sein konnte, dass von den Driesch so unseriöse Berichte in den Rundfunk brachte?, dachte der Kommissar verwundert.

»Dass er beim WDR manchen Mist verzapft, dafür kann ich nichts«, fuhr Sümmerling fort, als habe er Böhnkes Gedanken erraten.

»Was meinen Sie, wie der mich zur Schnecke gemacht hat?«, ließ sich von den Driesch hören. »Als ich den Bericht über Sie gebracht habe, hatte ich ein paar Minuten später den alten Mann an der Strippe. Er ist mein größter Kritiker.«

»Ihre Freundschaft hindert Sie aber nicht daran, sich gegenseitig nicht gerade mit den höflichsten Ausdrücken zu versehen«, meinte Böhnke.

»Ist alles nur Schau«, sagte Sümmerling lächelnd. »Wir arbeiten oft zusammen und tauschen unsere Informationen aus.«

»Auch im Mordfall Puhlmann?«

»Na klaro, was meinen Sie denn?« Ungeniert trat von den Driesch an den Bierkasten auf dem kleinen Beistelltisch und griff nach zwei Getränken. »Wir haben da keine Geheimnisse voreinander. Wir tun uns ja auch nicht weh. Rundfunk und Zeitung sind zwei unterschiedliche Medien, die sich gut ergänzen können.«

Er reichte seinem AZ-Kollegen eine Flasche. »Prost, alter Mann.«

»Schmeckt gut«, kommentierte Sümmerling seinen Schluck. »Von mir aus kanns losgehen. Wann werfen wir denn den Grill an?«

Über die selbstverständliche Dreistigkeit der beiden Journalisten konnte Böhnke nur noch staunen. Vielleicht mussten sie so unverfroren sein, um ihr wie auch immer definiertes Ziel zu erreichen.

»Was wissen Sie denn alles?«, fragte er neugierig. Ein wenig wunderte es ihn, dass Grundler sich bescheiden im Hintergrund hielt und den stummen Beobachter mimte. Diese Rolle entsprach gar nicht seiner Mentalität.

»Viel, Herr Kommissar, sehr viel«, antwortete Sümmerling geheimnisvoll, »so viel, dass es fast schon ausreichen würde, einen Bericht zu verfassen.« Er leerte die Flasche mit einem kräftigen Schluck und reichte sie von den Driesch.

»Schieb mal ne neue rüber!« Er wandte sich wieder Böhnke zu, der sich langsam zum Grill aufmachte.

»Aber keine Panik, vor Montag schreibe ich nichts. Das steht dann am Dienstag im Blatt. Und Walter wird auch erst am Dienstagmorgen die nächste Nachricht im Rundfunk absetzen. Ist so längst zwischen uns abgemacht.«

Grundler gab endlich seine Rolle auf und mischte sich in die Unterhaltung ein. »Wissen Sie denn, wer der Mörder ist oder was mit Puhlmann war?«, fragte er interessiert.

Von den Driesch hob bremsend die Arme. »Nicht so schnell, Herr Anwalt«, sagte er. »Ohne Beweise keine Verurteilung. Und Beweise fehlen uns noch. Wir haben nur Vermutungen.« Er prostete Grundler zu.

»Aber heute wollen wir uns von Herrn Böhnke aufklären lassen. Er hat es uns versprochen.«

»Und nicht, dass Sie wieder mit der Masche kommen, wir sollen zuerst unsere Informationen rausrücken«, ergänzte Sümmerling. »Nix da, heute lassen Sie zuerst die Hosen runter.«

Um Unterstützung bittend sah Böhnke den Anwalt an. Doch Grundler zog sich vergnügt in seine Zuhörerrolle zurück. »Versprochen ist versprochen. Da müssen Sie durch. Aber ich würde vorschlagen, wir warten, bis Ihr letzter Gast auch noch da ist. Wäre ja vertane Zeit, wenn Sie wegen Meier später noch einmal die ganze Geschichte erzählen müssten. Oder?«

Das ihre Freundschaft vor anderen verheimlichende Siezen ging ihm so leicht über die Lippen, als habe er den Kommissar nie geduzt.

»Kein Einwand, Euer Ehren. So lange das Bier schmeckt und der Grill brennt, ist uns alles andere egal«, antwortete Sümmerling auch im Namen von von den Driesch.

Der WDR-Mann erstarrte plötzlich in seiner Bewegung und führte die linke Hand zum Ohr. »Da klingelt irgendwo ein Handy und ich wette, dass es nicht meins ist.«

Mechanisch tasteten die anderen Männer ihre Kleidung ab, dann rappelte sich Böhnke auf. »Ist meins, habe ich in der Küche liegen lassen.« Langsam steuerte er das Haus an.

»Fangt schon mal an. Bin gleich zurück, wird wohl die Hauseigentümerin sein.«

Der Kommissar hatte sich gleich zweimal gewaltig getäuscht. Es dauerte eine geraume Zeit, ehe er nachdenklich wieder ins Freie trat. Er hatte nicht mit seiner Partnerin gesprochen.

In aller Ruhe räumte er einen Teller und ein Besteck vom Tisch und brachte sie in die Küche.

»Wir können ein Gedeck sparen«, sagte er laut und alle Blicke auf sich ziehend nach der Rückkehr, einige Notizblätter in den Händen haltend. »Meier kommt nicht.«

»Und um Ihnen eine Absage zu erteilen, telefonieren Sie fast ne halbe Stunde mit ihm. Find ich sehr komisch«, kommentierte von den Driesch. »Warum kommt er denn nicht?«

Böhnke ließ sich mit der Antwort Zeit. Er setzte sich ächzend auf einen Gartenstuhl und kippte in einem Zug sein Bier hinunter.

»Meier wird wohl in diesen Minuten von irgendeinem Flughafen in irgendeinem Flugzeug abheben und auf Nimmerwiedersehen für uns verschwinden.«

»Muss ich das verstehen oder nicht?«, fragte Sümmerling und sah dabei staunend von den Driesch an, der bloß mit den Schultern zuckte.

»Tut doch nicht so scheinheilig. Ihr habt doch genauso wie ich Meier auf der Rechnung gehabt«, knurrte Böhnke. »Aber wir haben alle keine eindeutigen Beweise, sondern nur Indizien und Indizienketten gehabt. Doch jetzt habe ich sein Geständnis. Meier hat zugegeben, Puhlmann erschossen zu haben.« Er richtete sich auf und sortierte die Blätter. »Ist eine verdammt lange Geschichte, die er mir erzählt hat. So könnte es tatsächlich gewesen sein.« Böhnke dachte kurz nach. Sollte er chronologisch vorgehen oder besser vom Ergebnis her das Geschehen aufrollen? Dann entschied er sich für einen Mittelweg. Er schmunzelte, als sich von den Driesch neben ihn stellte und behutsam vor ihm ein frisches Bier absetzte.

»Also, Meier hat mir folgende Geschichte erzählt. Im Prinzip fing alles damit an, dass Erna Müller, die damalige Lebensgefährtin von Puhlmann, Werner Dahmen einen Brief geschrieben hatte. Darin hatte sie ihm angedeutet, dass Puhlmann Dahmens Vater in gewisser Weise über den Tisch gezogen habe. Auch hatte sie die Vermutung, nachdem sie ein Gespräch zwischen Puhlmann und Stickelmann belauscht hatte, dass ihre Vorgängerin Grete Meier, sagen wir mal so, nicht ganz freiwillig aus dem Leben geschieden ist.«

»Stopp!« Grundler unterbrach Böhnke, der sofort zum Besteck griff und sich an der Grillwurst zu schaffen machte, die Sümmerling aufgetischt hatte. »Wissen Sie, ob Dahmen den Brief noch hat?«

Der Kommissar kaute, schluckte und nickte. »Ja. So hat Meier mir das gesagt. Und ich glaube ihm durchaus.« Er spülte mit einem Schluck Bier nach. »Dahmen junior jedenfalls nahm diesen Brief zum Anlass, Puhlmann und auch Stickelmann zu kontaktieren. Sein einziger Erfolg war, dass Frau Müller wenige Tage später starb, und nur am Rande, dass Stickelmann kurz darauf in das ehemalige Haus von Frau Meier einzog. Parallel dazu hatte Dahmen mit Meier gesprochen. Sie pflegten auch noch viele Jahre nach der Schulzeit einen zwar losen, aber dennoch herzlichen Kontakt.« Erneut schnitt sich Böhnke ein Stück Wurst ab.

»Die beiden versuchten zwar, mittels eines Detektivs über Puhlmann und dessen etwaigen Machenschaften Informationen zu bekommen«, fuhr er kauend fort, »aber es gab nur vage Andeutungen. So beschlossen sie vor ein paar Wochen, sich mit Puhlmann zu treffen. Die Gelegenheit war günstig, da Meier ohnehin nach Deutschland musste. Er flog von New York nach Frankfurt und wurde dort am Sonntag von Dahmen abgeholt. In Dahmens Wagen fuhren sie nachmittags nach Aachen und hatten das Glück, Puhlmann zu Hause anzutreffen. Meier hat ihn, so sagte er selbst, gewaltig unter Druck gesetzt und ihn, so wortwörtlich: ›genötigt, das Testament zu schreiben‹. Wie diese Nötigung aussah, weiß ich nicht.«

»Aber Sie wissen, dass Dahmen tatenlos zusah?«, fragte Grundler interessiert.

»So wie mir Meier es geschildert hat, hat er Dahmen bei der Unterhaltung mit Puhlmann ignoriert. Ob das stimmt?« Böhnke zuckte ahnungslos mit den Schultern.

Schnell griff er zum Bierglas und betrachtete die beiden Journalisten, die ihm nachdenklich zuhörten. »Von Aachen aus fuhren die drei Männer in der Nacht nach Huppenbroich, nachdem sie das Testament per Post ans Amtsgericht abgeschickt hatten.« Böhnke blickte kurz auf seine Notizen. »Ach ja, zuvor hatte Dahmen auf Geheiß von Meier noch Stickelmann angerufen. Er hat ihm wohl gesagt, dass Meier das natürliche Ableben seiner Mutter bezweifle.« Er zog eine Grimasse und hob machtlos die Arme. »Die Konsequenz, die Stickelmann zog, ist bekannt.« Böhnke atmete tief durch. »Dann gings ab nach Huppenbroich. Puhlmann hatte dort im Tresor 10.000 Euro, die er Dahmen als erste Rate für einen nachträglich vereinbarten Kaufpreis für das Maklerbüro geben wollte. Dahmen musste dann auf Geheiß von Meier seinen Mercedes außerhalb des Dorfes abstellen. Bis zum Morgen hat Puhlmann sich mit Dahmen und Meier in der Wohnung aufgehalten und die Geldübergabe immer weiter verzögert. Am frühen Morgen öffnete er den Tresor, nahm aber nicht das Geld, sondern die Pistole. Viel genutzt hat es ihm nicht. Meier war schneller, hat ihm die Waffe entrissen und ihn kurzerhand mit fünf Schüssen niedergestreckt. Danach hat Meier seine Fingerabdrücke entfernt und die Waffe in der Wohnung liegen lassen. Dass sich darauf die Spuren von Müllender befanden, wussten sie zwar nicht, aber das passte ihnen gut in den Kram. Dann sind er und Dahmen gegangen und haben die Munition, das Geld und die Quittung von Müllender mitgenommen. Beim Gang durchs Dorf zum Wagen sind sie übrigens von meiner Künstlernachbarin gesehen worden. Am

Weiher haben sie die Munition entsorgt und sind nach Aachen gefahren.« Böhnke schüttelte den Kopf. »Dabei hat Meier sogar noch die Kaltschnäuzigkeit besessen, sich im Hotel in Simmerath anzumelden. Auf der Fahrt ist Meier auf die Idee gekommen, eine Fährte zu Müllender zu legen. Dessen Adresse in Aachen hatten sie aus Puhlmanns Adressbüchlein, übrigens der einzige Gegenstand, den Meier tatsächlich mitgehen ließ. Sie hatten Glück, Müllender war nicht in seiner Wohnung. Sie sind kurzerhand eingestiegen, weil die Wohnungstür nicht verschlossen, sondern nur zugezogen war. Ihr wisst schon, der Trick mit der Scheckkarte. Zufälligerweise fand Meier den Briefumschlag von Puhlmann mit den 1.500 Euro und steckte die 10.000 dazu. Auf einem Foto an der Wand sah er Müllender mit einem anderen Mann vor einem Geländewagen stehen.« Böhnke lächelte kurz und prostete seinen Zuhörern zu. »Sie wissen, wer dieser Mann war? Es war Schmalhansel, der so in die Sache hineingezogen wurde. Meier lieh in Daun den Wagen, den Dahmen dann fuhr und mit dem er mich beinahe von der Straße gepustet hat«, sagte Böhnke grimmig.

»Meier sagt zwar was anderes, aber ich habe es so empfunden. Ihm ging es nur darum, dass ein zweiter Verdächtiger neben Müllender auftauchte und ich gleichzeitig etwas eingeschüchtert wurde.«

Der Kommissar richtete sich mühsam auf und streckte sich, bevor er wieder in die Unterlagen blickte. »Dahmen war übrigens die ganze Zeit in unserer Nähe, hinten in Simmerath im Haus der Schwester. Das vermutete ich schon, bevor Meier es mir sagte. Manchmal ist es schon gut, wenn man regelmäßig die Fernsehprogramme studiert. Als ich nämlich Dahmen einmal anrief, begann gerade ein Tatort im Fernsehen. Zu diesem Zeitpunkt lief aber nur auf BRT 2 dieser Krimi. Und BRT 2 gibt es bekanntlich in Deutschland nicht über Kabel, sondern nur bei uns in der Eifel über Antenne.«

»Dann haben Meier und Dahmen also gemeinsame Sache gemacht und Puhlmann ermordet?«, meldete sich Sümmerling zu Wort.

»So würde ich es nicht sagen«, ließ sich Grundler vernehmen. »Meier hat wohl Dahmen mehr oder weniger in die Sache hineingezogen.«

Böhnke hätte widersprechen können. Aber er schwieg zu dieser Behauptung. Der Anwalt würde sicher einen Grund haben, warum er so geantwortet hatte.

»Um es kurz zu machen: Als Meier beobachtete, wie ich am Haus seiner Schwester von der Polizei quasi festgenommen wurde, merkte er wohl, dass ich ihm immer näher kam. Da zog er es vor, wieder zu verschwinden. Der Flug am Montag ab Frankfurt ist eine Finte gewesen. Er hat sich schon heute Morgen aus dem Staub gemacht.«

»Und wie?«

»Mit irgendeinem Flugzeug von irgendeinem Flughafen in 300 oder 400 Kilometern Entfernung. Amsterdam vielleicht oder Brüssel oder Paris, oder Köln oder Düsseldorf …«

»Oder Luxemburg, den Maastricht-Aachen-Airport und so weiter und so fort«, fiel ihm von den Driesch räuspernd ins Wort. »Der Kerl ist weg, und jetzt muss er gesucht werden. Der hat alle geleimt.«

Grundler hatte die Hand ans Kinn gelegt, für Böhnke ein untrügliches Zeichen, dass er noch nicht zufrieden war.

»Warum nur tötet Meier den Puhlmann erst jetzt, da hätte er doch schon vor Jahren was tun können? Oder er hätte vielleicht auch noch Jahre warten können, zumal ihm ja wohl nach Stickelmanns Selbstmord klar sein musste, dass er recht hatte mit seiner Vermutung über Puhlmann.«

»So blöd es sich anhört. Er wollte die Sache zu Ende bringen«, antwortete Böhnke. »Meier wollte Gerechtigkeit für seine Mutter, aber auch für Dahmens Vater, bevor er selbst stirbt. Denn er hat nur noch kurze Zeit zu leben, wegen irgendeiner Nervensache. Deshalb hat er sich auch von Dahmen begleiten lassen. Sie sind bei einigen Fachärzten gewesen, um sich dort Rat zu holen. Er wollte den Rat des Kameraden, auch wenn dieser Tiermediziner ist.« Böhnke stöhnte kurz und sagte frei nach einer Fernsehwerbung: »Es lohnt sich nicht.« Man solle Meier irgendwo auf dieser Welt in Ruhe sterben lassen.

Er klatschte in die Hände und stand auf. »So, das wärs von meiner Seite. Für Nachfragen stehe ich jederzeit zur Verfügung.« Sorgfältig klaubte er seine Notizzettel zusammen und trug sie zum Grill. In der Glut fing das Papier schnell Feuer.

»Jetzt können wir die Geschichte glauben oder nicht.«

»Ist doch egal, so oder so ähnlich muss es ja gewesen sein«, begeisterte sich von den Driesch. »Da mache ich was draus.« Er stutzte. »Was ist denn eigentlich mit dem Linkshänder? Ich denke, ein Linkshänder hat die Tat begangen? Auf allen Fotos, die Sümmerling im Internet von Meier besorgen konnte, ist er eindeutig als Rechtshänder zu erkennen. Der kann doch gar nichts mit links.«

»Kann er doch«, entgegnete Böhnke. Er ging ins Haus und kam kurze Zeit später mit einem Foto wieder. »Rechts- oder Linkshänder?«, fragte er in die Runde und ließ das Bild kreisen, das den vielleicht sechsjährigen Oliver mit seinem Fußball zeigte. »So wie er den Ball hält und die Beine verschränkt hat, ist er ein Linkshänder. Ihr könnt ja einen Selbstversuch machen und ihr werdet sehen, dass Rechtshänder den Ball anders halten als Linkshänder. Und je jünger wir sind, um so intuitiver benutzen wir unsere Veranlagung. In der Schule, aber noch mehr nach seinem Sportunfall wurde Meier gewissermaßen umgepolt. Doch in dieser Spontansituation bei Puhlmann, als er nach der Waffe griff und schoss, da trat sein angeborener Bewegungstrieb wieder zu Tage.«

»Das Bild muss ich haben. Ich sehe schon die Schlagzeile«, schwärmte Sümmerling. »Bild aus Kinderzeit überführt Mörder. Das gibt eine gigantische Geschichte.«

»Wirklich?« Grundler mischte sich laut und herrisch ein. »Wollen Sie wirklich eine Geschichte machen oder einen Filmbericht?« Er sah die beiden Journalisten konzentriert an.

»Ich hatte die Absicht, Bettina Schmalhansel als Erbschaft Puhlmanns Haus in Huppenbroich und eine beträchtliche Summe Geld, fest angelegt mit einer guten Rendite, zu überlassen. Das sonstige Vermögen wäre dann in die karitative Dahmen-Puhlmann-Stiftung geflossen. Diese Absicht muss ich selbstverständlich fallen lassen, wenn Sie Ihre Berichte veröffentlichen. Dann nämlich werde ich sagen müssen, dass das Testament gewaltsam erzwungen wurde, was zur Folge hat, dass es annulliert wird. Dies wiederum würde bedeuten, dass Bettina Schmalhansel leer ausgeht und sich der Traum von Dahmens Vater nicht erfüllt. Stattdessen könnte sich Vater Staat über einige Millionen für die klamme Kasse freuen. Wollen Sie das?« Er blickte wechselseitig Sümmerling und von den Driesch an. »Das ist selbstverständlich Ihre Entscheidung. Ich bin nur der Nachlassverwalter, für die Aufklärung eines Mordes werde ich nicht bezahlt. Also. Ich frage Sie noch einmal. Wollen Sie die Geschichte veröffentlichen? Es ist Ihre Entscheidung, meine Herren.«

Er blinzelte verschwörerisch Böhnke zu, der verblüfft in seinem Stuhl hockte.

Was war richtig? Was war falsch?

Meier war ein Mörder, der einen anderen Mörder getötet hatte, dessen Verbrechen nicht geahndet worden waren. Meier selbst hatte keine Vorteile aus der Tat und würde nicht mehr lange leben. Dahmen? War er Handlanger oder Mittäter? Dahmen würde wahrscheinlich alles abstreiten, handfeste Beweise gab es nicht. Was war zu tun?

»Verflucht noch mal, gibts hier eigentlich nichts zu essen und zu trinken?«, polterte Sümmerling endlich. »Sie erzählen uns immer einen Mist, Herr Böhnke. Da kann man ja keine Story draus machen. Oder siehst du das etwa anders, Walter?«

Von den Driesch räusperte sich noch heftiger als üblich. »Gib mir n Bier. Bettina schlägt mich tot, wenn ich ihr das Erbe vermassle.«

Der unausgesprochene Entschluss, die laue Nacht im Garten in Huppenbroich zu verbringen, fiel schon bald. Grundler hatte den beiden Journalisten zugesagt, sie über alle seine Schritte zu informieren, bis der Nachlass von Puhlmann aufgeteilt war. Sie würden als Erste über die Stiftung berichten können und über die Unfähigkeit von SM, den Mord an dem Makler aufzuklären. Das Bier floss in Strömen, die zweite Flasche Elz würde das Fest auch nicht unbeschadet überstehen.

Nur Böhnke hielt sich zweifelnd zurück und staunte über Grundler, der ganz entgegen seiner Mentalität zu Bier und Grillfleisch in Massen griff.

»Stör ich?« Niemand hatte das Herannahen des Mannes bemerkt, der plötzlich hinter ihnen stand.

»Im Zweifel ja«, knurrte Böhnke, während er sich umdrehte und Schulze-Meyerdieck erkannte. Die anderen schauten unruhig in seine Richtung und verharrten stumm.

»Was treibt Sie hierher? Ich habe Sie nicht auf meiner Gästeliste stehen.«

Böhnkes Nachfolger reagierte nicht auf die Unhöflichkeit. »Eine Frage nur: Wissen Sie vielleicht, wo sich Meier aufhält?«

»Nein«, antwortete der Alte, »ich habe keine Ahnung, wo er ist.«

Er freute sich über seine Antwort: Auf eine konkrete Frage hatte er konkret geantwortet. »Ich denke, er wollte am Montag ab Frankfurt wegfliegen. Ist er verschwunden?«

Schulze-Meyerdieck winkte verächtlich ab und drehte sich mit wehendem Pferdeschwanz um. »Sie haben wirklich keine Ahnung«, sagte er ungehalten beim Herausgehen.

Der Alte fühlte sich wohl, zufrieden, sogar befreit. SM hatte in ihm die letzten Zweifel ausgeräumt, ob er richtig handeln würde, wenn er Meier unbehelligt ließ. Wie gut, dass er das fünfte Gedeck weggeräumt und die Blätter verbrannt hatte. Böhnke nahm das Bild des kleinen Oliver in die Hand. Die angetrunkenen drei Männer in seinem Garten würden schweigen.

Er schaute zu ihnen hinüber.

Sümmerling hielt eine Gebrauchsanweisung in der Hand, die er dreisterweise vom Schreibtisch im Wohnzimmer genommen hatte. »Hört mal zu«, rief er laut und prustete vor Lachen. Er musste sich konzentrieren, um die kleine Schrift zu erkennen und las vor: »Seitens des Benützers ist vor Nutzung der Maschiene, mit e, zu fordern die Lesung der Regelzettels. Hä! Was will der Dichter uns damit wohl sagen?«

Vor Gebrauch die Gebrauchsanweisung lesen, hätte Böhnke spontan antworten können. Aber er schwieg, so wie die drei angetrunkenen Gestalten in seinem Garten schweigen würden.

Er selbst würde auch nicht mehr allzu viel Gelegenheit haben, über dieses aufgeklärte Verbrechen zu reden.

Vielleicht würde er Meier sogar einmal begegnen. Irgendwo da oben. Aber wann?

Wie lange noch? Nur noch diesen einen Sommer, wie es zunächst hieß? Oder doch länger? Ein Jahr sogar, wie der Arzt nach der letzten Untersuchung prognostiziert hatte? Aber was hieß das schon: ein Sommer, ein Jahr? Wann war seine Zeit abgelaufen?

ENDE

Weitere Krimis finden Sie auf den folgenden Seiten und im Internet: www.gmeiner-verlag.de

Soko SIngen
Grenzfälle

325 Seiten, 11 x 18 cm, Paperback.
ISBN 978-3-89977-648-5. € 9,90.

Das Grenzland zwischen Hegau und Bodensee ist ein gefährliches Pflaster.

Das zumindest behaupten die 13 schriftstellerisch tätigen »Mitarbeiterinnen und Mitarbeiter« der »SOKO Criminale Singen«. Und sie haben Recht! Denn was den Leser ihrer Geschichten erwartet, ist ebenso spannend wie furchterregend: wenn z.B. das »Poppele«, der Schutzgeist der Singener Fasnet, wieder zum Leben erwacht … wenn in Konstanz der Kampf um einen Parkplatz tödlich endet … wenn der gefrorene Bodensee zur Todesfalle für die verhasste Schwiegermutter wird … wenn sich eine gewiefte Nonne im Hegau auf Verbrecherjagd begibt … oder wenn auf der Insel Mainau im Schmetterlingshaus eine mörderische Hitze herrscht!

Klaus Erfmeyer
Geldmarie

231 Seiten, 11 x 18 cm, Paperback.
ISBN 978-3-89977-773-4. € 9,90.

Stephan Knobel geht es nicht gut. Die Dortmunder Kanzlei, für die er arbeitet, ist wirtschaftlich angeschlagen. Unter den Beschäftigten wachsen das Misstrauen und die Angst, Opfer eines Sanierungskonzepts zu werden. Doch viel mehr Sorgen bereitet ihm ein ganz anderes Problem.

Seine Freundin Marie ist seit einem Besuch bei ihrem Germanistikprofessor spurlos verschwunden. Und der ist jetzt tot, gestorben an einem Herzinfarkt. Seit ihrem Verschwinden werden von Maries Girokonto täglich 1.000 Euro an verschiedenen Geldautomaten der Stadt abgehoben. Die Polizei ist sich sicher, dass Marie mit dem Tod des Professors etwas zu tun haben muss und ihre Flucht vorbereitet. Eine Theorie, an die Knobel nicht glauben mag!

KRIMI IM GMEINER-VERLAG

Wir machen's spannend

Sabine Klewe
Blutsonne

279 Seiten, 11 x 18 cm, Paperback.
ISBN 978-3-89977-764-2. € 9,90.

Düsseldorf. Eine Nebelnacht im Februar. Ein Mann dringt in das Haus von Elisabeth und Bertram Kassnitz ein, überwältigt das Ehepaar und entführt es. Am nächsten Morgen entdeckt ein Rheinschiffer die beiden: Aufgeknüpft an einem Baum.

Der spektakuläre Doppelmord schlägt hohe Wellen. Schon bald wird ein mutmaßlicher Täter verhaftet. Doch dann geschehen weitere Morde. Scheinbar willkürlich werden Menschen überfallen und brutal hingerichtet.

Amateurdetektivin Katrin Sandmann begibt sich auf die Suche nach dem wahnsinnigen Mörder. Sie glaubt nicht, dass die Opfer wahllos ausgesucht wurden, denn sie hat herausgefunden, dass alle Morde an ehemaligen Richtplätzen geschahen. Doch bevor sie das Geheimnis lüften kann, kommt sie dem Killer zu nahe …

Fritjof Karnani
Notlandung

277 Seiten, 11 x 18 cm, Paperback.
ISBN 978-3-89977-779-6. € 9,90.

Beryl Kirchbach, erster weiblicher Ausbildungskapitän der Berliner Filomena Airways, begleitet den jungen Piloten Marcel Leimbach bei seinen ersten Flügen. Kurz darauf nimmt er sich das Leben. Beryl befürchtet Zeichen der Überforderung übersehen zu haben und macht sich auf die Suche nach dem Motiv für den Selbstmord.

Sie stößt auf viele Ungereimtheiten. Dann wird ihre Freundin brutal ermordet. Und plötzlich sitzt Beryl am Steuer eines sabotierten Verkehrsflugzeugs. Der Kabinendruck fällt, Beryl sendet einen Notruf und ein Militärjet macht sich bereit, die voll besetzte Boeing abzuschießen …

KRIMI IM GMEINER-VERLAG

Wir machen's spannend

Beate Baum
Häuserkampf

278 Seiten, 11 x 18 cm, Paperback.
ISBN 978-3-89977-775-8. € 9,90.

Vorweihnachtszeit in Dresden. Die Journalistin Kirsten Bertram und ihr Freund Andreas Rönn, Lokalchef der »Dresdner Zeitung«, freuen sich auf die nahenden Festtage. Das ändert sich schlagartig, als Andreas' ungeliebter Bruder Frank auftaucht. Als Geschäftsführer einer Hamburger Baufirma will er im Dresdner Hechtviertel, einem Teil der Neustadt und ausgewiesenen Sanierungsgebiet, im großen Stil tätig werden.

Andreas ist sich sicher, dass sein Bruder dabei mit unlauteren Mitteln vorgeht. Er beginnt zu recherchieren und steht bald nicht nur vor den Abgründen seiner Familiengeschichte, sondern befindet sich mit Kirsten inmitten eines mörderischen Kampfes um die von der Sanierung betroffenen Häuser.

Bernd Franzinger
Kindspech

326 Seiten, 11 x 18 cm, Paperback.
ISBN 978-3-89977-777-2. € 9,90.

Panik im Hause Tannenberg: Emma, der jüngste Spross des Familienclans, wurde entführt. Zunächst deutet alles auf eine Verwechslung hin. Doch als am nächsten Morgen Tannenbergs Todesanzeige in der Zeitung erscheint, erfährt der Fall eine dramatische Wende.

Fieberhaft suchen die Ermittler nach einer Person, die ein Motiv für diesen Racheakt haben könnte. Derweil befindet sich die kleine Emma im schalldicht isolierten Keller des skrupellosen Entführers, dem sie auf Gedeih und Verderb ausgeliefert ist. Eingepfercht in einen Gitterkäfig steht sie Todesängste aus.

Der Kidnapper stellt Tannenberg ein Ultimatum und zwingt ihn zur Teilnahme an einem teuflischen Spiel. Ein verzweifelter Wettlauf gegen die Zeit beginnt ...

KRIMI IM GMEINER-VERLAG

Wir machen's spannend

Das neue Krimijournal ist da!

2 x jährlich das Neueste aus der Gmeiner-Krimi-Bibliothek

KRIMI Journal
Nr. 9
2/2008
Gefangen im Narrenreich
Ein neuer Fall für Lübecks klügste Hebamme
Manfred Bomm
Krimi-Jubiläum
Die Spur des Henkers
Von Krimipreisträgerin Sabine Klewe
BLUTSONNE
Bestseller im Frühjahr 2008
BALLSAISON
NOTBREMSE
KNOCHENSPIEL

In jeder Ausgabe:

- Vorstellung der Neuerscheinungen
- Hintergrundinformationen zu den Themen der Krimis
- Interviews mit den Autoren und Porträts
- Allgemeine Krimi-Infos (aktuelle Krimi-Trends, Krimi-Portale im Internet, Veranstaltungen etc.)
- Großes Gewinnspiel mit ›spannenden‹ Buchpreisen

ISBN 978-3-89977-950-9
kostenlos erhältlich in jeder Buchhandlung

Ihre Meinung ist gefragt!

Mitmachen und gewinnen

Als der Spezialist für Themen-Krimis mit Lokalkolorit möchten wir Ihnen immer beste Unterhaltung bieten. Sie können uns dabei unterstützen, indem Sie uns Ihre Meinung zu den Gmeiner-Krimis sagen!

Senden Sie eine E-Mail an gewinnspiel@gmeiner-verlag.de und teilen Sie uns mit, welchen Krimi Sie gelesen haben und wie er Ihnen gefallen hat. Alle Einsendungen nehmen automatisch am großen Jahresgewinnspiel teil. Es warten ›spannende‹ Buchpreise aus der Gmeiner-Krimi-Bibliothek auf Sie!

KRIMI IM GMEINER-VERLAG

Wir machen's spannend

Alle Gmeiner-Autoren und ihre Krimis auf einen Blick

Anthologien: Mords-Sachsen 2 (2008) • Tod am Bodensee • Mords-Sachsen (2007) • Grenzfälle (2005) • Spekulatius (2003) **Artmeier, Hildegund:** Feuerross (2006) • Katzenhöhle (2005) • Schlangentanz • Drachenfrau (2004) **Bauer, Hermann:** Fernwehträume (2008) **Baum, Beate:** Häuserkampf (2008) **Beck, Sinje:** Totenklang (2008) • Duftspur (2006) • Einzelkämpfer (2005) **Blatter, Ulrike:** Vogelfrau (2008) **Bode-Hoffmann, Grit/Hoffmann, Matthias:** Infantizid (2007) **Bomm, Manfred:** Notbremse (2008) • Schattennetz • Beweislast (2007) • Schusslinie (2006) • Mordloch • Trugschluss (2005) • Irrflug • Himmelsfelsen (2004) **Bonn, Susanne:** Der Jahrmarkt zu Jakobi (2008) **Bosch van den, Jann:** Wintertod (2005) **Buttler, Monika:** Dunkelzeit (2006) • Abendfrieden (2005) • Herzraub (2004) **Clausen, Anke:** Ostseegrab (2007) **Danz, Ella:** Nebelschleier (2008) • Steilufer (2007) • Osterfeuer (2006) **Detering, Monika:** Puppenmann • Herzfrauen (2007) **Dünschede, Sandra:** Solomord (2008) • Nordmord (2007) • Deichgrab (2006) **Emme, Pierre:** Florentinerpakt • Ballsaison (2008) • Tortenkomplott • Killerspiele (2007) • Würstelmassaker • Heurigenpassion (2006) • Schnitzelfarce • Pastetenlust (2005) **Enderle, Manfred:** Nachtwanderer (2006) **Erfmeyer, Klaus:** Geldmarie (2008) • Todeserklärung (2007) • Karrieresprung (2006) **Erwin, Birgit/Buchhorn, Ulrich:** Die Herren von Buchhorn (2008) **Franzinger, Bernd:** Kindspech (2008) • Jammerhalde (2007) • Bombenstimmung (2006) • Wolfsfalle • Dinotod (2005) • Ohnmacht • Goldrausch (2004) • Pilzsaison (2003) **Gardein, Uwe:** Die letzte Hexe – Maria Anna Schwegelin (2008) **Gardener, Eva B.:** Lebenshunger (2005) **Gibert, Matthias P.:** Kammerflimmern (2008) • Nervenflattern (2007) **Graf, Edi:** Leopardenjagd (2008) • Elefantengold (2006) • Löwenriss • Nashornfieber (2005) **Gude, Christian:** Binärcode (2008) • Mosquito (2007) **Haug, Gunter:** Gössenjagd (2004) • Hüttenzauber (2003) • Tauberschwarz • Riffhaie • Tiefenrausch (2002) • Höllenfahrt (2001) • Sturmwarnung (2000) **Heim, Uta-Maria:** Das Rattenprinzip (2008) • Totschweigen (2007) • Dreckskind (2006) **Hunold-Reime, Sigrid:** Frühstückspension (2008) **Imbsweiler, Marcus:** Schlussakt (2008) • Bergfriedhof (2007) **Karnani, Fritjof:** Notlandung (2008) • Turnaround (2007) • Takeover (2006) **Keiser, Gabriele:** Gartenschläfer (2008) • Apollofalter (2006) **Keiser, Gabriele/Polifka, Wolfgang:** Puppenjäger (2006) **Klausner, Uwe:** Die

KRIMI IM GMEINER-VERLAG

Wir machen's spannend

Alle Gmeiner-Autoren und ihre Krimis auf einen Blick

Kiliansverschwörung (2008) • Die Pforten der Hölle (2007) **Klewe, Sabine:** Blutsonne (2008) • Wintermärchen (2007) • Kinderspiel (2005) • Schattenriss (2004) **Klingler, Eva:** Königsdrama (2006) **Klösel, Matthias:** Tourneekoller (2008) **Klugmann, Norbert:** Die Nacht des Narren (2008) • Die Tochter des Salzhändlers (2007) • Kabinettstück (2006) • Schlüsselgewalt (2004) • Rebenblut (2003) **Kohl, Erwin:** Willenlos (2008) • Flatline (2007) • Grabtanz • Zugzwang (2006) **Köhler, Manfred:** Tiefpunkt • Schreckensgletscher (2007) **Koppitz, Rainer C.:** Machtrausch (2005) **Kramer, Veronika:** Todesgeheimnis (2006) • Rachesommer (2005) **Kronenberg, Susanne:** Weinrache (2007) • Kultopfer (2006) • Flammenpferd • Pferdemörder (2005) **Kurella, Frank:** Das Pergament des Todes (2007) **Lascaux, Paul:** Wursthimmel • Salztränen (2008) **Lebek, Hans:** Karteileichen (2006) • Todesschläger (2005) **Lemkuhl, Kurt:** Raffgier (2008) **Leix, Bernd:** Waldstadt (2007) • Hackschnitzel (2006) • Zuckerblut • Bucheckern (2005) **Mader, Raimund A.:** Glasberg (2008) **Mainka, Martina:** Satanszeichen (2005) **Misko, Mona:** Winzertochter • Kindsblut (2005) **Ott, Paul:** Bodensee-Blues (2007) **Puhlfürst, Claudia:** Rachegöttin (2007) • Dunkelhaft (2006) • Eiseskälte • Leichenstarre (2005) **Pundt, Hardy:** Deichbruch (2008) **Senf, Jochen:** Knochenspiel (2008) • Nichtwisser (2007) **Seyerle, Guido:** Schweinekrieg (2007) **Schmitz, Ingrid:** Mordsdeal (2007) • Sündenfälle (2006) **Schmöe, Friederike:** Spinnefeind • Pfeilgift (2008) • Januskopf • Schockstarre (2007) • Käfersterben • Fratzenmond (2006) • Kirchweihmord • Maskenspiel (2005) **Schröder, Angelika:** Mordsgier (2006) • Mordswut (2005) • Mordsliebe (2004) **Schuker, Klaus:** Brudernacht (2007) • Wasserpilz (2006) **Schneider, Harald:** Ernteopfer (2008) **Schulze, Gina:** Sintflut (2007) **Schwab, Elke:** Angstfalle (2006) • Großeinsatz (2005) **Schwarz, Maren:** Zwiespalt (2007) • Maienfrost • Dämonenspiel (2005) • Grabeskälte (2004) **Steinhauer, Franziska:** Menschenfänger (2008) • Narrenspiel (2007) • Seelenqual • Racheakt (2006) **Thömmes, Günther:** Der Bierzauberer (2008) **Thadewaldt, Astrid/Bauer, Carsten:** Blutblume (2007) • Kreuzkönig (2006) **Valdorf, Leo:** Großstadtsumpf (2006) **Vertacnik, Hans-Peter:** Ultimo (2008) • Abfangjäger (2007) **Wark, Peter:** Epizentrum (2006) • Ballonglühen (2003) • Albtraum (2001) **Wilkenloh, Wimmer:** Feuermal (2006) • Hätschelkind (2005) **Wyss, Verena:** Todesformel (2008) **Zander, Wolfgang:** Hundeleben (2008)